사랑을 위해 죽다

옮긴이 | **양혜윤**

상명대학교 일어교육과 졸업. SBS 번역과정을 수료하고,

일본 각지를 여행하며 여러 가지 체험을 했다.

현재 전문번역가로 활동중이며 옮긴 책으로는 〈너와 나의 일그러진 세계〉,

〈정년을 해외에서 보내는 책〉, 〈100년 기업〉, 〈한국 마누라가 최고야!〉,

〈하우징 인테리어〉, 〈알기 쉬운 일본의 역사〉, 〈소울메이트〉 등이 있다.

사랑을 위해 죽다

1판 1쇄 발행 | 2009년 9월 30일

지은이 | 다자이 오사무, 기쿠치 칸, 요코미츠 리이치 등 **옮긴이** | 양혜윤

펴낸이 | 소준선   **펴낸곳** | 도서출판 세시

출판등록 | 3-553호   **주소** | 서울 마포구 대흥동 303번지 3층

전화 | 715-0066   **팩스** | 715-0033

ISBN 978-89-85982-46-7   03830

*이 책은 〈일본 대표작가 대표소설〉을 재구성하여 펴낸 개정판입니다.

 제목은 일본소설의 핵심 주제인 '사랑'과 '죽음'을 상징하는 타이틀로 수정하였습니다.

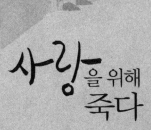

사랑을 위해
죽다

다자이 오사무, 기쿠치 칸, 요코미츠 리이치 등 지음

양혜윤 옮김

세시

| 목차 |

언제부터인가 서점의 소설 코너 한 구석에 당당하게 일본소설이 자리를 잡기 시작했다. 한국소설, 외국소설, 일본소설. 일본은 외국이 아니었던가? 일본소설이 국내에 본격적으로 소개된 지 불과 몇 년 밖에 안 됐다는 것을 생각하면 눈부신 발전이다.

그렇다면 일본소설이 이렇게 사랑받는 이유는 무엇일까? 일본문학을 좋아하는 한 사람의 독자로써 감히 나의 의견을 얘기하자면 다양하고 독특한 소재들과 탄탄한 스토리라인 때문이라고 생각한다. 우리 주변에서 흔히 볼 수 있는 사람들의 일상적인 얘기 같으면서도 어딘가 기발하고 특이하다. 그렇다고 무조건 우스꽝스럽기만 한 것이 아니라 감동과 여운도 있다. 서로 생김새도 쓰는 말도 다르지만 국적을 초월해 공감대를 형성할 수 있는 힘이 담겨 있다.

그래서 이번에는 이런 일본소설의 장점들이 담긴 단편들을 소개하고자 한다. 단편은 짧은 호흡으로 최대한의 매력을 어필한다. 그 짧은 이야기 속에 다양한 인간들이 있고, 그들의 다채로운 인생이 담겨 있다. 절제된 미학 속에 느껴지는 강렬함과 독자들의 가슴에 오랫동안 머무는 여운까지 담고 있는 매력적인 단편들. 일본의 국민 작가라 불리는 나츠메 소세키부터 뉴욕 타임스가 극찬한 다자이 오사무까지, 지금의 일본문학의 굳건한 토대를 만든 대표 작가들의 작품을 통해 일본 소설의 묘미를 느끼길 바란다.

어떤 이들은 때로 아쉽게 끝나는 단편소설에 불친절함을 느끼기도 한다. 하지만 일본의 대표적인 작가 아쿠타가와 류노스케는 '문학 작품이란 작가와 독자가 함께 완성하는 것'이라고 했다. 그들이 남겨놓은 독자의 몫. 이번 단편들을 읽고 여러분들이 그 몫을 채워 나가길 바란다.

시멘트 포대 속의 편지

작 · 가 · 소 · 개

하야마 요시키는 후쿠오카 출신으로 와세다대학을 중퇴하고
선원생활을 하다가 결혼을 했으나 실패한다.

이후 철도 회사, 신문 기자 등을 거치면서 노동 운동에 더욱 전념하게 된다.

1923년 나고야 공산당 사건으로 감옥에 들어가서〈바다에서 사는 사람들〉이란 작품을 탈고한다.

이후에도 끊임없는 작품 활동과 사회활동에 매진. 1944년 개척단의 일원으로
만주 개척촌에서 있다가 이듬해 10월 열차 안에서 뇌졸중으로 사망한다.

프롤레타리아 문학의 대표 작가인 그의 주요 작품으로는 〈매춘부〉, 〈문예전선〉, 〈바다와 산〉,
〈계곡에서 사는 사람들〉, 〈바다에서 사는 사람들〉 등이 있다.

[illegible] 참았다. [illegible]

"시베리아요? 시베리아 [illegible]"

남편이 [illegible] 스탄이라는 곳에서 소식을 보내온 뒤 어느새 가을이 지나고 겨울을 보내게 됐다.

리요는 [illegible] 뜰 때마다 고허함을 느꼈다. 잠에서 깰 때마다 우울한 것은 물론이고, 힘이 하나도 없어지는 것이 이젠 아예 일상처럼 되어 있었다. [illegible] 곳이 너무 멀다 보니 어딘가에 남편이 있다는 사실조차 실감나지 않았다.

요즘 유행하는 '이국의 언덕'이라는 노래를 아이에게 불러보게도 했지만, 오히려 마음만 더욱 쓸쓸해질 뿐이었다. 세상에서 혼자만 아직도 [illegible] 않고 있고, 혼자 [illegible] 진 것만 같았다.

[illegible] 에 하느님 따위 없 [illegible]

리요는 이버리처럼 말해 [illegible] 다리는 것은 쉬운 일이 아니었다. 무더운 계절에는 더위에 지쳐서 힘들었고, 겨울에 매서운 추위와 [illegible] 기약도 [illegible] 하염없이 기다려야 한다는 사실에 또 쓸쓸해졌다. 참는 것에도 한계가 있는 법, 리요도 더 이상 버티기 힘들 정도로 지쳤을 [illegible] 번씩이나 겨울을 맞았을 남편의 모습이 이제는 유령처럼 희미하게 느껴졌다.

남편이 [illegible] 동안, 리요는 단 한 번도 행복을 느껴본 적이 없다. 세월은 불행한 리요의 생활과는 관계없이 속절없이 빠르게 흘렀다. 그래서 [illegible] 는 이제 더 이상 어느 누구와도 전쟁에 관한 얘기는 하지 않게 되었다.

"[illegible] 남편은 아직 시베리 [illegible] 못하고 있어요."

[illegible] 다. 남편에 대한 의 [illegible] 말해도 사람들은 리요를 불쌍히 여겨주지 않았다.

시베리아라는 땅이 어떤 [illegible] 지 못한다 [illegible] 눈만 덮인 넓은 사막 같은 곳으로만 상상되었다.

"스탄이라는 곳이래요. 언제쯤이나 올 수 있을지도 모르겠어요."

"나도 [illegible] 환했어요. 흑룡강 근처 '무르치'라는 데서 2년 간 벌채 작업만 죽도록 하다가 돌아왔는데…… 운명이란 게 우습게 [illegible] 으로 [illegible] 요. 바깥분도 고생이지만 기다리는 애기 엄마도 많이 힘들겠어요."

사내는 [illegible] 넣었던 [illegible] 차를 따랐다.

"그런데 언제쯤은 시베리아 [illegible]"

"[illegible] 그냥 죽지 않고 [illegible] 지요."

리요는 빈 도시락을 챙기 [illegible] 얼굴을 천천히 뜯어보았다. 순해 보이는 얼굴이 왠지 마음 편하게 속 얘기를 터놓게 했다.

"아이는 [illegible] 요?"

"사내 [illegible] 이에요. 학교에도 보내야 하는데 장사하느라 이래저래 못하고 있어요."

사내는 [illegible] 마셨다.

"차 맛이 좋 [illegible]"

"[illegible] 래요? 더 좋은 차도 [illegible] 다른 차와는 맛이 틀려요. 원가는 600g에 8백 엔 정도에요. 다른 손님들도 맛있다고들 하시더라 [illegible]"

[illegible] 는 두 손으로 [illegible] 사내처럼 후후 불며 녹차를 마셨다.

[illegible] 새 바람은 서풍으로 [illegible] 게 불어대더니 함석지붕을 요란하게 치고 지나갔다. 리요는 점점 더 밖으로 나가기가 싫어졌다. 조금 [illegible]

"그럼 [illegible]"

사내는 [illegible] 속에서 3백 엔을 꺼내며 말했다.

"아니에요 [illegible] 도 돼요. 드신 만큼 제가 그냥 드리게요."

리요는 녹차 [illegible] 위에 올려놓았다.

"[illegible] 거 참, 그럼 언제든 이 근처에 오면 또 들러요."

"그럼요. 근데 여기 [illegible]"

리요는 [illegible] 안을 둘러보며 빈 도시락을 챙기고 있는 사내를 향해 물었다.

"여기 [illegible] 널려 있는 철재들을 지키는 일을 하지요. 도시락만 이 근처에 사는 누님이 갖다 주고."

사내는 [illegible] 신단 밑에 달려있는 문을 열며 말했다. 붙박이장 같은 곳에 침대가 놓여 있었고, 판자로 만든 벽에 어떤 인물의 그림이 있었 [illegible]

[illegible] 아늑하니 잘 꾸며 [illegible]

[illegible] 순간, 사내의 [illegible]

그날부터 리요는 이 부근 [illegible] 을 하러 오게 되었고, 그때마다 철재를 쌓아둔 이 가건물에 들르게 되었다. 남자의 성이 츠루이시라 [illegible] 되었다.

시멘트 포대 속의 편지

마츠도 요조는 포대 가득 들어 있는 시멘트를 들이붓고 있었다. 겉모습만 봐서는 눈에 잘 띄지 않지만 머리카락과 코밑이 시멘트 가루로 뽀얗게 덮여 있었다. 그는 손가락을 콧구멍에 쑤셔 넣어, 철근 콘크리트처럼 딱딱하게 굳어진 코털을 빼내고 싶었다. 하지만 잠시도 쉴 틈 없이 토해 내는 콘크리트 믹서의 속도에 맞춰 일하느라, 도저히 손가락을 콧구멍 속으로 쑤셔 넣을 겨를이 없었다.

그는 끊임없이 콧구멍에 신경을 쓰면서도 끝내 열한 시간 동안 코 청소를 하지 못했다. 그 사이 점심시간과 휴식, 딱 두 번의 쉴 틈이 있었지만, 점심때는 배가 고파서, 휴식시간에는 믹서를 청소하느라 짬이 없어 결국 콧속에는 손도 댈 수가 없었다. 그의 코는 어느새 석고 조형물처럼 딱딱해져 있었다.

일이 거의 끝나갈 무렵, 그가 기진맥진한 두 팔로 들이부은 시멘트 포대에서 조그만 나무 상자가 나왔다.

"이게 뭐지?"

그는 조금은 의아스러웠지만, 그런 것까지 일일이 신경 쓸 여유가 없었다. 그는 부삽으로 시멘트 됫박에 시멘트의 양을 가늠해 가며 퍼 넣었고, 통 속의 시멘트를 쏟아 됫박을 비우고는 부삽으로 다시 시멘트를 퍼 올렸다.

"아니, 잠깐. 그러고 보니 시멘트 포대에서 상자가 나왔다는 얘기는 듣도 보도 못했는데?"

그는 시멘트 포대에서 나온 조그만 상자를 주워 작업복 주머니 속에 집어넣었다. 상자는 매우 가벼웠다.

"가벼운 걸로 보니 금 덩어리 같은 게 들은 건 아닌가보군."

그는 더 이상 생각할 겨를도 없이, 그 다음 포대를 비우고 다음 됫박의 양을 가늠했다. 이윽고 콘크리트 믹서가 돌기 시작했다. 비로소 콘크리트 작업이 끝나고, 하루의 일과가 끝나는 시간이 되었다.

그는 믹서에 달려 있는 고무호스에서 나오는 물로 얼굴과 손

저는 지금 저의 남자 친구를 담을 포대를 만들고 있습니다. 그리고 그 포대 안에 저의 편지를 살짝 집어넣었습니다.

을 대충 씻었다. 그런 뒤 도시락 가방을 목에 둘러메고, 한잔 마셔야겠다는 생각에 부지런히 집으로 돌아갔다. 공사중인 발전소는 거의 80퍼센트가 완성되고 있었다.

저녁 어둠 속에 솟아 있는 에나산은 새하얀 눈을 머리에 잔뜩이고 있었다. 땀에 젖은 몸이 갑자기 얼어붙은 듯 한기를 느끼기 시작했다. 그가 지나가는 발밑으로는 기소 강이 하얀 거품을 머금은 채 큰소리를 내며 흐르고 있다.

"제기랄, 이거 살 수가 있나. 마누라 배는 또 남산만 하고……."

그는 집에서 와글거리고 있을 아이들은 물론 이 추위를 무릅쓰고 태어날 아이 그리고 대책없이 아이를 낳아대는 마누라를 생각하면 억장이 무너지는 것 같았다.

"하루 일당 1엔 90전 중에서 50전은 먹는 걸로 없애고, 90전으로 입고 생활하고……. 어이구, 미련한 놈. 그런데도 어쩌자고 마실 생각뿐인지!"

그러다 그는 문득 주머니 속에 넣어둔 작은 상자를 떠올렸다. 그는 상자를 꺼내어 겉에 묻은 시멘트 가루를 바지 자락에 툭툭 털었다. 상자에는 아무런 글자도 씌어 있지 않았고 단단하게 못이 박혀 있었다.

"대체 뭐가 들어 있기에 못까지 쾅쾅 박아 놓은 거지?"

그는 힘껏 돌 위로 상자를 던졌다. 그러나 생각처럼 쉽게 부서지지가 않았다. 이렇게 된 이상 꼭 부숴야겠다는 오기에 마츠도는 상자를 우악스럽게 짓밟았다.

마침내 상자가 열렸고 조그만 상자 속에는 헝겊 조각으로 똘똘 만 종이가 나왔다.

거기에는 이렇게 적혀 있었다.

+ + + + + + + +

저는 K시멘트 회사에서 시멘트 포대를 만드는 일을 하는 여공입니다. 그리고 저의 남자 친구는 분쇄기에 돌을 집어넣는 일을 했습니다. 그런데 지난 10월 7일 오전, 커다란 돌을 분쇄기에 집어넣던 그가 그만 작은 실수로 그 돌과 함께 분쇄기에 끼이고 말았습니다.

동료들이 그를 구하기 위해 안간힘을 썼지만, 아무 소용도 없이 저의 남자 친구는 깊은 물속으로 빠져들듯 큰 돌 밑으로 가라앉고 말았습니다. 돌과 함께 제 남자 친구의 몸은 서로 뒤엉켜 부서졌고 이내 빨갛게 피로 물든 돌이 되어 벨트 위로 떨어졌습니다. 벨트는 분쇄통으로 들어갔습니다. 다시 동철 탄환과 한 몸이 된 남자 친구는 기계가 돌아가는 격렬한 소음과 함께 저주의 목소리로 울부짖으며 부서져 갔습니다. 그리고 결국 시멘트가 되어버렸지요.

뼈도, 살도, 혼도 모두 산산조각이 났습니다. 이제 남자 친구의 모든 것은 시멘트가 되어버렸고 남은 것이라고는 너덜너덜해진 그의 작업복뿐입니다. 저는 지금 저의 남자 친구를 담을 포대를 만들고 있습니다. 그리고 그 포대 안에 저의 편지를 살짝 집어넣었습니다.

당신은 노동자입니까? 만약 당신이 저와 같은 근로자라면 저와 제 남자친구를 불쌍히 여기고 답장을 해주세요. 이 포대 속에 있던 시멘트가 어디에 사용되었는지, 저는 그것을 꼭 알고 싶습니다. 대체 제 남자 친구는 얼마나 많은 시멘트가 되었을까요? 또 어떤 사람들이 그것을 사용했을까요?

당신이 만약 건축업자라면 시멘트가 된 제 남자 친구가 극장의 복도가 되고, 저택의 담이 되지 않도록 막아 주세요. 아니, 아니에요. 아무려면 어때요. 제 남자 친구는 그 어떤 곳에 사용되더라도 성실히 자신의 본분을 다할 겁니다. 그러니 상관하지 않을게요. 성품이 반듯했던 그였으니 틀림없이 저의 기대를 저버리지 않을 겁니다.

그 사람은 이제 막 스물여섯이 된 자상하고 매우 선한 사람이었어요. 저를 얼마나 사랑해주었는지 몰라요. 그런 그에게 저는, 하얀 수의 대신 이렇게 시멘트 포대를 입히고 말았습니다. 그것도 관 대신 회전 가마 속으로 들어간 그를……

저는 그 사람을 쉽게 보내 줄 수가 없을 것 같아요. 세상 곳곳으로 흩어져버린 그를 어떻게 마음속에서부터 쉽게 떠나보낼 수가 있을까요?

당신이 만약 근로자라면 제게 꼭 답장을 해주세요. 그 대신 제 남자 친구가 입고 있던 작업복 일부를 당신께 드리겠습니다. 이 편지를 싼 헝겊 조각이 바로 그것입니다. 이 조각에는 돌가루와 제 남자 친구의 땀이 스미어 있습니다. 그리고 저를 가슴에 품었던 그 온기마저 스미어 있습니다.

제발 부탁입니다. 이 시멘트를 사용한 날짜와 쓰인 용도, 그리고 어느 곳에 사용이 되었는지, 폐가 되지 않는다면 당신의 이름과 함께 꼭 알려주었으면 합니다. 부디 당신도 몸조심 하세요. 안녕.

+ + + + + + + +

편지를 다 읽은 마츠도 요조는 문득 사방에서 난리를 피워대며 법석을 떠는 아이들이 느껴졌다. 그는 편지 끄트머리에 적혀 있는 주소와 이름을 보면서 밥그릇에 부어 놓은 술을 단숨에 들이키며 소리를 쳤다.

"아주 코가 삐뚤어지게 취했으면 좋겠군. 모조리 때려 부쉈으면 좋겠어!"

"코가 삐뚤어지게요? 당신이 모조리 때려 부수면 아이들하고 저는 어쩌라고요?"

마누라가 옆에서 쏘아붙였다. 그는 남산만한 마누라의 배 속에 들어 있을 일곱 번째 아이를 하염없이 바라보았다.

슬픈 연인

작 · 가 · 소 · 개

하야시 후미코는 사생아로 태어나 의붓아버지 밑에서 자랐다.

어려서는 행상을 하는 부모를 따라 싸구려 여인숙에서 지냈고, 성장 후에는
가정부와 노점상, 여공, 카페 여급에 이르기까지 여러 직업을 전전했다.

그리고 동거와 이혼을 거치며 파란만장한 인생을 살았다.

아키누마 요코란 필명으로 활동한 그녀는 주로 서민의 애환을 담은 작품을 썼다.

그리고 1930년 자신의 유년 시절의 추억과 역경을 담은 자전적 소설 〈방랑기〉로
60만 부 이상의 베스트셀러 작가가 되면서 작가로서의 위치를 굳혔고,
1949년〈철 늦은 국화〉로 제3회 여류 문학자상을 수상했다.

주요 작품으로는 시집 〈푸른 말을 보다〉, 〈옛 모습〉이 있고, 〈청빈의 글〉,
〈굴〉, 〈남풍〉, 〈파도〉, 〈철 늦은 국화〉 같은 소설이 있다.

초그마한 집들이 나타나기를 바라면서 볕이 잘 드는 쪽을 골라 걸었다. 처마가 낮은 곳을

가 눈에 들어왔다. 언뜻 공사장 같이 보이지 않았다. 리오는 공터 안을 들여다보았다. 공터 한쪽

소식을 보내고 올 때 어느새 가을이 지나고 겨울을 보내게 됐다.

를 때마다 공허함을 느꼈다. 잠에서 깰 때마다 우울한 것은 물론이고, 힘이 하나도 없어지는 것이 이젠 아예 일상처

곳이 보여. 남편을 있다는 사실조차 실감나지 않았다. 만물 안에다 대고 구정이 어디 있나고 큰소리로

뿐이다. 세상에서 혼자만 아직도

손끝에서 시멘트 가루를 털어내며 그가 왠지 착한 사람일 것 같다는 생각을 했다. 잠시 후 리오는 사내 곁으로 다가갔다.

기다려야 한다는 사실에도 쓸쓸했다. 참는 것에도 한계가 있는 법. 리오도 더 이상 버티기 힘들 정도로

번씩이나 겨울을 맞았을 남편의 모습이 이제는 유령처럼 의미하게 느껴졌다.

다. 그래서 되게 이상는 누구와의 전쟁에 관한 얘기는 하지 않게 되었다.

사람들은 리오를 불쌍히 여겨주지 않았다.

시베리아는 끝없이 넓은 사막 같은 곳으로만 상상되었다.

앉아 불을 쬐기 시작했다.

'무르치'라는 데서 2년 간 벌채 작업만 죽도록 하다가 돌아왔는데…… 운명이란 게 우습게

나 차려입은 모습이지만 사내는 살결이 원 그녀가 우직스러 보였다.

기다리는 얘기 엄마도 많이 힘들겠어요.

혈통 담아 차를 따랐다.

로 돌아왔지요가 있다. 그리고 창 아래로 매달린 칠판 밑에는 구멍이 숭숭 뚫린

이지요.

속히 들어보았다. 손에 보이는 얼굴이 왠지 마음 편히 속 얘기를 털어놓게 했다.

만데 매물 찾던 참이었어요.

장사라는 게 원래 그 날의 운수가 좋아야지. 그게 안 맞으면 공치기 십상이지. 집들이 많이 모인 데를 찾아보세.

보내야 하는 걸 장사하느라 이래저래 못하고 있어요.

신문뭉치를 떠냈다. 그리고 그 속에서 언뜻 토막을 끄집어내 주전자를 치우고 난로 위에

언어의 고소한 냄새가 풍겨 났다.

다른 차와는 맛이 틀려요. 원가는 60g에 8백 엔 정도에요. 다른 손님들도 맛있다고들 하시더라

밥에다가 도시락을 뭉쳐 의자에 앉았다.

자는 대체 얼마나 합니까?

들이붙여대니 함석지붕을 요란하게 치고 지나갔다. 리오는 점점 더 밖으로 나가기가 싫어졌다. 초금

부스러기도 나오고 그래요. 게다가 값이 비싸면 팔기 어려워서……'

집이라면 모를까, 젊은 애들만 있는 집에서야 누가 사겠나.

세까만 보리밥에 저려서 대가리 말린 것과 단장에 절인 야채가 들어 있었다.

도시락 말고 제가 그냥 먹게요.

먼저, 도시락 뭐 엄마 되어 만들어서 어디가 어딘지 아직 잘 모르겠어요.

위에 올려놓았다.

거 참, 그럼 언제든 이 근처에 오면 들러요.

요금을 꺼내 후한을 없었다. 곳곳 눌러 담아서인지 감자를 섞은 밥알이 뚜껑 밖으로 잔뜩

안을 들여다보며 빈 도시락을 챙기고 있는 사내를 향해 물었다.

처자들을 지키는 일을 하지요. 도시락만 이 근처에 사는 누님이 갖다 주고.

밑에 달려있는 문을 열며 말했다. 불박이장 같은 곳에 침대가 놓여 있었고, 판자로 만든 벽에 어떤 인물의 그

하얗게 드러난 치아가 건강해 보였다. 리오는 주전자 뚜껑을 얻고 김이 오락가락 나는 주전자 속에 종이에 담은 녹차를

밖에서 힘을 꺼내 나무 상자 위에 놓았다.

순간, 사내의

면서 언어를 손으로 잘라서 리오의 밥에 얹어 주었다. 리오는 어쩔 줄을 몰라 하며 고마워했다.

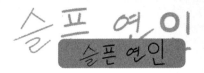

바람이 매섭게 느껴지자, 리요는 가능한 한 빨리 조그마한 집 들이 나타나기를 바라면서 볕이 잘 드는 쪽을 골라 걸었다. 처 마가 낮은 곳을 따라 한참을 가니 녹슨 철제를 겹겹이 쌓아 놓 은 공터가 눈에 들어왔다. 언뜻 공사장 같이 보이기도 했다. 리 요는 공터 안을 들여다보았다. 공터 한쪽 구석에 임시로 세운 허술한 건물이 있는데, 그 안에서 간간이 바지직 불꽃이 튀는 것이 보였다.

그때 리요 뒤에서 자전거를 타고 오던 사내가 그녀 곁에 자전 거를 세우며 물었다.

"구청이 이 근처 어디라던데, 혹시 아십니까?"

리요는 그곳의 지리를 잘 모르기 때문에 대답 대신에 고개를 가로저었다. 그러자 사내가 가건물 안에다 대고 구청이 어디 있냐고 큰소리로 물었다. 잠시 후 가건물 안에서 머리를 수건으로 동여맨, 철공 기술자 같은 사내가 밖으로 얼굴을 내밀며 대답했다.

"이 길로 죽 가면 역이 나오는데, 그 근처요."

리요는 그 사내가 가리키는 손끝에서 시선을 거두며 그가 왠지 착한 사람일 것 같다는 생각을 했다. 잠시 후 리요는 사내 곁으로 다가갔다.

"저기 이거 시즈오카의 녹차인데 조금 사실래요?"

사내를 따라 가건물 안으로 들어선 리요가 자그마한 목소리로 물었다. 가건물 안에는 난로가 놓여 있었고, 그 위에서는 주전자의 물이 끓고 있었다.

"녹차요?"

"네, 시즈오카의 녹차예요."

리요는 웃음을 띠며 메고 있던 짐 배낭을 내려놓았다. 사내는 아무 말 없이 토방에 있는 의자 쪽으로 갔다. 리요는 벌겋게 타오르는 장작불에 잠시라도 추운 몸을 녹이고 싶었다.

"너무 오랫동안 걸었나. 저기요. 불 좀 쬐고 가도 될까요?"

리요가 조심스럽게 물었다.

"아, 그러세요. 문 닫고 거기 앉아서 쬐도록 해요."

사내는 앉으려던 의자를 리요에게 밀어주고 자신은 흔들거리는 나무 상자 위에 걸터앉았다.

리요는 배낭을 토방 한 구석에 내려놓고 난로 앞에 조심스레 쭈그리고 앉아 불을 쬐기 시작했다.

"그 의자에 앉아요."

사내가 턱을 치켜들고 말하면서 리요를 바라보았다. 아무렇게나 차려입은 모습이었지만 사내는 살결이 흰 그녀가 무척 고와 보였다.

"행상 다니는 거요?"

주전자의 물이 심하게 끓어 넘치는 소리를 냈다.

그을린 천장에는 신을 모신 신단이 달려 있고, 그 밑에 푸른 비쭈기나무가 있다. 그리고 창 아래로 매달린 칠판 밑에는 구멍이 숭숭 뚫린 고무장화 한 켤레가 놓여 있다.

"이쪽으로 가면 잘 팔릴 거라는 얘기를 듣고 아침 일찍부터 왔는데 막상 생각 같지가 않네요. 그냥 집으로 돌아가려다가 기왕 준비해 온 도시락이라서 아무데서나 먹고 가려고 도시락 먹을 만한 데를 찾던 참이었어요."

"여기서 먹으면 되겠네요. 장사라는 게 원래 그 날의 운수가 좋아야지. 그게 안 맞으면 공치기 십상이지. 집들이 많이 모인 데를 찾아봐요. 그런 곳에는 거기에 맞는 장사거리가 또 있을 테니."

사내는 책장처럼 생긴 선반에서 색이 누렇게 바랜 신문뭉치를 꺼냈다. 그리고 그 속에서 연어 토막을 끄집어내 주전자를 치우고 난로 위에 석쇠를 올려서 굽기 시작했다. 연어의 고소한 냄새가 풍겨 났다.

"그 의자에 앉아 천천히 물을 마시며 먹어요."

리요는 사내의 말이 떨어지기가 무섭게 배낭에서 도시락을 꺼내 의자에 앉았다.

"무슨 장사든 장사라는 게 쉬운 게 아니지. 시즈오카 녹차인지 뭔지 하는 그 차는 대체 얼마씩 합니까?"

연어를 뒤집던 사내가 물었다.

"한 되에 백이십 엔씩은 받아야 되는데 부스러기도 나오고 그래요. 게다가 값이 비싸면 팔기 어려워서……."

"그야 그렇지. 노인이라도 있는 집이라면 모를까, 젊은 애들만 있는 집에서야 누가 사겠나."

리요는 도시락을 풀었다. 새카만 보리밥에 정어리 대가리 말린 것과 된장에 절인 야채가 들어 있었다.

"집은 어디요?"

"고향은 여기서 꽤 먼데, 도쿄에 온 지 얼마 되지 않아서 어디가 어딘지 아직 잘 모르겠어요."

"음. 그럼 셋방살이를 하고 있는 거요?"

"아뇨. 친척집에서 신세를 지는 중이에요."

사내는 털실로 짠 주머니 속에서 커다란 도시락 그릇을 꺼내 뚜껑을 열었다. 꾹꾹 눌러 담아서인지 감자를 섞은 밥알이 뚜껑 밖으로 잔뜩 삐져나와 있었다. 리요는 배낭에서 차주머니를 꺼내 종이에 조금 덜며 물었다.

"이 녹차, 주전자에 넣어도 될까요?"

사내는 미안하다는 듯이 손사래를 쳤다.

"아니, 그 비싼 걸……."

사내는 씩 웃었다. 하얗게 드러난 치아가 건강해 보였다. 리요는 주전자 뚜껑을 열고 김이 모락모락 나는 주전자 속에 종이에 덜은 녹차를 넣었다. 녹차가 부글부글 끓기 시작했다. 사내는 선반에서 컵을 꺼내 나무 상자 위에 놓았다.

"바깥양반이 무슨 일을 하는지 물어봐도 실례가 되지 않으려나?"

사내는 멋쩍은 듯이 물으면서 연어를 손으로 잘라서 리요의 밥 위에 얹어 주었다. 리요는 어쩔 줄 몰라 하며 고마워했다.

"아이 아빠 지금 시베리아에 있어요. 근데 언제 돌아올지 알 수 없어서, 이런 일이라도 하면서 근근이 살아가는 중이에요."

사내는 깜짝 놀란 표정으로 고개를 들며 물었다.

"시베리아요? 시베리아 어디요?"

남편이 시베리아의 스틴이라는 곳에서 소식을 보내온 뒤 어느새 가을이 지나고 겨울을 보내게 됐다.

리요는 매일 아침 눈을 뜰 때마다 공허함을 느꼈다. 잠에서 깰 때마다 우울한 것은 물론이고, 힘이 하나도 없어지는 것이 이젠 아예 일상처럼 반복되고 있었다. 남편이 있는 곳이 너무 멀다 보니 어딘가에 남편이 있다는 사실조차 실감나지 않았다.

요즘 유행하는 '타국의 언덕' 이라는 노래를 아이에게 불러보게도 했지만, 오히려 마음만 더욱 쓸쓸해질 뿐이었다. 세상에서 혼자만 아직도 전쟁의 후유증을 앓고 있고, 혼자 뒤쳐져 홀로 남겨진 것만 같았다.

"세상에 하느님 따윈 없어."

리요는 입버릇처럼 말했다. 남편을 기다리는 것은 쉬운 일이 아니었다. 무더운 계절에는 더위에 지쳐서 힘들었고, 겨울엔 매서운 추위와 함께 언제인지 기약도 없는 사람을 하염없이 기다려야 한다는 사실에 또 쓸쓸해졌다. 참는 것에도 한계가 있는 법, 리요도 더 이상 버티기 힘들 정도로 지쳤다. 그래서였을까, 시베리아에서 세 번씩이나 겨울을 맞았을 남편의 모습이 이제는 유령처럼 희미하게 느껴졌다.

남편이 전쟁에 나간 6년 동안, 리요는 단 한 번도 행복을 느껴본 적이 없다. 세월은 불행한 리요의 생활과는 관계없이 속절없이 빠르게 흘러갈 뿐이었다. 그래서 그녀는 이제 더 이상 어느 누구와도 전쟁에 관한 얘기는 하지 않게 되었다.

"제 남편은 아직 시베리아에서 돌아오지 못하고 있어요."

어쩌다 남편에 대한 이야기가 나와 이렇게 말해도 사람들은 리요를 불쌍히 여겨주지 않았다.

시베리아라는 땅이 어떤 곳인지 리요는 알지 못한다. 다만 그녀에게 시베리아는 그저 눈 덮인 넓은 사막 같은 곳으로만 상상되었다.

"스틴이라고 부르는 곳이래요. 언제쯤이나 올 수 있을지도 모르겠어요."

"나도 시베리아에서 귀환했어요. 흑룡강 근처 '무르치'라는 데서 2년 간 벌채 작업만 죽도록 하다가 돌아왔는데…… 운명이란 게 우습게도 사람의 힘으로는 어쩔 수 없더군요. 바깥분도 고생이지만 기다리는 애기 엄마도 많이 힘들겠어요."

사내는 머리를 동여맸던 수건을 풀어서 컵을 닦아 차를 따랐다.

"어머, 아저씨도 시베리아에 끌려갔었군요? 근데 용케도 돌아오셨네요."

"뭐, 그냥 죽지 않고 목숨만 건져온 셈이지요."

리요는 빈 도시락을 챙기면서 사내의 얼굴을 천천히 뜯어보았다. 순해 보이는 얼굴이 왠지 마음 편히 속 얘기를 터놓게 했다.

"아이는 몇 살이에요?"

"사내아이인데 여덟 살이에요. 학교에도 보내야 하는데 장사 하느라 이래저래 못하고 있어요."

사내는 뜨거운 차를 후후 불며 마셨다.

"차 맛이 좋네."

"그래요? 더 좋은 차도 있는데. 이 차는 다른 차와는 맛이 틀려요. 원가는 600g에 8백 엔 정도예요. 다른 손님들도 맛있다고들 하시더라구요."

리요는 두 손으로 컵을 감싸 쥐고는 역시 사내처럼 후후 불며 녹차를 마셨다.

어느새 바람은 서풍으로 변해 더욱 세게 불어대더니 함석지붕을 요란하게 치고 지나갔다. 리요는 점점 더 밖으로 나가기가 싫어졌다. 조금이라도 더 따뜻한 불 옆에 있고 싶었다.

"그럼 나도 좀 사볼까?"

사내는 작업복 주머니 속에서 3백 엔을 꺼내며 말했다.

"아니에요, 안 사셔도 돼요. 드실 만큼 제가 그냥 드릴 게요."

리요는 녹차 몇 움큼을 꺼내 나무상자 위에 올려놓았다.

"그럼 안 되지. 장사는 어디까지나 장산데. 거 참, 그럼 언제든 이 근처에 오면 또 들러요."

"네, 그럴 게요. 근데 여기서 사시는 건 아닌가 봐요?"

리요는 좁은 작업장 안을 둘러보며 빈 도시락을 챙기고 있는 사내를 향해 물었다.

"여기서 살아요. 여기 널려 있는 철재들을 지키는 일을 하지요. 도시락만 이 근처에 사는 누님이 갖다 주고."

사내는 신을 모셔 놓은 신단 밑에 달려있는 문을 열며 말했다. 붙박이장 같은 곳에 침대가 놓여 있었고, 판자로 만든 벽에 어떤 인물의 그림엽서가 붙어 있었다.

"어머! 아늑하니 잘 꾸며 놓으셨네요."

리요는 순간, 사내의 나이가 궁금해졌다.

그 날부터 리요는 이 부근에 자주 행상을 하러 오게 되었고, 그때마다 철재를 쌓아둔 이 가건물에 들르게 되었다. 남자의 성이 츠루이시라는 것도 알게 되었다.

츠루이시는 리요가 찾아오는 것이 좋았다. 어느 때는 사탕 같은 것을 준비해서 기다리고 있을 때도 있었다. 리요는 츠루이시를 만나는 즐거움뿐만 아니라 부근에서 차를 사주는 단골도 서너 곳이 늘어 장사하기가 전보다 훨씬 수월해졌다.

닷새째 되는 날에는 아이를 데리고 츠루이시의 가건물에 들렀다. 츠루이시는 아이를 보자 무척 기뻐하며 아이를 데리고 나갔다. 잠시 후 돌아온 아이의 손에는 캐러멜 두 개가 쥐어져 있었다. 츠루이시는 아이의 머리를 쓰다듬으며 의자에 앉혔다. 리요는 츠루이시에게 아내가 있을까 잠시 생각해 봤다. 다른 뜻이 있어서가 아니라 아이를 귀여워하는 츠루이시를 보니 문득 그런 생각이 들었던 것이다.

리요는 서른 살이 되도록 남편 외에 다른 남자나 다른 일들을 생각해본 적이 없었지만, 츠루이시의 착한 심성에 그에 대한 자신의 감정이 조금씩 바뀌어 가고 있는 것을 깨닫게 되었다. 외모에도 신경을 쓰게 되었고 장사도 더 열심히 하게 됐다. 녹차 외에도 친척에게 고등어를 비롯한 여러 가지 생선들을 받아다 팔러다녔다. 오히려 녹차보다 생선이 더 잘 팔렸다.

리요가 츠루이시의 작업장에 드나든 지 열흘쯤 지났을 때였다. 언젠가 리요가 관광지인 아사쿠사에 한 번도 가본 적이 없다는 말을 한 적이 있었는데, 츠루이시는 그 말을 잊지 않고 있었다.

"쉬는 날 아사쿠사에 데리고 갈게요. 시간이 되면 우에노 공원도 구경해 봅시다."

츠루이시는 리요에게 약속을 했다.

벚꽃이 피기에는 아직 때가 일렀지만, 리요는 츠루이시의 말을 가슴에 담고 있었다. 마침내 약속한 날이 되자 리요는 우에노 역 안에 있는 여행안내소 앞에서 아이와 함께 츠루이시를 기다렸다. 잔뜩 찌푸린 날씨였지만 비만 오지 않는다면 오히려 편하게 관광하기 좋을 것 같았다. 십분 정도 지나자 츠루이시가 낡은 회색 양복을 입고 나타났다.

리요는 푸른빛 원피스에 엷은 갈색 상의를 입고 엷은 화장을 한 모습으로 아이의 손을 꼭 쥐고 있었다. 키가 큰 츠루이시와 나란히 서 있는 리요의 모습은 마치 여학생처럼 매우 작아 보였다.

"비가 오지 않아야 할 텐데……."

츠루이시는 사람들로 북적대자 아이를 번쩍 들어 안고 걸었다. 커다란 짐 보따리를 든 리요가 그의 뒤를 따르고 있었다. 짐 보따리 속에는 빵을 비롯해 김초밥 등 먹을 것이 잔뜩 들어 있었다.

전차를 타고 아사쿠사 종점에서 내린 세 사람은 헌 옷가지들을 파는 시장 밖으로 나왔다. 그곳에는 음식을 파는 노점상들이 빼곡하게 줄지어 서 있었다. 아이는 츠루이시가 노점에서 사준 과자를 먹으면서 걸었다.

리요는 잠시 츠루이시를 바라보며 생각을 했다. 우연히 알게 된 사이임에도 왠지 아주 오래 전부터 알고 지내온 사람처럼 느껴졌다. 그래서인지 아무리 걸어도 전혀 힘들지가 않았다.

영화관들이 늘어서 있는 곳이 보였다. 영화관 앞에는 꽤나 잘 그린 그림들이 걸려 있었다. 세 사람은 영화관 건물 사이를 느릿느릿 걸었다.

"비가 오네."

갑작스럽게 비가 내리자 츠루이시가 리요를 돌아보며 말했다. 리요도 하늘을 올려다보았다. 굵은 빗방울이었다. 벼르고 별러서 나선 모처럼의 외출인데 비가 내리다니 낭패가 아닐 수 없었다.

세 사람은 주위를 두리번거리다 메리라는 간판이 붙은 작은 찻집으로 들어갔다. 벚꽃 조화를 천장에 매단 풍경이 어쩐지 썰렁한 기운이 맴돌게 했다. 리요는 홍차를 시킨 후 들고 온 짐 보따리에서 초밥과 빵을 꺼내 츠루이시와 아이에게 주었다. 츠루이시는 음식을 먹는 속도가 다른 사람보다 빠른 것 같았다. 꺼내놓기가 무섭게 많은 음식들이 게 눈 감추듯 사라졌다.

빗줄기는 점점 더 굵어졌다. 그 바람에 많은 손님들이 한꺼번에 찻집으로 밀려 들어왔다.

"어떡하지요? 쉽게 그칠 것 같지 않은데……."

리요는 내리는 비를 보며 걱정스레 중얼거렸다.

"비가 좀 그치면 집에 데려다 줄게요."

츠루이시는 주저없이 리요를 집까지 데려다 주겠다고 말했다. 하지만 집에까지 데려다 준다한들 츠루이시를 마음 편히 안으로 들일 수도 없는 형편이다. 리요는 방을 구할 만큼 형편이 나아질 때까지 친척뻘 되는 집에서 신세를 지고 있는 처지였다. 차라리 그럴 바엔 츠루이시가 머물고 있는 가건물에 가는 편이 나을 듯싶었다. 그러나 그것도 썩 내키지는 않았다. 가건물에는 제대로 된 의자나 탁자가 없었기에 비를 피해 하루쯤 묵고 갈 수도 없는 일이었다.

비는 좀처럼 그칠 기미가 보이지 않았다. 오히려 장대비로 변하더니 억수로 퍼붓기 시작했다. 리요는 츠루이시의 눈을 피해 짐 보따리 속에 넣어둔 지갑을 꺼내 돈을 세어 봤다. 7백 엔 정도는 되었다. 가능하면 그 돈으로 비가 그칠 때까지 머물러 있을 만한 여관을 찾아보기로 마음먹었다.

"어디 여관 같은 데는 없을까요?"

리요의 입에서 여관이라는 말이 나오자, 순간 츠루이시의 표정이 심하게 일그러졌다. 리요는 그런 츠루이시의 표정을 보면서 자신의 처지를 솔직하게 털어놓을 수밖에 없었다.

"이대로 그냥 돌아가고 싶진 않아요. 영화도 보고, 가능하다면 여관에서 쉬면서 음식도 시켜먹고 그러다가 헤어지고 싶어요. 제가 주책없는 소릴 하는 건 아니겠지요?"

듣고 있던 츠루이시가 고개를 끄떡였다. 그리고 입고 있던 상의를 벗어 아이의 머리 위에 씌워준 다음, 리요의 손을 잡고 빗속을 가르며 가까운 극장의 처마 밑으로 뛰어 들어갔다.

극장은 이미 앉을 자리도 없을 만큼 많은 사람들이 꽉 차 있었다. 세 사람은 결국 영화가 끝날 때까지 오랜 시간을 서서 봐야 했고 곧 피곤해졌다. 츠루이시의 등에 업힌 아이가 깊은 잠에 빠졌다.

두 사람은 빨리 여관으로 가는 게 나을 거란 생각을 했다. 그래서 영화는 아직 끝나지 않았지만 아이와 함께 영화관을 나와 세차게 퍼붓는 빗속을 걸었다. 여관을 찾기 위해서다. 처마를 두드리듯 둔탁한 소리를 내는 비가 사방에서 억수같이 내리고 있었다.

두 사람은 간신히 허름하게 생긴 여관 하나를 발견했다. 주인은 낡은 바닥이 삐걱삐걱 소리가 나는 복도의 막다른 곳에 있는 방으로 안내해 주었다. 비좁고 끈적거리는 다다미가 기분 나쁜 방이었다. 리요는 젖은 양말을 벗었다. 아이는 다다미가 깔린 바닥 한쪽 구석에 눕혔다. 츠루이시가 퀴퀴하게 때 묻은 방석을 반으로 접어 아이의 베개로 만들어 주었다. 또 누렇게 바랜 손수건을 꺼내 리요의 머리칼을 닦아주었다. 너무나도 자연스런 행동에 리요는 별 생각 없이 그가 하는 대로 맡겼다. 빗방울 소리와 함께 행복함이 리요의 가슴속으로 파고들었다. 왜 이렇게 마음이 포근해지는 것일까. 오랫동안 갇혀 있던 고독이 툭 소리와 함께 터져 나오는 것 같았다.

"이런 곳에서도 음식을 시킬 수 있는지 모르겠군."

"글쎄요. 알아보고 올 게요."

리요는 방문을 열고 복도로 나왔다. 마침 마실 물을 들고 오는 여종업원의 모습이 보였다. 리요는 그녀에게 다가가 음식을 시킬 수 있는지 물었다. 그리고 메밀국수 두 그릇을 주문해 놓았다. 주문한 메밀국수를 기다리며 차를 마시던 두 사람은 불도 없는 화로를 가운데 놓고 잠시 마주 앉았다. 츠루이시가 이내 아이 옆에 길게 다리를 뻗으며 드러누웠다. 멋쩍어 하던 리요가 창밖으로 시선을 돌렸다.

"나이가 어떻게 되는지 물어도 되나요?"

창 밖에 둔 시선을 좀처럼 거두지 못하는 리요를 향해 대뜸 츠루이시가 나이를 물어왔다. 리요는 츠루이시 쪽으로 얼굴을 돌리며 생긋 미소를 머금은 채 바라만 보았다.

"여자 나이는 도대체가 모르겠단 말이지. 스물 예닐곱쯤 되려나?"

츠루이시는 정말 알 수 없다는 표정을 지으며 혼잣말처럼 중얼거렸다.

"그래 보여요? 그보다 조금 많은 서른이에요."

리요는 나이보다 어려 보인다는 츠루이시의 말에 그다지 기분 나쁘지 않은 표정을 지으며 말을 했다.

"그래요? 그럼 나보다 한 살이 많네!"

츠루이시는 못내 아쉬운 표정을 지었다.

"어머! 보기보다는 젊으시네요. 난 서른이 훨씬 넘은 걸로 생각했거든요."

리요는 믿을 수 없다는 듯 고개를 갸웃거리며 츠루이시의 얼굴을 바라보았다. 츠루이시는 양말을 벗고 있었다.

비는 어둠이 내려도 그칠 줄을 몰랐다. 주문한 메밀국수가 늦

게야 배달됐다. 리요는 자고 있는 아이를 깨워 국수를 함께 먹었다. 국수를 먹고 난 두 사람은 그날 밤 여관에서 묵고 가기로 했다. 츠루이시는 국수 그릇을 치운 뒤, 카운터로 가서 서둘러 숙박료를 지불하고 왔다. 잠시 후 제법 말쑥한 침구 세 개를 여종업원이 가지고 왔다. 리요가 바닥에 이부자리를 펴자, 방안이 이부자리로 가득 찼다. 리요는 아이를 방 한가운데로 옮겨 눕혔다.

"우릴 부부로 아는 모양이군."

"그런가 봐요."

리요는 방안에 펴진 이부자리를 봐서인지 마음이 몹시 설레었다. 그리고 그런 자신의 마음에 괜스레 남편에게 미안한 생각이 들었다. 비가 그치지 않고 계속해서 내리는 바람에 어쩔 수 없이 아이와 여관에서 하루를 묵게 된 것이라고 스스로를 위로해보지만, 여전히 미안한 마음을 떨쳐버릴 수가 없었다.

깊은 밤이었다. 리요가 깜빡 잠들려는 순간, 자신을 부르는 소리가 들렸다.

"리요 씨……, 리요 씨."

츠루이시가 부르는 소리였다. 리요가 놀라서 누운 채로 고개를 들어 츠루이시를 바라보았다.

"그쪽으로 가면 안 될까요?"

츠루이시가 속삭이듯 말했다. 빗줄기도 조금은 약해졌는지 처마에 떨어지는 소리가 나지막하게 들려왔다.

"안 돼요. 말도 안 되는 소리예요."

뜻밖의 말을 들은 리요는 고개를 흔들며 대답을 했다.

"안 될까요?"

이번엔 애절하기까지 한 츠루이시의 목소리가 이어졌다.

"네, 그런 소리 마세요."

리요의 단호한 대답에 츠루이시는 깊은 한숨을 지었다.

"저기…… 그런데 부인은? 미처 물어보질 못했는데……."

리요는 무슨 말을 할까 생각하다가 그의 아내에 대한 질문을 던졌다.

"지금 없어요."

"지금 없다면 전엔 있었다는 얘긴가요?"

"있었지요."

"그래요? 그럼 지금은요?"

리요는 조심스럽게 물었다.

"군대에서 돌아와 보니 다른 남자랑 바람나서 살고 있더군요."

츠루이시는 쓸쓸하다는 듯이 갈라지는 목소리에 힘을 더하며 대답을 했다.

"마음이 무척 상했겠어요."

리요는 마치 자신의 아픔인 듯 애처롭게 물었다.

"그렇지요, 뭐……. 화가 나기도 하고 속상하기도 했고. 하지만 이미 벌어진 일 어쩌겠어요? 떠난 사람, 어쩔 수 없는 일이지요."

이제는 털끝만큼의 미련도 없다는 듯 츠루이시는 힘주어 말했다.

"용케도 마음 정리를 하셨네요."

리요가 위로의 말을 했지만 츠루이시는 더 이상 대꾸가 없었다.

"우리 다른 얘기할까요?"

리요는 츠루이시가 아내에 대해서 더는 말을 하고 싶어 하지 않는다는 사실을 눈치 채고 다른 말을 하려고 했다.

"별로 할 얘기도 없는데…… 그런데 메밀국수 맛이 정말 형편없더군요."

츠루이시가 갑자기 생각났다는 듯 음식에 대한 불평을 했다.

"맞아요. 그러고도 한 그릇에 백 엔씩이나 받다니."

리요는 그의 말에 맞장구를 쳤다. 맛이 없던 게 사실이었기 때문이다.

"리요 씨도 빨리 방을 얻어야 할 텐데……."

츠루이시는 다시 말을 돌렸다.

"그러면 좋지요. 츠루이시 씨가 일하는 곳 근처에 얻었으면 좋겠어요. 이웃으로 지내면 좋잖아요."

리요는 진작부터 그런 생각을 하고 있던 터였다. 혼자 아이를 데리고 사는 것이 너무 힘들어 누군가를 의지하며 살고 싶었다.

"아직은 없는 것 같은데. 만약 나오면 내가 먼저 얘기해둘 테니까 걱정 말아요. 그리고 보면 리요 씨는 참 대단한 사람이네요."

"어머! 왜 갑자기 그런 말을 하세요?"

"대단해요. 여자라고 해서 누구나가 다 몸가짐이 헤프고 천한 게 아니었군요."

리요는 잠자코 츠루이시의 말을 듣고 있었다. 그 순간 그의 품에 안기고 싶다는 생각이 들었다. 자꾸만…….

리요는 츠루이시 모르게 한숨을 깊게 내리 쉬었다. 몸이 뜨거워지는 것을 참아내야 했기 때문이다.

그때 건물을 허물어 버릴 것 같은 요란한 소리를 내며 트럭이 지나갔다.

"전쟁이라는 건 사람을 벌레 같은 인간으로 만들어 버리는 비극적인 행위에요. 정말 사람이 아니라 반미치광이 짓을 하며 지냈는데……. 그나마 이등병으로 끝날 수 있었던 게 불행 중 다행이지요. 그때 두들겨 맞은 생각을 하면 지금도 자다가 벌떡 일어날 정도에요. 전쟁엔 두 번 다시 나가고 싶지 않아요."

아직도 전쟁의 상처를 지울 수 없는지 츠루이시는 심하게 몸

서리를 쳐댔다.

"부모님은요?"

"시골에 계세요."

"시골? 어디요?"

"시즈오카."

"그럼 누님은 뭘 하세요?"

"리요 씨처럼 혼자서 아이 둘을 키우고 있어요. 재봉틀로 옷을 만들어 팔며 겨우 먹고 살아요. 매형이 중국 중부지방에서 일찌감치 전사했거든요."

츠루이시의 마음이 좀 진정되었는지 목소리가 조금은 부드러워져 있었다. 어느새 날이 밝아오고 있었다. 창으로 희미한 빛이 비쳐지기 시작했던 것이다. 리요는 이대로 날이 밝는 게 못내 아쉬웠다. 츠루이시의 체념이 아니었다면 밝은 아침을 맞이할 수 없었을 것이다. 그에 대한 연민이 들었다. 아마도 다른 남자였다면 이런 아침을 맞이할 수 없게 만들었을 텐데.

"어쩐지 정신이 더 맑아지는 것 같군요. 내가 쓸데없는 짓을 한 것은 아닌지 모르겠어요."

"어머, 그럼 놀러 다니신 적도 없나요?"

"그야 남자니까 있긴 있지요. 하지만 화류계 여자들만 상대를……."

"남자들은 참 좋겠어요."

리요는 자신도 모르게 이런 말이 튀었나왔다. 그런데 이 말이 떨어지기가 무섭게 츠루이시가 벌떡 일어나 리요 곁으로 다가왔다. 그러고는 순식간에 리요를 덮쳐눌렀다. 그야말로 순식간에 일어난 일이라 리요는 남자의 뜨겁고도 간절한 힘에 밀려 꼼짝할 수가 없었다. 다만 묵묵히 어둠 속에 시선을 고정시키고 있을 뿐이었다.

츠루이시의 검은 머리가 리요의 볼을 짓누르며 콧방울 언저리에 가늘게 떨리는 입술이 닿자, 리요는 강한 거부감을 드러냈다.

"안 된다는 건가요?"

"그러면 안될 것 같아서요. 시베리아에 있는 남편을 생각하면……."

말끝을 흐리던 리요는 괜한 말을 했다는 자책감이 들었다. 자신의 말이 끝나기도 전에 츠루이시가 이불 위에 엎드려 용서를 구하는 모습으로 꿈쩍 않고 있는 것이 아닌가.

리요는 순간 미안한 생각이 들었다. 잠시 망설이던 리요는 츠루이시의 뜨거워진 목을 힘주어 끌어안았다.

이틀 후 리요는 아이를 데리고 츠루이시의 가건물 쪽으로 부리나케 걸음을 재촉했다. 다른 때 같으면 그 시간에 머리를 수건으로 동여맨 츠루이시의 모습이 유리문을 통해 보여야 하는

데 오늘은 웬일인지 그의 모습이 보이지 않았다. 리요는 이상한 생각이 들어 아이를 먼저 가보게 했다.

"엄마, 모르는 아저씨가 있어."

멀리서 외치며 아이가 뛰어왔다.

리요는 가슴이 두근거렸다. 가건물 입구 쪽에 가서 안을 들여다보니, 정말로 젊은 남자 두 명이 붙박이장에 있는 츠루이시의 물건을 치우고 있는 중이었다.

"아주머니, 무슨 일이시지요?"

눈이 작게 생긴 남자가 뒤돌아보며 물었다.

"츠루이시 씨 안 계세요?"

"츠루이시요? 어젯밤에 죽었는데……."

"네?"

리요는 "네?"라는 외마디 소리밖에 더는 아무 말도 할 수가 없었다. 신을 모셔 놓은 곳에 등불이 켜져 있는 것이 이상하다는 생각이 들긴 했지만, 설마 츠루이시가 죽어서 켜진 등불이라고는 생각지도 못했다.

츠루이시가 함께 탄 철재를 실은 트럭이 본사에 갔다 가건물로 되돌아오던 길에 어떤 다리 위에서 갑자기 강 속으로 곤두박질을 치면서 운전기사와 함께 죽었다고 눈이 작은 젊은이가 가르쳐 주었다.

리요는 어이가 없었다. 두 남자가 츠루이시의 물건을 정리하는 모습을 그저 멍하니 보다보니 선반 위에 차 주머니 두 개가 나란히 올려 있는 것이 눈에 들어왔다. 차 주머니 하나는 절반쯤이 접혀 있었다. 리요가 처음 찾아간 날 츠루이시가 샀던 녹차였다.

"아주머니, 츠루이시와는 아는 사이인가요?"

"네, 그래요."

"좋은 사람이었는데, 본사까지 왜 따라갔는지. 트럭 운전기사가 같이 가자고 꼬드긴 바람에 끌려갔다가 변을 당한 거지 뭐야. 전쟁에서 간신히 살아 돌아온 몸인데……."

뚱뚱한 남자가 벽에서 그림엽서를 떼어내며 엽서에 달라붙은 먼지를 후우, 하고 불어냈다. 리요는 멍하니 생각에 잠겼다. 난로도, 주전자도, 장화도 그대로 그 자리에 있었다. 칠판을 바라보니 빨간 분필로 서툰 글씨가 씌어 있었다.

'리요 씨, 두 시까지 기다렸어요.'

리요는 아이의 손을 잡고 다시 무거운 배낭을 짊어졌다. 갑자기 코끝이 찡해지면서 뜨거운 눈물이 흘러내렸다.

"엄마, 아저씨가 죽은 거야?"

"응……."

"어디서 죽었대?"

"강 속에서."

어쨌든 지금은 도쿄가 좋아졌다. 객사를 하

는 일이 있더라도 지금은 도쿄가 좋다.

리요는 제방의 푸른 풀 위에 앉았

다. 바로 아래 콘크리트 조각

옆에 새끼 고양이 사체가

버려져 있었다.

리요는 걸으면서 울었다. 왠지 모를 서글픔이 가슴속으로 아프게 파고들었다. 그 날 아침, 아기가 생기면 어떻게 하느냐는 말에, 그는 모든 것을 자신이 책임지겠으니 아무런 걱정을 하지 말라고 했다. 그리고 매월 2천 엔 정도 줄 수 있다며 연필에 침을 바르며 작은 수첩에 리요의 주소까지 꼼꼼하게 적어두었다. 또 여관 문을 나서서는 근처 양품점에서 야구선수의 이름이 새겨진 모자를 아이에게 사주기까지 했었다.

한참을 걷다 보니 스미다가와 강이 나왔다. 리요는 강바람을 맞으며 강변을 느릿느릿 걸었다. 멀리서 물새들이 떼 지어 노는 모습이 눈에 들어왔다. 검푸른 강 위로 갖가지 배들이 바쁘게 오가고 있다. 리요는 시베리아에 있는 남편보다도 츠루이시를 더 그리워하고 있음을 깨달았다.

"엄마, 만화책 사줘."

"이따 사줄게."

"아까 만화책 있는 책방 지나왔단 말이야."

"그랬어?"

"엄마는 못 봤어?"

리요는 다시 되돌아섰다. 어디로 가야 할지 모르겠다. 그런 남자를 다시는 더 만날 수 없을 거란 생각이 들었다.

"엄마, 배고파."

리요는 이것저것 자꾸 졸라대는 아이가 갑자기 밉살스레 보였다.

하얀 바탕에 빨간 글씨가 새겨진 야구 모자를 눌러 쓴 아이의 모습이 귀여워 보였다. 무작정 길을 걷던 리요는 강가에 늘어서 있는 판잣집들을 바라보며 집이 있는 사람들은 얼마나 좋을까 부러웠다.

이층에 이불을 널고 있는 집이 있어 리요는 그 집 문을 열었다.

"시즈오카의 녹차 사세요. 향이 참 좋아요. 좀 사세요."

애교 있는 목소리로 말했다. 대답이 없어 또 한 번 말하자 집 정면에 있는 계단 위에서 퉁명스런 젊은 여자 목소리가 들렸다.

"필요 없어요."

리요는 다시 그 옆집 문을 열었다.

"시즈오카 녹차 사세요."

"안 사요."

현관 옆방에서 남자가 역시 필요 없다고 대꾸를 해왔다. 리요는 끈질기게 한 집 한 집 대문을 두드렸지만, 누구 하나 리요에게 녹차 좀 보자고 나서는 사람이 없었다. 아이는 칭얼거리며 엄마 뒤를 따랐다. 녹차를 사주는 사람이 하나도 없어도 한 집 한 집 찾아다니는 것은 외로움을 달래기 위한 리요의 몸부림이었다. 또 한편으로 그렇게라도 하는 게 거지보다는 낫다고 생각했다.

이튿날 리요는 아이를 둔 채 혼자 집을 나섰다. 홀로 걷다보니 츠루이시에 대해 진지하게 생각해볼 수 있는 자유가 생겨서 좋았다. 가건물의 울타리를 돌아서는데 가건물 안에 사람이 있는 것이 보였다. 난로에 불이 피워져 있는 것 같았다. 리요는 츠루이시를 처음 만났던 날이 생각나 그 앞으로 다가섰다. 안에서는 나이 들어 보이는 남자가 난로에 장작을 태우고 있었다.

"무슨 일이요?"

남자가 매운 연기 때문에 쿨룩거리며 리요를 바라보았다.

"녹차 좀 사세요."

"차는 아직 좋은 게 많이 있으니 나중에 들리시오."

리요는 가건물 밖으로 나왔다. 안으로 들어가 봤자 소용없는 일일 것이다. 리요는 그에게 츠루이시 누이의 집이 어딘지 물어 그의 영전에 꽃 한 송이라도 올리고 싶은 심정이었지만 그만 두기로 했다. 그런들 무슨 소용이 있을까. 지금은 그저 모든 게 허무하게만 여겨졌다.

리요는 만일 츠루이시의 아이를 잉태하기라도 하면 더 이상 살아갈 수가 없을 것 같은 생각이 들었다. 남편이 언젠가 시베리아에서 돌아오게 될 텐데, 만에 하나 어떤 문제라도 생긴다면 자신은 죽을 수밖에 없다는 생각이 들었다. 밝은 햇살이 유난히도 밝게 사방을 비췄다. 강바닥이 타는 듯 말라 있지만 둑 양쪽으로는 눈이 시리도록 푸른 풀이 흐드러져 있었다.

리요의 양심이 아직까지는 상처받지 않고 있었다. 츠루이시를 만난 것을 나쁜 일이라고는 생각하고 싶지 않았다. 행상을 하다가 그나마도 밥벌이가 되지 않으면 고향으로 돌아갈 작정으로 상경한 리요였지만, 장사가 되든 안 되든 어쨌든 지금은 도쿄가 좋아졌다. 객사를 하는 일이 있더라도 지금은 도쿄가 좋다.

리요는 제방의 푸른 풀 위에 앉았다. 바로 아래 콘크리트 조각 옆에 새끼 고양이 사체가 버려져 있었다. 리요는 자리에서 일어나 배낭을 메고 역 쪽으로 걸었다. 잠시 후 골목길이 나오자 리요는 그 안으로 들어가 보았다. 초라해 보이는 집 한 채가 나타났고, 리요는 안에다 대고 말했다.

"시즈오카 녹차 안 사실래요?"

"글쎄…… 얼마예요? 비쌀 거 같은데."

리요가 집 문을 열자 부업을 하고 있는 것으로 보이는 여자 두서너 명이 이쪽을 바라보았다.

"잠깐만요. 차를 담을 만한 빈 통을 찾아봐야겠어요."

여자가 안으로 사라졌다. 자기와 비슷한 여자들이 부지런히 버선 바닥을 꿰매고 있다. 가끔씩 손에 쥔 바늘이 햇볕에 반짝 빛을 발하고 있었다.

두자춘

작 · 가 · 소 · 개

아쿠타가와 류노스케는 용의 해, 용의 달, 용의 해에 태어났다 해서
'류노스케芥之介'라는 이름을 얻었다고 한다. 그가 한 살 때
어머니가 미쳐버리는 바람에 외삼촌댁에서 양자로 자랐는데, 그 후
항상 어머니의 광기가 유전될지 모른다는 공포감을 떠안고 살았다.

도쿄대학 대학 중 당대 최고의 작가인 나츠메 소세키 밑에 들어가 문학수업을
받았으며 그로부터 작가로서의 가능성과 천재성을 인정받았다.

그는 인생의 객관적인 의미와 자기고백을 관련시켜 탐구를 한 지적인 작가였다.

이후에도 많은 작품을 발표하면서 정교하고 치밀한 구성과 다양한 문체로
문단의 확고한 지위를 세웠으나, 1927년 장래에 대한 막연한 불안감에
세상을 떠난다는 유서를 남기고 다량의 수면제를 먹고 자살했다.

이후 그의 이름을 기념하고 순수문학의 발전에 이바지하기 위하여
1935년에 '아쿠타가와 상'이 제정되어 지금까지 일본 최고의 전통으로 지켜오고 있다.

주요 작품으로는 〈코〉, 〈어느 바보의 일생〉, 〈신기루〉, 〈나생문〉, 〈두자춘〉 등 많은 작품이 있다.

리오는 그가 왠지 착한 사람일 것 같다는 생각을 했다. 잠시 후 리오는 사내 곁으로 다가갔다.

"...하고 가요?"
"못하고 있어요."

남편에 댄한... 말해도 사람들은 리오를 불쌍히 여겨주지 않았다.

"...완향어요. 후쿠강 근처 '무로지'라는 데서 2년 간 벌채 작업만 주로 하다가 돌아왔는데...... 운명이란 게 우습게도 ...... 바깥분도 고생이지만 기다리는 애기 엄마도 많이 힘들겠어요."

장사라는 게 원래 그 ...... 아줌씨인데...... 학교에도 보내야 하는데 장사하느라 이럭저럭 못하고 있어요."

"그래도 돼요. 도시 마음 제가 그냥 드릴 게요."

"안 퇴쩍에 생사는 ...... 참, 그럼 언제든 이 근처에 오면 또 들려요."

리오는 빈 도시락을 챙기고 있는 사내를 향해 웃었다.

"여기 ...... 너려 이는 천재들을 지키는 일을 하지요. 도시락만 이 근처에 사는 누님이 갖다 주고."

두자춘

다 앉아 볼을거는보 라 바 을신자로으 눈쁘슬채, 진 리의짐승이 마 한 힘없이 땅에 쓰러

1

어느 해 봄, 해질 무렵의 일이었다. 당나라의 수도인 낙양의 서문 아래에 한 사내가 멍하게 하늘을 바라보고 있었다. 이 사내는 '두자춘' 이라는 이름을 가진 사람이다. 그는 원래 부잣집의 귀한 아들로 태어났지만, 지금은 그 많던 재산을 탕진하고 하루하루의 끼니를 걱정해야만 하는 형편없는 사람이 되어버렸다.

당시 낙양은 그 어디와도 비교할 수 없을 정도로 매우 번창한 도시였다. 거리는 항상 분주하게 왕래하는 사람들과 마차들로

두자춘

1

어느 해 봄, 해질 무렵의 일이었다. 당나라의 수도인 낙양의 서문 아래에 한 사내가 멍하게 하늘을 바라보고 있었다. 이 사내는 '두자춘' 이라는 이름을 가진 사람이다. 그는 원래 부잣집의 귀한 아들로 태어났지만, 지금은 그 많던 재산을 탕진하고 하루하루의 끼니를 걱정해야만 하는 형편없는 사람이 되어버렸다.

당시 낙양은 그 어디와도 비교할 수 없을 정도로 매우 번창한 도시였다. 거리는 항상 분주하게 왕래하는 사람들과 마차들로

정신이 없었다. 서문 가득히 비치는 석양이 노인이 쓰고 있는 벼슬아치의 모자와 터키산 금으로 만든 장식품, 백마에 걸쳐진 색실로 만든 고삐 등에서 흘러나오는 빛을 그림처럼 아름답게 물들이고 있었다.

두자춘은 여전히 서문 아래의 벽에 기대어 멍하니 하늘을 올려다보고 있다. 하늘에서도 어느새 가느다란 초승달이 희미하게 그 모습을 드러내기 시작했다.

"날도 저물고, 배도 고픈데 대체 어디로 가야 된단 말인가. 반겨줄 곳 하나 없는 이런 몸뚱이 어디 강물에나 확 빠져서 죽어버릴까."

두자춘은 이러지도 못하고 저러지도 못하는 자신의 신세를 한탄하며 끝없이 고민하고 있었다.

그때였다. 어디서 나타났는지 갑자기 그의 앞에 한쪽 눈을 가린 애꾸눈의 노인이 모습을 드러냈다. 노인은 석양빛에 커다란 그림자를 드리우면서 천천히 두자춘에게 가까이 다가와서는 물끄러미 얼굴을 바라보았다.

한동안 말없이 두자춘을 바라보던 노인이 갑자기 두자춘에게 질문을 했다.

"자네는 무슨 생각을 그리 골똘히 하고 있나?"

"네? 저 말인가요? 아, 저는 지금 당장 잠잘 곳이 없어서 어떻게 해야 좋을지를 생각하고 있던 중입니다."

노인의 갑작스런 질문에 두자춘은 두 눈을 감은 채로 얼떨결에 솔직한 대답을 해버리고 말았다.

"그랬구먼, 거 참 딱하게 됐네."

노인은 한동안 무엇인가를 깊게 생각하는 듯싶더니 석양을 가리키며 입을 열었다.

"자네 신세가 참 처량한 것 같아서 하는 말인데, 내가 한 가지 좋은 방법을 가르쳐 주도록 하지. 그리 어려운 일은 아닐세. 지금 자네가 서 있는 곳에서 그림자가 지는 곳을 향해 서 보게나. 자네의 그림자가 땅에 드리워지면 그림자 중에서 머리에 해당하는 곳을 표시해 두었다가, 아무도 없는 한밤중에 그곳을 파 보도록 하게. 마차에 가득 싣고도 남을 황금이 묻혀 있을 것일세."

"어르신, 그 말씀이 정말이신가요?"

두자춘은 노인의 거짓말 같은 얘기에 너무 놀라서 감고 있던 눈을 뜨며 물었다. 그러나 방금 전까지만 해도 자신의 코앞에 있던 노인이 어디로 갔는지 모습을 찾아볼 수가 없었다.

정말로 신기한 일이었다. 주위를 둘러보니 하늘에 희미하게 모습을 드러냈던 초승달이 전보다 진하게 모습을 드러냈고, 끊임없이 오가던 거리의 행인들 머리 위로 두세 마리의 새가 날고 있을 뿐이었다.

2

두자춘은 하룻밤 사이에 낙양에서 손에 꼽힐 정도의 큰 부자가 되었다. 그 노인이 가르쳐준 대로 석양에 드리워진 자신의 그림자 중에서 머리에 해당하는 부분을 표시해 두었다가 한밤중에 아무도 모르게 그곳을 파 보니, 정말로 마차에 가득 싣고도 남을 정도의 황금이 나온 것이었다.

그야말로 벼락부자가 된 두자춘은 제일 먼저 좋은 집을 장만했다. 그리고 황제도 부럽지 않을 정도의 호화로운 생활을 시작했다. 난릉蘭陵의 술을 사오게 하고, 계주桂州의 용안육龍眼肉을 주문했다.

어디 그뿐이랴. 하루에 네 번이나 색이 변하는 모란을 정원에다 심었다. 백색의 공작을 여러 마리 기르고, 많은 옥들을 수집했다. 많은 비단을 짰고, 향나무로 마차를 만드는가 하면, 상아로 만든 의자를 주문하는 등 그 호화로움은 일일이 열거할 수조차 없을 정도였다.

두자춘에 대한 소문을 듣고는 많은 사람들이 그의 집을 찾기 시작했다. 길거리에서 우연히 만나도 알은 체도 하지 않던 친구들이 그의 집을 밤낮없이 찾게 된 것도 두자춘이 부자가 된 후부터였다.

날이 갈수록 그의 집을 찾는 사람들의 수가 늘어나, 반 년 정도가 지난 후에는 낙양에 살고 있는 **빼어난** 미인들과 재주를 지닌 사람들을 비롯하여 대부분의 사람들이 그의 집을 한 번 정도는 찾았을 정도였다.

두자춘은 자신의 집을 방문하는 사람들을 상대로 거의 매일같이 연회를 베풀었다. 그 연회의 규모는 말로 도저히 표현할 수 없을 정도로 엄청났다. 금으로 만든 술잔에 포도주를 따라 마셨고, 인도 출신의 마법사가 칼을 입에다 집어넣는 마술을 부리며 사람들의 눈길을 사로잡았다.

연회 주변에는 스무 명의 여자들이 있었다. 그 중 열 명은 비취로 만든 연꽃을 머리에 꽂았고, 나머지 열 명은 화려하게 장식된 모란꽃을 머리에 꽂고는 피리와 거문고를 타며 흥겨운 선율을 연주했다.

그러나 제아무리 세상 부러울 것 없는 부자라고 하여도 벌지 않고 쓰기만 하는 재물은 한계가 있을 수밖에 없다. 그토록 떵떵거리던 두자춘도 2년을 넘기지 못하고 다시 가난해질 수밖에 없었다.

그러자 매일같이 그의 집을 드나든 친구들과 사람들이 그의 집 앞을 지나치면서도 인사 한 마디 하지 않고 지나쳤다. 사람이란 참으로 매정한 동물이다.

결국은 3년째 되는 어느 봄날, 두자춘은 다시 예전처럼 돈 한 푼 없는 알거지가 되고 말았다. 그런 그에게 잠잘 곳을 마련해 자네의 그림자가 땅에 드리워지면 그 중 가슴에 해당하는 곳을 표시해 두었다가 아무도 없는 한밤중에 그곳을 파 보도록 하게.

주는 사람은커녕, 물 한 잔도 건네주는 사람이 없었다.

그러던 어느 날 저녁, 두자춘은 낙양의 서문 아래에 기대어 서서 멍하니 하늘을 쳐다보며 자신의 처지를 한탄하고 있었다. 그때였다. 옛날 자신에게 나타났던 애꾸눈을 한 노인이 그의 앞에 다시 나타났다. 그러고는 두자춘에게 말을 걸어왔다.

"자네는 무엇을 그리 골똘하게 생각하고 있나?"

두자춘은 노인의 얼굴을 쳐다보고는 부끄러움에 땅만 바라보며 아무런 대답을 하지 못했다. 그러다 두자춘은 조심스레 입을 열었다.

"부끄럽게도 저는 오늘 당장 잠잘 곳이 없어서 고민을 하던 중이었습니다."

"그렇군, 그거 참 딱하게 되었어. 그럼 자네에게 한 가지 좋은 방법을 가르쳐 주도록 하지. 지금 자네가 서 있는 곳에서 자네의 그림자가 지고 있는 곳을 향해 서 보게나. 자네의 그림자가 땅에 드리워지면 그 중 가슴에 해당하는 곳을 표시해 두었다가 아무도 없는 한밤중에 그곳을 파 보도록 하게. 틀림없이 마차에 가득 신고도 남을 황금이 묻혀 있을 것일세."

노인은 이렇게 말을 하고는 사람들 사이로 사라져버리고 말았다.

두자춘은 또 다시 하룻밤 사이에 커다란 부자가 될 수 있었다. 부자가 된 그는 예전처럼 호화스러운 생활을 하기 시작했다. 정원에 피어 있는 모란, 잠자는 백색 공작, 그리고 칼을 입에 넣는 마술을 부리는 인도에서 온 마법사까지. 모두가 예전처럼 호화스러움의 극치를 이뤘다.

그리고 많던 재산은 또 다시 3년을 넘기지 못하고 탕진해버리고 말았다.

3

"자네는 무엇을 그리 골똘하게 생각하고 있나?"

애꾸눈을 한 노인이 두자춘에게 나타나 똑같은 질문을 세 번째 던졌다. 물론 그때 두자춘은 낙양의 서문 아래에서 희미하게 모습을 드러낸 초승달을 멍하니 바라보고 서 있었다.

"저 말인가요? 저는 오늘 잠잘 곳이 없어서 어떻게 해야 할지 생각하던 중입니다."

"그거 참 딱하게 되었군. 그래서 하는 말인데, 내가 한 가지 좋은 방법을 가르쳐 주도록 하지. 그리 어려운 것은 아닐세. 지금 자네가 서 있는 곳에서 자네의 그림자가 지는 곳을 향해 서 보게나. 자네의 그림자가 땅에 드리워지면 그 중에 배에 해당하는 곳을 표시해 두었다가 아무도 보지 않는 한밤중에 그곳을 파 보도록 하게. 틀림없이 마차에 가득 싣고도 남을……."

노인이 말을 다 마치기도 전에 두자춘은 손을 들어 올리며 노인의 말을 가로막았다.

"아니오, 아닙니다. 이제 돈은 필요 없습니다."

"무어라, 돈이 필요 없다? 허허허, 그렇다면 호화롭게 사는 것에 신물이 난 모양이군. 그런 건가?"

노인은 두자춘을 바라보며 믿지 못하겠다는 눈빛을 보냈다.

"아닙니다. 호화롭게 사는 게 싫은 건 아닙니다. 그게 아니고 인간이라는 알 수 없는 동물들에게 오만 정이 다 떨어져서 그럽니다."

두자춘은 그 정도로도 부족하다는 표정을 지으며 대답을 했다.

"그거 참 재미있는 대답이군. 그럼 어찌하여 인간이라는 동물들에게 그토록 오만 정이 떨어졌는지 말해주지 않겠나?"

"인간들은 참으로 매정한 동물입니다. 제가 부자가 되었을 때는 간이라도 내줄 것처럼 온갖 아부를 하고 아첨을 떨다가도 제가 가난해지기만 하면 아부와 아첨은커녕 좋은 낯빛 한 번 보여주지 않습니다. 그런 모습을 생각하면 다시는 부자가 되고 싶지 않습니다."

노인은 두자춘이 하는 말을 들으며 빙그레 웃었다.

"그래? 자네는 요즘 젊은이답지 않게 진정 중요한 것이 무엇인지를 잘 알고 있군. 그럼 지금부터는 가난해도 편안한 생활을 택할 작정인가?"

노인의 질문에 두자춘은 잠시 망설였다. 그러나 곧 마음을 굳힌 듯이 고개를 들어 노인의 얼굴을 바라보며 대답했다.

"그렇기는 하지만 지금의 저는 그마저도 불가능합니다. 그러니 저를 어르신의 제자로 살게 해주십시오. 저를 부디 제자로 받아주셔서 신선이 행하며 사는 비법을 가르쳐 주십시오. 어르신은 신선이시지 않습니까? 그렇지 않고서야 어찌 가난뱅이인 저를 하루아침에 부자로 만들어 줄 수 있단 말입니까. 제발 저의 스승이 되어 신선이 되어 사는 비법을 가르쳐 주십시오."

노인은 두자춘이 하는 말에 얼굴을 찡그리며 듣고 있다가 무엇인가를 깊게 생각하는가 싶더니 이내 얼굴에 미소를 띠며 대답했다.

"자네 생각이 맞네. 나는 아미산에 살고 있는 신선일세. 처음 자네의 얼굴을 마주했을 때, 나는 왠지 자네가 깨달음이 빠른 젊은이라는 생각이 들어서 두 번씩이나 엄청난 부자로 만들어 준 것일세. 이제 그런 부자도 싫고 신선이 되고 싶다니 그리 하게."

두자춘은 자신을 제자로 받아들이겠다고 허락하는 노인의 말이 끝나기도 전에 몇 번씩이나 머리를 땅에 조아리며 절을 했다.

"아니, 이러지 말게. 아직은 이렇게 절을 받을 수는 없지. 내가 제자로 받아들였다고는 하나, 신선이 되고 되지 않고는 절대적으로 자네 하기 나름 아닌가. 우선은 나와 함께 아미산으로 가보도록 하세. 마침 여기에 대나무로 만든 지팡이가 떨어져 있군. 자, 어서 이것을 타고 하늘을 날아 아미산으로 가세."

노인은 바닥에 있는 지팡이를 집어 들고는 입으로 주문을 외면서 두자춘과 함께 말을 타듯 지팡이에 올라탔다. 그때였다. 두 사람이 지팡이 위에 다리를 걸치는 순간 이상한 일이 일어났다. 지팡이가 마치 용이라도 된 듯 힘차게 하늘을 향해 날아올랐다. 그리고는 아미산을 향해 날았다.

두자춘은 숨을 죽이고 가슴을 졸이며 조심스럽게 아래를 내려다보았다. 아래는 석양에 비친 푸른 산들만 있을 뿐, 낙양의 서문은 이미 안개 속으로 사라져버렸다. 사방을 둘러보아도 아무 것도 보이지 않았다.

어느새 노인은 흰 머리카락을 바람에 날리며 큰 소리로 노래를 부르기 시작했다.

4

두 사람을 태운 지팡이는 잠시 후 아미산에 도착했다.

아미산은 깊은 계곡이 내려다보이는 엄청나게 높은 곳에 자리하고 있었다. 그 때문인지 하늘에 떠 있는 북두칠성이 무척이나 크게 반짝거리는 듯했고, 인적이 드문 산이라 그런지 사방이 매우 고요했다. 들리는 것이라고는 절벽에 붙어 자라는 소나무가 밤바람에 흔들리는 소리뿐이었다.

노인은 두자춘을 바위 위에 앉게 했다. 그리고는 한 가지 당부를 했다.

"내가 잠시 하늘나라에 가서 서왕모(중국에서 받들었던 선녀의 하나)를 만나 뵙고 올 테니, 자네는 그동안 이곳에 앉아서 나를 기다리도록 하게. 아마 내가 하늘나라에 가고 없는 동안 많은 마귀들이 자네에게 나타나서 자네를 속이고 유혹할 것이야. 설령 그렇다하더라도 자네는 무슨 일이 있어도 절대로 소리를 내어 대꾸를 해서는 안 되네. 만약 이를 어기고 단 한 마디라도 대꾸를 한다면, 자네는 절대로 자네가 원하는 신선이 되지 못할 것이니 명심하게. 천지가 개벽한다 하더라도 목소리를 입 밖으로 흘려보내서는 아니 될 것이야."

"명심하겠습니다. 무슨 일이 있어도 아니, 목숨과 바꿔야 하는 일이 있어도 당부하신 말씀대로 그리 하겠습니다."

"자네의 그런 결심을 들으니 마음이 놓이는구먼. 그럼 다녀오겠네."

"네, 걱정 마십시오."

노인은 두자춘에게 인사의 말을 하고는 그의 대답이 끝나기가 무섭게 조금 전에 그와 함께 타고 왔던 지팡이를 다시 타고 드넓은 하늘로 사라져갔다.

노인이 사라지고나자 혼자 남게 된 두자춘은 바위 위에 앉아서 밤하늘에 떠 있는 별들을 바라보고 있었다. 얼마의 시간이 흘렀을까. 깊은 산 속의 밤기운이 얇은 옷 속으로 슬며시 파고들었다. 이때 갑자기 하늘에서 큰 소리가 들려왔다. 화가 잔뜩 난 목소리였다.

"거기에 앉아 있는 게 웬 놈이냐?"

"……."

두자춘은 노인이 일러준 대로 아무런 대꾸를 하지 않았다. 그러자 또 다시 같은 목소리가 위협적으로 무섭게 다그쳤다.

"대답을 하지 않으면, 이후로는 네 목숨이 없는 것으로 생각하라."

"……."

두자춘은 이번에도 역시 대꾸를 하지 않았다. 그러자 이번에는 어디서 나타났는지 호랑이 한 마리가 두 눈을 부릅뜨고는 두자춘이 앉아 있는 바위 위로 올라와 두자춘의 얼굴을 뚫어져라

노려보며 큰소리로 울부짖는 것이었다. 뿐만 아니었다. 두자춘의 머리 위에 있는 소나무 가지가 심하게 소리를 내며 흔들리는 것과 동시에 뒤편 절벽 꼭대기에서는 커다란 흰 뱀 한 마리가 불꽃같은 혀를 날름거리며 그에게 다가오고 있었다.

두자춘은 너무나 무서웠지만, 내색하지 않고 꿈쩍도 하지 않았다. 그를 노려보는 호랑이와 뱀은 마치 하나의 먹이를 가운데 두고 서로 호시탐탐 기회를 노리고 있는 듯했다. 그리고 누가 먼저랄 것도 없이 동시에 두자춘에게 달려들었다.

순간 두자춘은 호랑이에게 물려가든지, 뱀에게 물려 죽을 것이라고 생각했다 그런데 어찌된 일인지 호랑이와 뱀이 어디론가 사라져 버렸다. 그저 절벽 위에 있는 소나무만이 심하게 소리를 내며 흔들리고 있을 뿐이었다. 두자춘은 겨우 안도의 숨을 내쉬고는 또 어떤 일이 일어날지 막연한 두려움에 가슴을 졸이고 있었다.

그때였다. 바람이 거세게 불더니 검은 구름을 몰고와서는 두자춘의 눈앞을 캄캄하게 만들었다. 그리고 천둥소리를 동반한 자줏빛 번개가 어둠을 둘로 가르면서 폭우를 퍼붓기 시작했다.

두자춘은 이런 자연의 변화에도 두려워하지 않고 가만히 앉아만 있었다. 거센 바람 소리, 굵은 빗줄기, 끊임없이 내리치는 천둥 번개가 아미산을 허물어뜨릴 것만 같았다. 내리치는 천둥 번개에 고막이 터질 것만 같더니 하늘에 떠 있는 검은 구름 속에서 한줄기의 새빨간 불기둥이 두자춘의 머리를 향해 떨어지려고 하였다.

두자춘은 엉겁결에 두 손으로 귀를 틀어막고 바위 위에 몸을 엎드렸다. 겨우 고개를 들어 하늘을 올려다보았을 때는 이미 하늘이 언제 그랬느냐는 듯이 아무 일도 없었던 것처럼 맑게 개어 있었다. 그리고 저편에는 북두칠성이 위풍당당하게 모습을 드러내며 빛을 발하고 있었다.

두자춘은 호랑이도 뱀도 그리고 천둥 번개도 모두 노인이 당부를 했던 마귀의 장난이라는 생각이 들었다. 그리고 그제야 안심을 하고 얼굴에 비 오듯 흐르는 땀을 닦으면서 다시 몸을 일으켜 세우고 바위에 앉았다.

그러나 놀랐던 마음을 미처 진정시키기도 전에 이번에는 그가 앉아 있는 바위 앞에 금으로 만든 갑옷을 입고 장수의 모습을 한 무섭게 생긴 귀신이 나타났다. 그는 손에 삼지창을 들고 있었는데, 창끝을 두자춘의 가슴에다 들이대더니 눈을 부라리며 성난 목소리로 호통을 치기 시작했다.

"네 이놈! 네 녀석은 대체 누구냐? 누군데 여기에 있는 것이냐! 이 아미산은 천지가 개벽한 이래 계속해서 내가 살고 있는 곳이다. 그런데 감히 겁도 없이, 그것도 혼자서 이곳에 발을 들여놓은 네 놈은 대체 뭐 하는 놈이란 말이냐? 목숨이 아깝거든 어서 네가 누군지 말하거라!"

"……."

두자춘은 노인이 당
부한 대로 아무런 대답
을 하지 않았다. 그러자
두자춘의 반응에 화가 머리끝
까지 난 귀신은 소리를 고래고래
질렀다.

이 길은 일 년 내내 칠흑과 같은 어둠과
얼음장처럼 차가운 바람만 불고 있는 곳이다.
두자춘은 찬바람에 날리는 낙엽처럼 한동안
그곳을 떠돌아 다녔다.

"이놈! 어서 대답하지 못할까! 좋아, 못하겠다면 어디 네 맘대
로 해봐라. 그 대신 내 부하들이 네 녀석을 갈가리 찢어줄 것이
다."

귀신은 이내 삼지창을 높이 치켜들고서 하늘을 향해 뭐라고
중얼거렸다. 그러자 놀랍게도 어둠이 갈라지면서 수많은 그의
부하들이 구름처럼 하늘을 가득 메웠다. 그들은 모두가 창과 칼
을 번뜩이면서 금방이라도 두자춘을 공격할 자세를 취했다.

이를 지켜보던 두자춘은 순간적으로 비명을 지를 뻔했다. 그
러나 노인의 말을 되새기며 있는 힘을 다해 참고 또 참았다. 이
를 본 귀신은 두자춘이 자신을 두려워하지 않는다는 사실에 더
욱 열이 받았다.

"이런 지독한 놈. 하지만 그런다고 네 놈이 버틸 수 있을 것
같더냐? 이래도 말을 하지 않겠다면 약속대로 네 목숨을 가져가
주마."

그는 손에 들고 있던 삼지창을 번뜩이며 단번에 두자춘을 찔러 죽여버렸다. 그러고는 아미산이 떠나갈 정도의 큰소리로 웃으면서 어디론가 사라져버렸다. 물론 그의 부하들도 모두 사라져버렸다.

밤하늘의 북두칠성이 두자춘이 앉아 있던 바위를 다시 비추기 시작했다. 절벽 위의 소나무도 이전처럼 큰소리로 흔들리고 있었다. 다만 두자춘만이 예전과 달리 숨을 거둔 채 등을 보이며 쓰러져 있었다.

5

두자춘의 몸은 바위 위에 엎어진 채 쓰러져 있었다. 그때 두자춘의 혼이 조용히 몸을 빠져나와서는 지옥으로 떨어져 내려갔다. 이승과 지옥 사이에는 '암혈도'라는 길이 있는데, 이 길은 일 년 내내 칠흑과 같은 어둠과 얼음장처럼 차가운 바람만 불고 있는 곳이다.

두자춘은 찬바람에 날리는 낙엽처럼 한동안 그곳을 떠돌아다녔다. 그러다가 삼라전森羅殿이라고 하는 위엄 있는 거대한 신전 앞에 나아갔다.

신전 앞에 있는 수많은 도깨비들이 두자춘이 나타나자마자 그를 에워싸고는 단상 앞으로 끌고 갔다. 단상 위에는 왕이 시커먼 옷에 금으로 만든 관을 쓰고 있었으며, 무서운 눈으로 주위를 바라보고 있었다.

두자춘은 그가 바로 소문으로만 듣던 염라대왕임에 틀림없다 생각했다. 두자춘은 앞으로 어떻게 될 것인가에 대해 여러 가지 생각을 하면서 무릎을 꿇고 있었다.

"네 이놈! 너는 어찌하여 아미산에 혼자 앉아 있었느냐?"

염라대왕의 목소리는 그야말로 천둥처럼 단상 위에서 울려 퍼졌다. 두자춘이 그의 질문에 대답을 하려는 순간 절대로 말을 해서는 안 된다는 노인의 당부가 떠올랐다. 두자춘은 염라대왕의 질문에 대해 그저 머리를 숙인 채 입을 굳게 다물고 있었다.

이를 본 염라대왕은 화가 나서 가지고 있던 쇠판을 들어 올리며 얼굴에 있는 모든 수염을 곤두세웠다.

"이놈이 감히 이곳이 어디라고 생각하는 게냐! 빨리 대답을 하지 못할까! 만약 끝까지 이를 거역한다면 나는 지체하지 않고 너를 지옥으로 떨어뜨리고 말 것이다."

염라대왕은 설득 반 협박 반으로 위엄있게 꾸짖었다.

"……."

두자춘은 여전히 입을 열지 않았다. 이를 본 염라대왕은 도깨비들에게 성난 얼굴로 무엇인가를 지시했다. 도깨비들은 순식간에 두자춘에게 달려들어 어디론가 끌고가버렸다.

지옥이었다. 지옥은 캄캄한 하늘 아래 뜨거운 불꽃으로 가득한 계곡과 차디찬 얼음의 바닷가, 침으로 만든 산과 피로 물들여진 연못으로 이루어져 있었다.

도깨비들은 두자춘을 그런 지옥 속에다 번갈아가며 처넣었다. 두자춘은 가슴을 찔리고, 얼굴을 그을리고, 혀가 뽑혔다. 피부가 벗겨졌고, 기름 가마에서 튀겨지고, 철로 만든 절구에 찧기고, 독사에게 물리고, 독수리에게 눈을 파 먹혔다. 그 고통은 이루 말할 수 없을 정도였다. 끝이 보이지 않을 정도로 고통들은 계속 이어졌다. 그래도 두자춘은 이를 악물고 참고 또 참으며 한 마디의 말도 하지 않았다.

이를 지켜보던 도깨비들은 고개를 설레설레 흔들었다. 그의 인내심에 질려버린 것이다. 그들은 다시 두자춘을 삼라전 앞으로 데리고 와서는 단상 아래 꿇어앉히며 신전 위의 염라대왕에게 입을 모아 진언했다.

"이 죄인은 어떤 고문을 해도 입을 열지 않았습니다."

이를 들은 염라대왕은 미간을 찡그리며 잠시 동안 깊은 생각에 빠져들었다. 그리고 잠시 후 어떤 좋은 생각이라도 떠올랐는지 도깨비를 불러 명령을 내렸다.

"이놈의 부모가 분명 짐승으로 변하여 지옥 길을 헤매고 있을 것이다. 당장에 가서 그들을 이곳으로 끌고 오도록 하라."

명령을 받은 도깨비는 곧바로 바람을 잡아타고 지옥의 하늘을 날아갔다. 얼마 지나지 않아 도깨비는 두 마리의 짐승을 데리고 나타나 삼라전 앞으로 내려왔다. 도깨비가 데리고 온 짐승을 본 두자춘은 놀라지 않을 수 없었다. 다름 아닌 그 두 마리의 볼품없는 짐승이 꿈에서조차 잊을 수 없던 자신의 부모였기 때문이었다.

"이제 바른 대로 대답을 해라. 네 놈은 왜 아미산에 있었느냐. 바른 대로 말하지 않으면 네 놈 앞에서 네 놈의 부모가 고통을 당할 것이다."

두자춘은 부모를 볼모로 협박을 당했지만, 역시 아무런 말도 하지 않았다.

"이런 불효막심한 놈을 봤나. 네 부모가 너로 인하여 고통을 당해도 네 몸 하나 위해서 가만히 보고만 있겠단 말이냐? 네 놈만 좋으면 그만이더냐? 에잇, 몹쓸 놈."

염라대왕은 더 이상 참지 못하고 삼라전이 무너질 정도의 큰 소리로 명령을 내렸다.

"저놈들을 내리쳐라! 그 두 마리의 살과 뼈가 가루가 될 때까지 마구 때려라!"

"네."

명령을 받은 도깨비들은 일제히 채찍을 들고, 두 마리의 가축을 향해 사정없이 내리치기 시작했다. 채찍은 커다란 바람소리를 내며 비를 퍼붓듯이 두 가축의 살과 가죽을 찢었다.

가축이 되어버린 두자춘의 부모는 고통스럽게 몸을 비틀면서 비명을 질렀고, 눈에서는 피눈물이 흘렀다.

"어디, 이래도 정녕 말을 하지 않을 작정이더냐?"

염라대왕은 도깨비들에게 잠시 채찍질을 멈추게 한 후, 두자춘을 향해 대답을 강요했다. 이미 두 마리의 가축은 살과 가죽이 갈가리 찢기고, 뼈가 부서져 숨이 넘어가기 직전으로 단상 앞에 쓰러져 있었다. 두자춘은 안간힘을 다해 노인의 당부를 되새기며 두 눈을 감고 있었다.

그때였다. 그의 귀에 짐승의 소리가 들려왔다.

"걱정할 것 없다. 고민하지 말아라. 우리는 어찌되든 상관없다. 너만 괜찮다면 그보다 좋을 게 무엇이더냐. 무슨 소리를 하더라도 네가 하고 싶은 것만 해라."

그 소리는 틀림없이 꿈에도 잊을 수 없던 어머니의 목소리였다.

두자춘은 순간 두 눈을 번쩍 떴다. 그리고 한 마리의 짐승이 힘없이 땅에 쓰러진 채, 슬픈 눈으로 자신을 바라보는 것을 보았다. 어머니는 온갖 고통 속에서도 오직 자식만을 생각하며 참아 내고 계신 것이다.

자신이 부자가 되었을 때는 온갖 아부와 아첨을 하다가도, 가진 것이 모두 사라지면 상대도 하지 않는 그런 사람들과는 비교조차 할 수 없는 넓고도 넓은, 깊고도 깊은 어머니의 마음 이었다.

두자춘은 노인과의 약속을 저버리고 구르듯이 어머니 앞으로 다가가서 두 손으로 죽어가는 짐승의 머리를 안고 슬프게 울었다.

"어머니!"

그는 몸부림치듯 큰소리로 울부짖고 말았다.

6

자신의 목소리에 놀라 정신을 차리고 보니, 두자춘은 다시 석양이 지는 낙양의 서문 아래에 멍하니 서 있었다. 하늘에는 희미한 초승달이 떠 있었고, 거리에는 끊임없이 오가는 마차와 행인들로 정신이 없었다. 모든 것이 아미산으로 가기 전의 그 모습이었다.

"어떤가? 내 제자도 신선도 될 수 없겠지?"

애꾸눈의 노인은 미소를 지으며 두자춘을 향해 물었다.

"네, 될 수 없습니다. 제자도 신선도 될 수 없지만, 오히려 될 수 없다는 게 천만 다행이라 생각합니다."

두자춘은 눈물을 글썽이며 자신도 모르게 노인의 두 손을 꼭 쥐었다.

"신선, 아니 그보다 더한 것이 된다 하여도 삼라전에서 고통을 당하는 부모님을 보고 말을 하지 않을 수 없었습니다."

"자네가 만약, 말을 하지 않았더라면……."

노인은 끝까지 말을 잇지 못하고, 근엄한 얼굴로 두자춘을 바라보았다.

"만약에 자네가 그때 말을 하지 않았더라면, 나라도 바로 자네의 목숨을 끊어버렸을 게야. 그것은 진정 내가 바라던 바가 아니니까. 이제 신선이 되겠다는 생각도 버렸으니, 그렇다면 지금부터 무엇이 되고 싶은가? 부자가 되는 것은 이미 질렸다고 했으니까, 그럼 달리 생각하는 것이라도 있는가?"

"무엇이 되던지 그저 사람답고 성실하게 살고 싶을 따름입니다."

두자춘의 목소리는 지금까지와 사뭇 다르게 매우 밝고 활기가 있었다.

"그 마음 절대 변치 말고 살게나. 나도 이후로는 두 번 다시 자네 앞에 나타나지 않을 것이니."

노인은 그 말을 끝으로 걸음을 옮기기 시작했다. 그러다가 몇 걸음을 떼다 말고 갑자기 두자춘을 향해 기쁜 표정을 지으며 말했다.

"아차, 깜빡 잊을 뻔했군. 나에게는 저 태산의 남쪽 산자락에 조그마한 집이 한 채 있다네. 밭도 조금 있고. 그 집과 밭을 자네에게 줄 테니, 가서 사람답고 성실하게 살아보지 않겠나? 지금쯤이면 주변에 복숭아꽃이 아주 보기 좋게 만발해 있을 걸세."

무명작가의 일기

작 · 가 · 소 · 개

기쿠치 간은 고등학교 시절부터 동급생인 아쿠타가와 류노스케와 교우하며
문학에 대한 열의를 다졌다. 도쿄제국대학 영문과를 졸업한 뒤 1918년
〈무명작가의 일기〉를 발표하고 호평을 받으면서 일약 신진작가가 되었다.

이후 1920년 도쿄와 오사카의 두 일간지에 동시 연재된 〈진주부인〉을 비롯해
50편에 이르는 장편소설을 발표하면서 신현실주의 문학의 새 문을 열었다.

1923년에는 종합지 〈문예춘추〉를 창간하였고, 권위 있는 문학상인
'아쿠타가와상'과 '나오키상' 등을 만드는 등 작가의 복지,
신인의 발굴 · 육성 등에 공헌하였다.

그의 주요 작품으로는 〈무명작가의 일기〉, 〈출세〉 등의 장 · 단편과 희곡
〈아버지 돌아오다〉, 〈도주로의 사랑〉 등 수많은 작품을 남겼다.

남편이 시베리아의 '스탄'이라는 곳에서 소식을 보내온 뒤 어느새 가을이 지나고 겨울을 보내게 됐다.

리오는 ... 때마다 고려해을 느꼈다. 잠에서 깰 때마다 우울한 것은 물론이고, 힘이 하나도 없어지는 것이 이젠 아예 일상이 되었다. ...곳이 너무 멀다 보니 어딘가엔 남편이 있다는 사실조차 실감나지 않았다.

요즘 유행하는 ... 노래를 ... 불러보게도 했지만, 오히려 마음만 ... 쓸쓸해질 뿐이었다. 세상에서 혼자만 아직도 ... 않고 있고, 혼자 ... 것만 같았다.

...에 하나님 따윈 없...

리오는 이번 ... 기다리는 것은 쉬운 일이 아니었다. 무더운 계절에는 더위에 지쳐서 힘들었고, 겨울엔 매서운 추위와 ... 기약도 없이 하염없이 기다려야 한다는 사실에 또 쓸쓸해졌다. 참는 것에도 한계가 있는 법, 리오도 더 이상 버티기 힘들 정도로 됐을 ... 번씩이나 겨울을 맞았을 남편의 모습이 이제는 유령처럼 희미하게 느껴졌다.

남편이 ... 동안, 리오는 단 한 번도 행복을 느껴본 적이 없다. 세월은 불행한 리오의 생활과는 관계없이 속절없이 빠르게 흘렀다. 그래서 ... 이제 더 이상 어느 누구와도 전쟁에 관한 얘기는 하지 않게 되었다.

"... 남편은 아직 시베리... 못하고 있어요."

... 남편에 대한 ... 말해도 사람들은 리오를 불쌍히 여겨주지 않았다.

시베리아라는 땅이 어떤 ... 알지 못한다 ... 시베리아는 ... 덮인 넓은 사막 같은 곳으로만 상상되었다.

"스탄이라는 곳이래요. 언제쯤이나 올 수 있을지도 모르겠어요."

"나도 ... 귀환했어요. 흑룡강 근처 '무르치'라는 데서 2년 간 벌채 작업만 죽도록 하다가 돌아왔는데...... 운명이란 게 우습게 ...으로 ...요. 바깥분도 고생이지만 기다리는 얘기 엄마도 많이 힘들겠어요."

사내는 ... 컵을 닦아 차를 따랐다.

"그러면 언제쯤 ... 시베리아 ... 돌아오셨어요?"

"그냥 죽지 않고 ... 지요."

... 얼굴을 천천히 뜯어보았다. 순해 보이는 얼굴이 왠지 마음 편하게 속 얘기를 터놓게 했다.

"아이는 ...요?"

"... 학교에도 보내야 하는데 장사하느라 이래저래 못하고 있어요."

사내는 ... 불며 마셨다.

"차 맛이 좋..."

"그래요? 더 좋은 차도 ... 다른 차와는 맛이 틀려요. 원가는 600g에 8백 엔 정도예요. 다른 손님들도 맛있다고들 하시더라"

리오는 두 손으로 컵을 ... 사내처럼 후후 불며 녹차를 마셨다.

아침엔 바람은 ... 세게 불어대더니 함석지붕을 요란하게 치고 지나갔다. 리오는 점점 더 밖으로 나가기가 싫어졌다. 조금 ... 싶었다.

"그럼 ..."

사내는 ... 속에서 3백 엔을 꺼내며 말했다.

"아니에요. ... 돼요. 도시 마크 제가 그냥 드릴 게요."

리오는 녹차 몇 움큼을 ... 위에 올려놓았다.

"... 거 참, 그럼 언제든 이 근처에 오면 또 들러요."

"그럼요. 근데 여기 ... 아닌가 봐요?"

리오는 ... 안을 둘러보며 빈 도시락을 챙기고 있는 사내를 향해 물었다.

"여기서 ... 널려 있는 철재들을 지키는 일을 하지요. 도시락만 이 근처에 사는 누님이 갖다 주고."

사내는 ... 신단 밑에 달려있는 문을 열며 말했다. 붙박이장 같은 곳에 침대가 놓여 있었고, 판자로 만든 벽에 어떤 인물의 그... 어 있었...

... 잘 ...

... 순간, 사내의 ...

그날부터 리오는 이 부근에 장사를 하러 오게 되었고, 그때마다 철재를 쌓아둔 이 가건물에 들르게 되었다. 남자의 성이 츠루이시라

바람은 ... 조그마한 집들이 나타나기를 바라면서 볕이 잘 드는 쪽을 골라 걸었다. 처마가 낮은 곳을 지나 ... 철재를 ... 쌓아 놓은 공터가 눈에 들어왔다. 언뜻 공사장 같이 보이기도 했다. 리오는 공터 안을 들여다보았다. 공터 한쪽 세운 허술한 건물이 있는데, 그 안에서 가끔이 바지직 불꽃이 튀는 것이 보였다.

그때 리오 뒤에서 자전거를 타고 오던 사내가 그녀 곁에 자전거를 세우며 물었다.

"구청이 이 근처 어디라던데, 혹시 아십니까?"

... 안에다 대고 구청이 어디 있나고 큰소리 ...

"이 길로 쭉 가면 ... 그 근처요."

리오는 그 사내가 가리키는 손끝에서 시선을 거두며 그가 왠지 착한 사람일 것 같다는 생각을 했다. 잠시 후 리오는 사내 곁으로 다가갔다.

"저기 이거 시즈오카의 녹차인데 조금 사실래요?"

사내는 ... 리오가 자그마한 목소리로 물었다. 가건물 안에는 난로가 놓여 있었고, 그 위에서는 주전자의 물이 끓 ...

... 추운 몸을 녹이고 있었다.

"너무 오랫동안 걸었나, 괜찮다면, 불 좀 쬐고 가도 될까요?"

리오가 조심스럽게 물었다.

"... 그럼요. ... 불 좀 쬐세요."

리오는 ... 난로 앞에 ... 앉아 불을 쬐기 시작했다.

"그 의자에 앉아요."

사내가 컵을 ... 말하면서 리오를 바라보았다. 아무렇게나 차려입은 모습이었지만 사내는 살결이 흰 그녀가 무척 고와 보였다.

"행상 다니는 거요?"

... 창 아래로 매달린 칠판 밑에는 구멍이 숭숭 뚫린 ...

"이 동네로 가며 ... 얘기를 듣고 아침 이찌부터 왔는데 마실 생각지도 않네요. 그냥 집으로 돌아가려다가 기왕 준비해 온 ... 아무데서나 먹고 가려고 도시락 먹을 만한 데를 찾던 참이었어요."

"여기서 먹으면 되겠네요. 장사라는 게 원래 그 날의 운수가 좋아야지, 그게 안 맞으면 공치기 십상이지. 집들이 많이 모인 데를 찾아봐요."

사내는 ... 누렇게 바랜 신문뭉치를 꺼냈다. 그리고 그 속에서 연어 토막을 끄집어내 주전자를 치우고 난로 위에 ... 연어의 고소한 냄새가 풍겨 났다.

"그 의자에 앉아 천천히 ... 먹어요."

리오는 사내의 말이 떨어지기가 무섭게 배낭에서 도시락을 꺼내 의자에 앉았다.

"무슨 장사든 장사라는 게 쉬운 게 아니지. 시즈오카 녹차인지 뭔지 하는 그 차는 대체 얼마씩 합니까?"

"... 팔아야 되는데 부스러기도 나오고 그래요. 게다가 값이 비싸면 팔기 어려워서......"

"...도 있는 집이라면 모를까, 젊은 애들만 있는 집에서야 누가 사겠나."

리오는 도시락을 풀었다. 새까만 보리밥에 정어리 대가리 말린 것과 된장에 절인 야채가 들어 있었다.

"집은 어디요?"

"고향은 여기서 꽤 먼데, 도쿄에 온 지 얼마 되지 않아서 어디가 어딘지 아직 잘 모르겠어요."

사내는 ... 속에서 ... 꺼내 뚜껑을 열었다. 꾹꾹 눌러 담아서인지 감자를 섞은 밥알이 뚜껑 밖으로 잔뜩 ...었다. 리오는 배낭에서 차 ... 꺼내 종이에 조금 덜어 물었다.

"이 녹차, 주전자에 넣어도 될까요?"

사내는 미안하다는 듯 ...

...었다. 하얗게 드러난 치아가 건강해 보였다. 리오는 주전자 뚜껑을 열고 김이 모락모락 나는 주전자 속에 종이에 덜은 녹차를 ... 보글보글 ... 시작했다. 사내는 선반에서 컵을 꺼내 나무 상자 위에 놓았다.

"바깥양반이 무슨 일을 하는지 물어봐도 실례가 되지 않으려나?"

리오는 순간, 사내의 ...

사내는 ... 듯이 물으면서 연어를 손으로 잘라서 리오의 밥 위에 얹어 주었다. 리오는 어쩔 줄 몰라 하며 고마워했다.

"아이 아빠 지금 시베리아에 있어요. 언제 돌아올지 알 수 없어서, 이런 일이라도 하면서 근근이 살아가는 중이에요."

9월 13일

마침내 교토에 왔다. 야마노와 구와타는 내가 자기들의 비웃음을 견디지 못하고 교토로 왔다고 생각할지도 모른다. 하지만 그들이 그렇게 생각하든 말든 나랑 무슨 상관이 있는가. 앞으로는 되도록이면 그들을 생각지 않을 셈이다.

나는 오늘 처음으로 문과 연구실을 찾아갔다. 뜻밖에도 좋은 책들이 많았다. 나는 누에가 뽕잎을 탐하듯 이 책들을 모두 독파해 버리기로 결심했다. 무언가를 연구한다는 점에서는 결코 도쿄에 있는 패거리들에게 지지 않을 자신이 생겼다. 연구실을 보니 마음이 든든해졌다.

게다가 나는 교토라는 도시 자체가 마음에 들었다. 오늘은 대학 앞을 지나다가 맑고 깨끗한 물이 졸졸거리며 작은 도랑 속으로 흘러가는 것을 보았다. 도랑 속에는 높은 산에서 떠내려온 것 같은 새빨간 나뭇잎이 여러 개 보였다. 도쿄의 더러운 거리에서는 기대할 수 없는 풋풋한 정겨움이 내 마음까지 초가을 교토처럼 말갛게 물들이는 것 같았다. 나는 교토가 좋아졌다. 교토에 온 것을 절대로 후회하지 않는다.

그러나 요즘 들어 어떤 불안감에 시달리고 있다. 과연 내가 작가라는 이름을 걸고 이 세상을 살아갈 수 있을 만큼 문학적 재질을 타고났느냐에 대한 의구심 때문이다. 돌이켜 보면 나에겐 문학적 재질이 없는 것 같다.

도쿄에 있을 때는 야마노나 구와타, 스기노 같은 녀석에 대한 경쟁심으로 '나도 너희 못지않게 문학적 소질을 타고났다'는 자신감을 보여주려고 애썼다. 하지만 모든 선입관을 버린 지금, 냉정하게 나 자신을 판단해보건대 나는 아무래도 창작을 하는 작가로서의 재능을 지니지 못한 것 같다. 그저 문학에 뜻을 둔 젊은이들이 흔히 빠지기 쉬운, 재능에 관한 착각을 하고 있는 게 아닌가 하는 걱정이 든다.

젊은 시절에는 문학을 논하며 밤새 이야기할 정도로 야심이 가득했던 사람이, 오랜 세월이 흘러도 세상에 이름을 드러내지 못하는 것만큼 쓸쓸한 일은 없다. 어쩌면 나도 그런 인간들 중

한 명일지도 모른다는 생각이 들었다.

인생에서 문학이 아닌 다른 쪽을 지향한 사람은 자신의 소질 내지는 타고난 재능을 착각했다 하더라도 그럭저럭 속임수를 쓰며 살 수 있다. 경제력이나 혈연으로 부족한 소질을 어느 정도 채워줄 수 있기 때문이다.

그러나 예술을 지망하는 사람에게 있어 타고난 재질에 대한 착각은 치명적인 실책이다. 예술 분야에는 재질의 결함을 보완해 줄 만한 그 어떤 외부적인 힘도 존재하지 않는다. 황금처럼 빛나는 줄로만 알았던 자신의 소질이 알고 보니 동이나 납 정도밖에 안 되는 보잘것없는 재능이라는 사실을 깨닫게 되면 그때는 모든 게 끝이다.

재능에 대한 착각은 세상에 태어나 단 한 번 주어지는 인생을 '아무 것도 아닌 것'으로 만들어 버린다. 옛날부터 오늘날에 이르기까지 자기 재질에 대한 착각으로 인생을 그르친 무명의 예술가가 얼마나 많았던가.

한 사람의 셰익스피어가 영광을 누리고 있을 때, 그의 발 밑에서 얼마나 많은 군소 희곡작가들이 기약 없는 빛을 보기 위해 일생을 낭비해가며 무의미한 희곡을 썼을까. 한 사람의 괴테가 독일 국민들에게 칭송을 받고 있을 때, 얼마나 많은 무명의 시인들이 평범한 시를 위해 머리를 쥐어짜고 있었을까. 이렇게 무명으로 일생을 마친 예술가는 작곡가는 물론 배우들 중에도 많앗을 것이다. 한 명의 천재가 세상에 출현하기 위해서는 수많은 무명의 예술가들이 그의 발 밑에서 짓이겨져야 한다.

무명의 예술가일지라도 그의 예술적 열정이나 예술적 양심은 결코 천재에게 뒤지지 않는다. 단지 그들의 딱 한 가지 결점은 자신들의 타고난 재능을 아무리 윤을 내려고 애써 문질러도 황금이 아닌 동이나 납 밖에 되지 않는다는 점일 것이다.

이런 생각에 이르자 나는 참을 수 없으리만큼 나 자신이 싫어졌다. 나는 왜 작가가 되길 바랐는가. 왜 문학에 뜻을 두었는가. 이런저런 생각을 하다 보니 너무나도 어리석고 못난이 같은 나에게 정나미가 떨어진다.

내가 문과를 지망하게 된 이유는 그저 문학가라면 아무 조건 없이 숭배하던 철없는 소년시절의 감정 때문이었다. 그리고 또 하나의 원인이 있다면 그건 내가 중학시절에 글짓기를 꽤 잘했다는 얼토당토않은 이유에서다. 학창시절의 잘못된 생각으로, 다시 말해 우발적인 충동으로 택하게 된 삶을 어떻게든 밀고 나가지 않으면 안 되게 된 내가 참으로 딱하기만 하다.

고등학교 시절까지만 해도 약간의 자신감이 있었다. 자신감이 있었다기보다는 재능이라든가 환경 등을 내 나름대로 속여 나갈 수가 있었다. 특히 야마노나 구와타 등이 보여줬던 등단에 대한 야심과 자만심에 가까운 자신감이 나에게도 어느 정도 이입돼 있었기 때문인지도 모르겠다.

고등학교 기숙사에서 한 침대를 쓴 우리는 항상 문인으로서의 등단에 관한 얘기만 했다. 특히 가와자키 준이치로의 활약상이 우리의 주된 화제가 되곤 했다. 가와자키는 우리가 삼고 있는 첫번째 목표였다. 당시 우리는 가와자키의 눈부신 출세를 얼마나 부러워했는지 모른다. 구와타는 이런 얘기가 나올 때면 이글거리는 눈빛으로 이렇게 말했다.

"부러워할 것 하나도 없어. 우리도 곧 문단에서 인정받게 될 거야. 우리 중 누군가 한 명이라도 먼저 유명해지기만 하면 그 길로 우린 뜨는 거야. 녀석이 나머지 사람들을 한 명씩 차례로 끌어 주면 되는 거지."

그러면서 구와타는 제일 먼저 세상에 이름을 떨칠 자는 바로 자기라는 식의 자신감을 내비쳤다.

"그야 물론이지. 문예부에서 위원으로 지냈던 선배들은 하나같이 모두 문단에서 유명해졌어. 야베 씨랑 고야마 씨에 와다 씨 또 곤도 씨까지, 그 사람들 다 우리 문예부 선배잖아. 문단이라는 게 뭐 그리 대단한 곳은 아니라는 거지."

야마노는 구와타의 말에 자만심 가득한 말투로 장단을 맞췄다. 나는 이런 이야기를 들을 때마다 야마노나 구와타가 가지고 있는 오만에 가까운 자신감에 전염되어 정말 그럴듯 하다는 생각이 들었다. 하지만 그러면서도 다른 한편으로는 장차 우리 중에서 구와타나 야마노가 문단에서 이름을 떨치는 것은 당연하겠지만, 나는 언제까지나 그들의 꽁무니에서 무명작가로 허송 세월을 보내다 매장되는 것은 아닌가 하는 불안감에 두려워지기도 했다.

이미 그 무렵부터 야마노는 학교를 떠들썩하게 만들 만큼 대단한 소설을 문예부 잡지에 기고하고 있었고, 구와타는 구와타대로 같은 잡지에 몇 편의 각본을 발표하고 있었다. 게다가 구와타의 각본은 프로 작가들처럼 세련된 기교와 재치 있는 구상으로 학생들은 물론 선생님들에게까지 인기가 매우 좋았다. 두 사람 모두 문예부의 위원이었다. 야마노가 문예부 위원을 지낸 사람은 모두 문단에서 유명해졌다고 말한 것은, 현재 문예부 위원을 하고 있는 야마노 자신이 곧 문단에서 이름을 떨치게 될 것이라고 선언하는 것과 마찬가지였다.

나는 남의 기분 따위는 생각지 않고 함부로 상처를 주는 잔인한 야마노가 싫었다. 그러나 그럼에도 불구하고 놈의 재능만큼은 인정하지 않을 수 없었다. 야마노나 구와타, 이들은 확실히 문단에 첫발을 내딛고 있었다.

그런데 그때는 물론이거니와 지금까지도 나는 아무것도 해낸 것이 없다. 게다가 나 혼자만 그들을 떠나 문단과는 너무나도 거리가 먼 교토에 와 있다.

내가 교토로 오게 된 데에는 경제적인 이유도 있었다. 그러나 가장 중요한 이유는 내가 야마노나 구와타 패거리의 뛰어난 재능 때문에 느끼는 기분 나쁜 열등감에 시달리기 싫어서였다. 특히 야마노의 경우 늘 의식적으로 나를 압도하려 했다. 녀석은 자신의 뛰어난 자질을 자기보다 뒤떨어진 사람과 비교하면서 우월성을 확인하고 스스로 만족하는 비열한 심성을 가지고 있었다. 그리고 운 없게도 그런 비교대상은 주로 나였다.

언젠가 내가 호다 간조의 〈조수〉를 읽으며 감탄을 하자 놈은 나를 조롱했다.

"〈조수〉가 재미있는 모양이지? 지금 우리 나이에 〈조수〉 따위를 읽고 감동한다니 이거 좀 곤란한데."

놈의 조롱은 항상 상대방이 얼굴을 들 수 없을 정도로 매우 신랄했다. 놈은 내가 조금이라도 가벼운 작품을 읽고 있으면 언제나 이런 식의 짓궂은 말로 사람을 부끄럽게 만들었다. 그리고 내가 입센의 〈브렌트〉처럼 약간 난해한 작품을 읽을 때면 또 다른 식으로 무시했다.

"뭐? 〈브렌트〉? 네가 과연 그 책을 이해할 수나 있을까?"

이런 모욕을 당할 때면 나는 놈을 어두운 구석으로 끌고 가서 죽지 않을 만큼 두들겨 패고 싶었다. 그러나 놈의 허연 피부와 반듯한 이마, 총명한 눈동자를 바라보다 보면 나도 모르게 위압감이 느껴져 한주먹거리도 안 되는 그 작은 녀석 앞에서 꼬리를 내릴 수밖에 없었다. 녀석은 또한 구와타와 나, 스미노, 가와세 등 작가를 지망하는 무리가 모여 있을 때면 이런 말을 자주 지

껄였다.

"앞으로 우리는 모두 문단에 등단하게 될 거야. 근데 내 생각에는 이 중에 적어도 한 명 정도는 뒤쳐질 것 같단 말이야. 다들 신진작가로 떠들썩하게 이름을 날리고 있을 때, 자기 혼자만 뒤쳐지면 얼마나 비참할까? 그런데 그렇게 뒤쳐지는 자가 바로 내가 될지도 모른단 말이지."

야마노는 그렇게 말하면서도 자신감에 넘쳐 껄껄 웃어댔다. 그리고 녀석은 나를 기분 나쁜 눈길로 훔쳐보았다. 나는 매우 분했다. 같은 작가 지망생들이 동시에 세상으로 나갔을 때, 그 중 한 사람만이 아무 기약도 없이 뒤쳐지게 된다는 것은 참으로 한심스러운 일임에 틀림없었다. 실제로 그런 일은 얼마든지 있을 수 있다.

타고난 작가적 재능에 가장 절망하고 있던 나는 그런 일을 상상하는 것만으로도 소름이 끼쳤다. 야마노는 나를 비롯해 역시 나와 비슷한 처지로 자신감이 부족했던 스미노를 비웃으려고 이런 말을 하며 큰소리로 혼자 깔깔거렸던 것이다.

오직 한 사람만이 뒤쳐진다? 그것은 생각만 해도 끔찍한 일이 아닐 수 없다. 나는 도쿄에 남아 야마노나 구와타 같은 녀석들과 경쟁하는 것이 불쾌하고 싫었다. 그들에게 받는 중압감을 피하는 것만으로도 나는 무한한 가능성에 대한 확신을 얻게 되었다.

그들과는 환경이 완전히 다른 교토에 있으면 혹시 나중에 그들보다 뒤쳐진다 할지라도 얼마든지 변명할 거리가 생기게 된다. 그리고 오히려 교토에 내려왔기 때문에 등단할 기회가 앞당겨질지 모른다는 기대마저 미약하게나마 갖고 있었다. 나카타 박사가 교토대학의 문과 교수였기 때문이다. 나카타 박사는 이미 오래 전부터 문단과 일정한 거리를 두고 있었다. 그러나 문단의 비중 있는 몇몇의 인사들과는 아직도 모종의 관계를 유지하고 있는 것 같았다. 박사의 인정만 받는다면 훨씬 빠른 등단으로 나의 재능을 무시하고 의심했던 야마노의 콧대를 단박에 꺾어버릴 수도 있다. 내가 굳이 교토로 내려온 이유에는 이런 점도 있었다.

10월 1일

어쩐지 마음이 안정되질 않는다. 해질 무렵이 되면 더욱 그렇다. 푸른 융단을 깔아놓은 듯 넓게 퍼져있는 히에이 산의 산허리가 회색빛으로 저물 즈음이면 나는 끝없는 외로움에 젖어든다. 나는 고독을 찾아 이곳에 왔다. 그런데 그 고독이 나를 배반

하고 옥죄어 오기 시작했다. 뿐만 아니다. 내가 겪는 이 고독 뒤에는 조바심이 숨어 있다. 도쿄에 있는 야마노나 구와타가 하루하루 성장하고 있다는 것을 생각하면 나는 잠시도 가만히 있을 수가 없다.

내가 연구실에서 버나드 쇼의 전집을 뒤적이고 있을 때, 구와타는 전부터 쓰겠다고 노래를 부르던 3막짜리 사회극을 이미 탈고했는지도 모른다. 내가 강의실 구석에 앉아 의미 없는 낙서를 끄적이고 있는 사이에 야마노는 이미 절반 이상 번역을 마친 하우프만의 〈방적공〉을 출판하고자 출판사를 뒤지고 있을지도 모른다.

이런 생각이 들기 시작하면 더 견딜 수가 없다. 어쨌든 야마노와 구와타는 올해가 가기 전에 문단에 하나의 발판을 쌓게 될 것이다. 더 이상 가만히 앉아 참고 기다릴 수는 없다.

나는 그들에게 대항하기 위해 희곡 〈밤의 위협〉을 쓰기 시작했다. 그러나 내 머리는 의미 없는 고등학교 시절을 증명하듯 완전히 텅 비어 있었다. 그나마 다행인 것은 지금 쓰고 있는 희곡의 테마에는 약간의 자신이 있다는 사실이다. 그러나 나의 펜 끝에서 나오는 대사는 하나 같이 진부할 뿐이다. 중학시절 자부했던 상상력은 더 이상 내 머릿속에서 흔적을 찾아볼 수 없다. 하지만 어떻게든 이 희곡은 써야만 했다. 희곡을 완성시켜 나카타 박사에게 인정받고, 선생님의 호의를 통해 문단에 진출해야만 한다.

오늘 우연히 요시노 군을 만났다. 나보다 1년 선배인 그 역시 교토의 문과대학에 다니고 있다. 요시노 군과의 대화를 통해 깨닫게 된 것은 문단에 나가기 위해 발버둥 치고 있는 인간이 결코 나 혼자만은 아니라는 사실이었다. 왠지 약간은 안심이 됐다.

요시노! 얼마 전까지만 해도 나는 이 이름을 얼마나 숭배했는지 모른다. 1907년경의 《문학세계》를 읽은 독자에게 요시노라는 이름이 얼마나 위대하고, 또 얼마나 큰 매력을 지니고 있었는지 나는 잊을 수 없다. 다야마가 심사하는 현상소설에 여러 번 투고했으나 결국 성공하지 못했던 나는, 요시노 군의 화려한 활약상을 보며 얼마나 부러워했던가.

그러나 천재로까지 격찬받았던 요시노 군은 그후 《문학세계》의 투고를 중단한 후, 여러 해가 지난 지금껏 아직도 문단에는 이름을 올리지 못하고 있었다. 그렇다고 문학을 포기했는가 하면 그렇지도 않다. 현재 문과대학에서 문단으로 나갈 기회만 엿보고 있다. 그러나 그 기회가 쉽사리 올 것 같지는 않다. 얘기를 나눠보니 요시노 군 역시 나처럼 조바심을 내고 있음을 알 수 있었다. 그러나 그가 "나도 한때는 신진작가로 불린 적이 있었지" 라는 말을 했을 때는 왠지 모를 쓸쓸한 기분이 들었다.

요시노 군은 옛날 일을 굉장히 과장해서 떠들어댔다. 당시

《문학세계》에 당선된 소설만을 추린 단편집이 세상에 나온 적이 있다. 그 표지에는 신진작가라는 타이틀이 붙어있었던 것이 기억난다. 그러나 투고가로 몇 번 이름이 나온 것이 전부인 그가, 마치 대단한 작가이기라도 했던 것처럼 자랑스레 떠들고 있는 것을 보니 난 좀 딱하다는 생각이 들었다. 그래도 요시노 군을 만난 후부터 어쩐지 기댈만한 데가 생겼다는 안도감이 들었다. 소년시절 대단한 재능을 발휘했던 그가 아직도 빛을 못보고 있다. 그런 생각을 하면 나는 어느 정도 안심이 되었다.

이곳의 문과대학은 어쩜 이렇게 하나 같이 구제불능들만 모아 놓았는지 모르겠다. 특히 우리 반 녀석들은 더욱 한심하다. 히로시마의 고등사범학교를 나왔다는 한 녀석은 어제 교수가 칠판에 적은 프랑스 시인 보들레르의 이름을 '바우델라이레'라고 독일식으로 읽으며 으스댔다. 또 한 녀석은 나카타 박사의 질문에 대답하면서 〈몬나 반나〉를 마테를링크의 소설이라고 대답했다. 나는 녀석들 모두를 경멸한다.

고등학교 시절에는 교실과 기숙사 모두 문예 지상주의로 활기가 넘쳤다. 예술이라는 이름으로 모두가 허영에 들떠 학과와 교실을 무시했다. 그러나 문과대학의 강의실 분위기는 극도로 산문적이다. 누구 하나 예술을 논하는 놈이 없다. 고등학교를 나온 사람들은 대부분 몸이 약하기 때문에 문과를 택했거나, 철학과에서 1년 낙제했기 때문에 문과로 옮겼다는 녀석들

뿐이다. 이 학교는 고등사범학교 출신들에게도 입학자격이 있기 때문에 그들은 그저 학사의 명예를 따기 위해 열심히 노트를 메우고 있다. 강의실 어디에도 문과적인 자유로운 분위기는 존재하지 않는다. 이런 한심한 인간들을 앞에 두고 문학이 어떻고 예술이 어떻다며 논하는 나카타 박사 역시 돼지 목에 진주를 걸기 위해 노력하는 꼴에 지나지 않는다. 나는 박사가 처량하게 보였다.

11월 5일

우연히 같은 반의 사다케라는 친구와 이야기를 나눴다. 나는 지금까지 우리 반의 녀석들을 누구랄 것 없이 모두 경멸하고 있었으나, 이 친구만은 도저히 경멸할 수가 없다. 내가 창작에 대한 이야기를 끄집어내자 사다케는 갑자기 이런 말을 했다.

"나도 사실 어제 150매짜리 단편을 하나 완성했는데, 아무래도 영 만족스럽지가 않아."

그는 별 대단치도 않은 일인 양 말했다. 150매짜리 단편이라니! 이것만으로도 나는 굉장한 감명을 받았다. 내가 지금 쓰고 있는 희곡 〈밤의 위협〉은 3막에 불과한데, 그나마 겨우 70매 정도로 끝낼 작정이었다. 나는 이 〈밤의 위협〉을 장편으로 생각하고 있는데 이 친구는 150매짜리 소설을 단편이라고 부르며, 또 이런 말을 덧붙였다.

"사실 지금 나는 600매짜리 장편과 1500매짜리 장편도 쓰고 있어. 600매짜리는 앞으로 200매 정도만 더 쓰면 완성될 거 같아. 일단 완성만 되면 어떻게든 발표할 작정이야."

여전히 차분하게 얘기 하는 그는 자신의 역작에 자신감을 갖고 있었으며 나처럼 초조해 하지도 않았다.

나는 사다케에게 압도되면서 일종의 믿음 같은 감정이 생겼다. 교토에도 이런 진지한 작가가 있다는 게 믿어지지 않았다. 아마도 이 친구의 이름은 문예지 한 구석에 작은 글씨로조차 오른 적이 없을 것이다. 그럼에도 불구하고 이 친구는 묵묵히 자신의 장편을 완성시키기 위해 열심히 노력하고 있다. 그가 쓴 글은 단 한 줄도 읽어본 적이 없어서 그의 작품에 대해서는 뭐라 논할 수가 없다. 하지만 600매, 1500매라는 엄청난 양만으로도 그에게 대단한 능력이 느껴짐은 부정할 수 없다. 내가 이런 생각에 흐뭇해 하는데, 사다케가 실망스럽게도 이런 말을 했다.

"난 소설가인 하야시다 소진을 알고 있어. 우리 고향 선배님이지. 문과대학에 입학할 때 일부러 도쿄까지 가서 하야시다를 만나고 왔는데, 다행히도 반갑게 맞아주시더라고. 이번에 쓴 150매짜리 소설도 사실은 하야시다 씨에게 보낼 생각으로 쓴 거야. 내가 보내기만 하면 아마 어느 잡지에든 추천해주실 거야."

나는 사다케 군을 신뢰하고 존경하기 시작했는데, 이 이야기를 듣자 그가 몹시 딱하다는 생각이 들었다. 같은 고향 사람으로 딱 한 번 얼굴을 본 하야시다를 의지해서 자신이 곧 등단하게 될 거라고 믿고 있다니, 그의 안일한 성격이 걱정되었다.

무명작가인 사다케 군의 150매짜리 소설을 하야시다 씨의 강력 추천으로 실어줄 만한 잡지가 어디 있단 말인가. 또 자신의 문하생도 아닌 사다케 군의 작품을 하야시다 씨가 일부러 신경 써서 추천해 줄지 역시 의문이다. 하야시다 씨에겐 그가 아니더라도 하루가 멀다 하고 수많은 원고 청탁이 들어 올 텐데, 그런 작품들을 일일이 읽을 리가 없다.

그런데 아무 생각 없이 하야시다 씨의 배경으로 화려하게 등단할 수 있을 거라 기대하는 순진하고 철없는 사다케 군이 불쌍하다는 생각이 들었다. 사실 이미 게으르기로 소문이 자자한 하야시다 씨가 150매짜리의 긴 원고를 읽어줄 것인지조차 의심스럽다. 사다케 군이 생각하는 것처럼 등단이란 그렇게 간단한 문제가 아니다.

12월 29일

오늘 도쿄의 야마노로부터 불쾌하기 짝이 없는 편지를 한 통 받았다. 그것은 나의 자존심을 건드리며 나를 모욕하고, 나의

감정을 자극하기 위해 보낸 지극히 악의적인 편지였다. 내용은
이랬다.

+ + + + + + + +

어떻게 지내? 도무지 소식이 없어 궁금하군. 교토에도 문학
비슷한 것이 있기는 한지 모르겠네. 도쿄에 있는 우리는 이제
외국의 문학서적을 읽는 데에는 질려버렸어. 우리가 고등학교
때 그렇게 신성시했던 《문학연구》도 이제 와서 보니 참 별 거
아니었더군. 결국 우리 스스로가 창작하지 않으면 모든 것은
다 빛 좋은 개살구일 뿐이야. 창작이 바로 우리가 캐낼 수 있
는 유일한 황금이란 말이지. 다른 모든 것은 '은'에 지나지 않
아. 아니, 그보다 못한 '동'이나 '납' 밖에 되지 않아. 우리는
이제 더 이상 이렇게 안주하지 않기로 했어. 고등학교 때처럼
언제까지고 태평하게 기다릴 수는 없잖아.

우리는 내년 3월부터 동인잡지를 낼 거야. 동인 멤버는 구
와타, 오카모토, 스기노, 가와세, 그리고 나와 우리보다 1년 선
배인 이노우에와 호시마 군이 포함되었어.

잡지 이름은 아마도 《XXX》가 될 것 같아. 3월 1일에 첫 호
를 낼 거야. 우리의 출판을 돕겠다는 출판사도 생겼어. 지금은
모두들 첫 호에 실릴 원고를 쓰느라 정신이 없어. 마감이 1월
30일이거든. 그러니 이제부터 우리가 어떻게 활동할지 지켜봐

주길 바래. 드디어 우리 앞에도 밝은 빛이 비추게 되었어.

＋ ＋ ＋ ＋ ＋ ＋ ＋ ＋

　마지막 문장까지 읽은 순간, 나는 극심한 질투와 분노를 느끼는 것과 동시에 나 홀로 남겨진 듯한 쓸쓸함을 느끼지 않을 수 없었다. 이 편지 어느 구석에도 '너도 동인으로 참가하면 어떻겠느냐' 라는 말은 찾을 수 없었다. 이 모든 것이 야마노의 악의에 찬 조롱이었다. 동인잡지의 발행을 알린다는 명분으로 고독함에 지쳐 있을 내게 상처를 주려는 그의 악독함에 다시 한 번 분노가 차올랐다. 동인으로 선택받지 못한 내게는 전혀 상관도 없는 첫 호의 마감기일까지 알려주면서 나를 초조하게 만들려는 놈의 악의가 역력히 느껴졌다.

나는
마음속으로 그들이 만들
(XXX)가 하루빨리 폐간되기를 바랐
다. 그리고 (XXX)가 문단에서 절대로 주목
받는 일이 없길 빌었다. 나는 나의 모든 인
격을 걸고 아직 만들어지지도 않은 동인
잡지 (XXX)를 저주했다.

　야마노가 생각했던 것 이상으로 이 편지는 내게 큰 상처가 되었다. 교토에 온 지 아직 반년도 채 되지 않는 동안에 벌써 나와 도쿄의 친구들 간에 격차가 생기고 있음을 인정하지 않을 수 없었다.

동인잡지의 출판이라니! 이 얼마나 화려한 출발인가. 문단에서 이름을 떨치고 있는 선배 가와자키와 야베, 츠지다 역시 잡지 《○○○》의 동인으로 문단에 첫발을 내딛었다. 이제 야마노나 구와타가 인정받을 날도 그리 멀지 않았다. 야마노와 구와타는 물론이고, 소질에 있어서 나와 엇비슷했던 오카모토나 가와세, 스기노마저 문단을 향한 첫걸음을 시작한 것이다. 그런데도 나는 야마노가 편지 속에서 완전히 무시한 《문학연구》를 유일한 본령으로 삼고 혼자 노력하고 있었다.

야마노나 구와타가 나를 동인에서 제외시킨 것은 그나마 이해할 수 있었다. 그러나 나와 절친했다고 믿었던 가와세나 스기노까지 내게 아무런 호의를 보여주지 않았다니 매우 원망스러웠다. 나는 야마노의 편지를 갈기갈기 찢어버리고 절망의 구렁텅이에서 빠져나오기 위해 몸부림을 쳤다.

그들이 동인잡지로 밀고 나온다면 나는 단독으로 맞서 줄 테다. 놈들의 코를 납작하게 누르고 온 세상을 깜짝 놀라게 만들어 줄 테다. 하지만 이렇게 결심하는 동안에도 깊은 외로움이 밀려들었다.

과연 나에게 이 험한 파도를 헤쳐나갈 힘이 있을까? 과연 나의 재능을 그렇게까지 믿을 수 있을까? 내가 야마노나 구와타 등에게 반감을 갖고 그들을 멀리하면 멀리할수록 문단에 나갈 기회가 더욱 멀어지는 것은 아닐까? 지금이라도 스기노에게 동인으로 끼워달라고 사정하는 편이 좋지 않을까?

하지만 나를 바보 취급하는 야마노가 "도미 같은 녀석을 동인으로 끼워 준다면 난 그냥 빠져버리겠어"라고 나올지도 모른다. 그렇게 되면 오히려 망신만 당하고 물러나야 될 것이다. 역시 홀로 서야 한다. 〈밤의 위협〉이 완성되면 즉시 나카타 씨에게 보여야겠다.

그들이 동인잡지를 만들기 위해 쩔쩔매고 있을 때, 내 작품은 단숨에 유명한 문학잡지를 장식하게 될 것이다. 그 날을 생각하면 편지를 읽으면서 느낀 모멸감과 불쾌함이 어느 정도 해소되는 것 같았다.

이때 갑자기 요시노 군이 찾아왔다. 나는 즉시 도쿄의 친구들이 만드는 동인잡지에 대해 이야기했다. 나는 완전히 평정심을 잃고 있었다. 그러나 요시노 군은 여느 때처럼 태연하게 담배를 물었다.

"동인잡지 같은 건 아무리 만들어봤자 소용이 없어. 역시 큰 잡지를 통해 한 번에 등단하는 게 최고지. 내 작품이 완성되기만 하면 《문학세계》같은 메이저 잡지사에 보낼 거야. 과거의 인연도 있으니 거절하지는 않겠지."

나는 요시노 군이 동인잡지에 대해 늘어놓는 험담에 만족감을 느끼며 안심했다. 그리고 마음속으로 그들이 만들 《XXX》가 하루빨리 폐간되기를 바랐다. 그리고 《XXX》가 문단에서 절대로 주목받는 일이 없길 빌었다. 나는 나의 모든 인격을 걸고 아직 만들어지지도 않은 동인잡지 《XXX》를 저주했다.

1월 30일

나는 오늘 저녁 처음으로 나카타 박사의 자택을 방문했다. 박사의 집으로 향하는 길에 가슴이 벅차올랐다. 그러나 생각해보면 그렇게 감격하던 내가 어리석었다. 나카타 박사의 입장에서는 그저 수많은 학생 가운데 한 명의 방문이었을 뿐이었다.

나는 인사를 마치자마자 준비해간 희곡을 건네드렸다.

"꼭 한 번 읽어주시기 바랍니다. 잘된 작품이라고는 생각되지 않지만, 그래도 처녀작입니다."

"그런가?"

박사는 표정하나 바꾸지 않고 시큰둥하게 대꾸했다. 그리고는 두서너 장을 넘겨보더니 조용히 말했다.

"시간 나는 대로 한 번 읽어보겠네."

내가 야마노 등의 동인잡지에 대항하기 위해 전력을 기울여 만든 역작을 박사는 아무런 감흥 없이 책꽂이 한구석에 처박아 버렸다. 나는 그것이 매우 서글펐다. "읽어보시고 괜찮다면 어느 잡지에라도……"라는 말은 차마 입 밖으로 낼 수도 없었다. 나는 힘없이 박사의 집에서 나오다가 다시 물었다.

"영국의 근대극을 연구하려면 어떤 책을 참고하는 것이 좋을까요?"

"마리오 볼사가 좋을 걸세."

주저 없는 박사의 대답에 나는 크게 실망했다. 마리오 볼사는 이미 내가 고등학교 때 읽은 책이었다. 말하자면 기초 참고서에 불과했던 것이다. 나는 박사가 시는 굉장히 좋아하지만, 희곡에는 냉담하다는 소문을 여러 번 들은 적이 있다. 그러나 박사가 이 정도로 희곡에 대해 냉담할 줄은 몰랐다. 나는 〈밤의 위협〉이 박사에게서 받을 처참한 대접이 걱정되었다.

2월 20일

나카타 박사는 강의실에서 자주 얼굴을 마주쳤지만, 나의 희곡에 대해서는 아무런 말이 없다. 게다가 박사는 강의 시간에 입센의 〈유령〉을 형편없는 졸작이라고 매도했다. 내가 쓴 희곡은 사실 〈유령〉에서 힌트를 얻은 것이었기 때문에 나 역시 입센에 대한 박사의 매도에서 자유로울 수 없었다. 그렇다고 박사가 고의로 입센의 〈유령〉을 매도하지는 않았을 것이다. 그러나 어쨌든 불쾌했다.

사다케를 만났다. 그는 아직도 하야시다에게 보낸 소설에 대해 아무런 소식이 없어 의기소침해 있었다. 그가 만약 진심으로 자기 소설이 하야시다의 추천을 받을 것이라고 생각했다면, 그 것은 그의 무지에서 비롯된 자만이다.

3월 5일

마침내 동인잡지 《XXX》가 출간되었다. 그리고 내게도 한 부가 도착했다. 나는 잡지를 손에 들고 지금까지 한 번도 느껴보지 못했던 기분 나쁜 중압감에 시달렸다. 그것은 야마노에게 받은 것보다도 훨씬 불쾌했고, 더욱 현실적이었다.

동인 멤버를 확인하는 순간, 나는 결국 녀석들에게 완전히 버림받았다고 생각했다. 내가 그 잡지를 보고 얼마나 질투로 몸을 떨었는지 모른다. 나보다도 소질이나 자질 면에 있어서 훨씬 뒤떨어진다고 생각했던 오카모토까지 갑자기 위대해진 것 같아 몹시 기분이 안 좋았다.

나는 권두에 실린 야마노의 소설 〈얼굴〉을 숨죽이며 읽어내려 갔다. 나는 그것이 그의 실패작으로 남겨지길 기원하며 읽었다. 하지만 빈틈이라고는 찾을 수 없는 첫 문장을 대하면서 내가 완전히 압도되었다는 것을 본능적으로 느낄 수 있었다. 특히 문장마다 거미줄처럼 끈기가 있으면서도 광택으로 빛나는 그의 표현들은 야마노만의 독특한 사상을 멋지게 드러내고 있었다. 녀석의 소설을 읽으면 읽을수록 나란 놈에 대해 더욱 절망하게 되었고, 녀석의 매력 있는 필력에 끌려가지 않기 위해 둔해진 머리를 쥐어뜯어야만 했다.

게다가 〈얼굴〉의 주제는 지금까지 문단에서 한 번도 발표되지 않은 매우 기발하고도 심각한 철학을 담고 있었다. 만일 〈얼굴〉이 녀석의 작품만 아니었더라면 내가 얼마나 감탄하며 읽었을 것인가. 나의 경쟁자, 더구나 나를 밟고 올라서는 것에 쾌감을 느끼는 야마노의 작품이기 때문에 나는 그의 작품에서 받은 감동을 완전히 무시하려고 애를 썼다.

그러나 나는 결국 야마노의 작품의 가치를 인정하지 않을 수 없었다. 그리고 이와 함께 예상되는 일은 이제 야마노가 문단에서 일약 스타로 인정받게 될 것이라는 점이다. 생각하면 할수록 절망의 구렁텅이로 빠져드는 기분이다. 녀석은 일단 문단에서 인정을 받으면 또 다시 나에게 모멸감을 주려 할 것이 분명하다. 동인잡지의 발행을 알려온 비열한 편지와는 또 다른 차원의 무엇으로. 그의 그런 행동을 생각하는 것만으로도 가슴이 답답해졌다.

나를 압박하는 것은 야마노의 작품만은 아니었다. 그 다음에 실린 구와타의 소설 〈틈입자〉 역시 거의 허점을 찾아볼 수 없는 완벽한 작품이었다. 녀석의 참신한 필치를 보았을 때 나는 이제 구와타에게도 당해낼 수 없을 것 같다는 생각이 들었다.

나는 그것을 되도록 인정하지 않으려고 노력했다. 사실 내가 쓴 〈밤의 위협〉을 〈얼굴〉이나 〈틈입자〉에 비교하면, 아무리 내 작품에 후한 점수를 준다 해도 녀석들의 작품이 훨씬 뛰어났다. 녀석들과 나의 수준차가 확인되자 약간 절망적인 기분이 들었다. 그리고 야마노나 구와타뿐만 아니라 스기노나 오카모토의 작품 역시 잘된 작품이라는 사실에 더 큰 실망을 느꼈다. 스기노나 오카모토만은 나보다 훨씬 소질이 떨어진다 생각하며 위안을 얻고 있었는데, 그런 위안마저 뿌리째 흔들리는 것 같았다.

나는 잡지 《XXX》를 손에 든 채 오후 3시경부터 7시까지 저녁도 먹지 않고 우두커니 생각에 잠겨 있었다. 그때 요시노 군이 찾아왔다. 이때만큼 요시노 군이 반가운 적이 또 있었을까. 나는 요시노 군과 함께 《XXX》를 험담하고 싶었다. 요시노 군도 아마 같은 목적으로 나를 찾아온 것 같았다.

"자네도 《XXX》를 읽고 있었군. 나도 오늘 아침 우연히 봤는데, 제대로 된 작품이라곤 눈을 씻고 찾아봐도 없더군."

요시노 군은 자리에 앉자마자 나의 기대대로 《XXX》를 험담하기 시작했다. 나는 요시노 군이 《XXX》를 비판하는 것이 무척 흡족했다. 하지만 요시노 군의 말에 마냥 맞장

녀석은 일단 문단에서 인정을 받으면 또 다시 나에게 오멸감을 주려 할 것이 분명하다. 동인잡지의 발행을 알려온 비열한 편지와는 또 다른 차원의 무엇으로. 그의 그런 행동을 생각하는 것만으로도 가슴이 답답해졌다.

구를 칠 수만은 없었다. 실제로 나는 작품 하나하나에 대해서도 감탄하지 않을 수 없었기 때문에 약간 긴장된 마음으로 야마노의 〈얼굴〉은 어떠한지 물었다.

"작품이 너무 가벼워. 그 정도야 누구든지 쓸 수 있는 것 아니겠어? 적어도 도쿄에서 자란 녀석이라면 누구나 다 쓸 수 있는 흔한 이야기야."

도쿄 출신인 요시노 군은 흥분하며 떠들어댔다. 나의 양심은 요시노 군이 말하는 것을 전혀 인정할 수 없었다. 그러나 나의 양심과는 별개로 내 감정은 요시노 군의 의견을 전적으로 지지했다.

"구와타 군의 〈틈입자〉도 별로더군. 작품이 너무 낡았어. 이건 그 오래된 자연주의에 파묻혀 지내겠다고 선언하는 거나 다름없어."

나는 점점 마음이 든든해졌다. 오늘처럼 요시노 군이 존경스러워 보인 적이 없었다. 그는 마지막으로 이런 말을 남겼다.

"결론적으로 고등학교 잡지보다 조금 나을 뿐이야. 그 정도로 문단의 인정을 받겠다니 너무 어리석은 짓이지. 자기들끼리 만든 동인잡지에 아무리 써봐도 소용없어. 제법 알려진 잡지에 발표하지 않으면 다 부질없는 일이야."

요시노 군은 마지막으로 자신의 지론을 한 번 더 되풀이했다. 요시노 군의 신랄한 비평을 들은 나는 마치 구세주를 만난 듯 마음이 한결 편안해졌다.

그러나 요시노 군이 돌아가자 또다시 쓸쓸함이 밀려왔다. 요시노 군에게 얻어터진 잡지 《XXX》는 램프의 어두운 빛 속에 내팽개쳐져 있었다. 창작은 황금이라던 야마노의 말이 떠올랐다. 아무리 힘없는 잡지라 하더라도 어쨌든 활자가 되어 발표된 이상 그것은 작가의 소중한 작품이 아닐 수 없다. 문단에 인정을 받고 못 받고는 나중의 이야기다. 게다가 야마노의 소설은 문단의 인정을 받을 가능성이 높다.

나는 무명의 작가들이 문단의 유명작가를 험담하며 자신들이 인정받지 못하고 있는 것에 대한 분노를 쏟아 붓는 것을 생각했다. 나와 요시노 군의 대화도 이와 별반 다르지 않았다. 우리의 모든 대화는 결국 약자의 반항에 불과한 것이다. 이렇게 생각하자 또다시 쓸쓸함이 밀려왔다.

그나저나 나카타 박사는 내가 쓴 〈밤의 위협〉을 언제까지 내팽개쳐 둘 셈이란 말인가. 나는 박사의 무심함에 가벼운 반감을 느꼈다.

3월 10일

오늘 학교에서 사다케 군을 만났다.

"자네 장편소설은 어떻게 됐어?"

나는 대뜸 그렇게 물었다. 그러자 이 친구는 수심이 가득 찬 얼굴에 애써 미소를 지으며 대꾸를 했다.

"450매까지 썼으니 앞으로 150매만 더 쓰면 돼. 요즘은 창작에 대한 욕구가 어찌나 왕성한지 매일 저녁 30매씩 써대고 있어."

"하야시다에게 보낸 소설은?"

나는 다시 물었다. 그러자 사다케의 얼굴이 갑자기 어두워졌다.

"원고를 다시 보내왔어. 잡지에 싣기에는 너무 긴 것 같다나. 쳇, 그깟 단편만을 실어서 뭘 하겠다는 건지. 그래서 우리나라에 장편다운 장편이 나오지 않는 거야."

나는 사다케 군의 소설이 반송될 것이라 예상했기 때문에 조금도 놀랍지 않았다. 그리고 150매짜리 장편, 게다가 무명작가가 쓴 글이 그렇게 쉽사리 소개될 리가 없다고 생각했다. 하지만 나는 이 친구의 왕성한 창작열에는 언제나 경의를 표한다. 언젠가 그의 집을 방문했을 때, 그는 이미 300매가 넘는 초고를 나에게 보여준 적이 있었다. 게다가 소년시절부터 써온 높이 1미터에 달하는 원고들이 산더미처럼 쌓여 있었다.

"100매 정도의 단편이라면 7~8편 써 둔 게 있어. 그 중 제일 긴 게 500매짜리 장편인데, 내가 어렸을 때 겪은 첫사랑을 소재로 쓴 거지. 그런데 어찌나 유치한지 차마 발표할 엄두가 나지 않아. 하하하.”

나는 사다케의 다작에 감탄하고, 아무런 걱정 없는 이 태평한 천성에 또 한 번 감탄했다. 그는 그저 발표할 마음이 없을 뿐이지, 만일 발표하겠다고만 하면 언제든지 자신의 책을 출판해 줄 출판사가 기다리기라도 한다는 듯 자신만만했다. 나는 이 친구처럼 '발표'라는 것과 '문단에 나가는 것'에 대해 아무 걱정 없이 태평할 수 있다는 것이 놀라웠다. 사다케는 어쩜 쓰고 있다는 사실만으로 만족하는 것인지도 모른다.

3월 15일

잡지 《XXX》의 평판이 매우 좋다. 특히 야마노의 〈얼굴〉은 대단한 평가를 받고 있다. 나는 되도록 신문의 문예란을 보지 않으려 애를 썼다. 《XXX》가 좋은 평가를 받는 데에 화가 났기 때문이다. 하지만 《XXX》에 대한 평판이 궁금해 참을 수가 없다. 솔직하게 고백하자면 나는 3일 정도 계속 도서관에 틀어박혀 있었다. 《XXX》에 대한 평판을 읽어보기 위해서다. 처음에는 Y신문이 작은 6호 활자이긴 하지만 잡지 《XXX》의 창간에 대해 보도했다. 그리고 야마노의 작품인 〈얼굴〉을 극찬했다. 그뿐만이 아니다. 3일이 지난 후 S신문의 문예란에서 비평가 K씨가 야마노의 〈얼굴〉을 또 극찬했다.

나는 그것을 읽으며 마음속으로부터 복받쳐 오르는 질투를 억누를 수가 없었다. 마침내 녀석에게 짓밟혔다는 생각이 들었다. 최근 2~3년 동안 우려하던 비참한 운명이 드디어 실현된 것이라고 생각했다. 야마노나 구와타가 문단의 신진작가로 떠받들어지고, 나는 일개 무명작가로서 영원히 매장당하는 것, 그것이 《XXX》의 발행으로 어느새 실현단계까지 도달한 것이다.

야마노의 재능에 어떻게 대항해야 할까. 야마노의 재능이 인정받을 만하다는 것이 당연시 될수록 나의 반항은 무의미해지며, 외로운 몸부림이 되고 있다. 이제는 그저 가만히 앉아 화려하게 등장하는 것을 지켜보는 것 외에 달리 도리가 없다. 녀석에게 대항할 수 있는 유일한 길은 내가 놈과 동시에 문단에 등단하는 일이다.

그런 생각이 들자 〈밤의 위협〉이 떠올랐다. 비록 그 작품이 야마노 것에 비해 빈약하기는 하지만 그렇다고 해도 문단의 수준 이하의 작품이라고는 생각지 않는다. 나는 도서관을 나와 곧장 나카타 박사의 자택을 찾아갔다. 〈밤의 위협〉에 대한 비평을 들은 후 어떤 잡지라도 좋으니 추천만 해달라고 간청할 생각이었다. 나카타 박사는 마침 집에 있었다. 나는 박사와 마주앉자마자 말을 꺼냈다.

"박사님, 전에 부탁드렸던 희곡은 읽어보셨나요?"

"아, 그렇지!"

박사는 당황하는 빛이 역력했다.

"그 작품 말인지. 음……. 내가 요즘 너무 정신없이 바빠서 읽다 말았는데, 조만간 시간을 내서 찬찬히 읽어본 후 의견을 말해주겠네."

박사는 언제나 그렇듯이 여유롭게 대답을 했다. 나는 박사가 아직 한 장도 읽지 않았음을 알 수 있었다. 내가 그토록 초조한 마음으로 완성시킨 작품을 한 달 반이 지나도록 거들떠보지도 않고 구석에 처박아 둔 박사를 나는 어이없는 눈으로 바라보았다. 박사는 별로 대단한 일도 아니라는 듯 즉시 화제를 바꿔 얘기하기 시작했다.

"프랑스의 근대극 중에도 제법 좋은 작품들이 많이 있다네. 근대극이라면 북유럽에만 있는 걸로 흔히들 착각들을 하고 있는데, 미련한 생각이지. 연극하면 누가 뭐래도 프랑스가 원조라네. 입센도 역시 기술면에서는 프랑스의 근대극에서 영향을 받았지."

나는 그런 프랑스의 근대극 이야기를 듣고자 이곳에 온 것이 아니었다. 내 마음은 온통 나카타 박사의 손에 들린 〈밤의 위협〉이 도대체 언제쯤 햇빛을 보게 될 수 있는지에만 쏠려 있었다. 이럴 바에 차라리 원고를 찾아가고 싶은 심정이었다. 그러나 나카타 박사의 손을 거치지 않고 문단에 나선다는 것은 턱도 없는 일이었기에 나는 그런 일을 할 용기가 없었다.

나카타 박사의 프랑스극 이야기를 한 시간이 넘게 들은 후에야 겨우 그의 집에서 나올 수 있었다. 나는 완전히 절망에 빠졌다. 나카타 박사를 통해 문단에 등단하겠다는 것은 나의 바보 같은 두번째 착각이었다. 나는 이제 팔짱 끼고 앉아서 야마노와 구와타의 화려한 출세를 지켜볼 수밖에 없다. 집으로 돌아온 후에도 한동안 아무 것도 손에 잡히질 않았다. 우연한 기회가 돌발적으로 찾아오지 않는 이상, 내겐 아무런 기회도 주어지지 않을 것 같은 예감이 들었다.

4월 5일

《XXX》가 제2호를 발행했다. 이번에 야마노는 〈해후〉라는 단편을 발표했다. 나는 이번에도 그것을 잡아먹을 듯한 기세로 읽었다. 제아무리 야마노 녀석이라고 해도 항상 걸작만을 발표할 수는 없을 거라고 생각했기 때문이다. 그러나 나의 이런 생각은 역시 착각이었다.

녀석의 화려하고도 탄탄한 기교가 또다시 나를 비참하게 만들었다. 이번 작품의 주제 역시 앞선 〈얼굴〉과 비교해 조금도 뒤지지 않는 독특한 사상을 담고 있었다. 나는 야마노에 대한 반항의 씨앗을 이제 그만 뿌리째 뽑아버려야겠다고 생각했다. 내가 그에게 반항하는 것은 평범한 사람이 천재에게 갖는 무의

미한 반감에 불과하며,
자괴에 지나지 않는다는
생각이 들었기 때문이다.
그러나 녀석이 나를 보며 짓
궂게 웃는 얼굴을 떠올리니 타
오르는 질투심과 반감이 온몸을 휘감았다. 역시 나는 녀석의 작품에는 도저히 고개를 숙일 수가 없다.

그의 소설 제목인 〈페인〉이 작가로서는 페인에 가까운 나를 모델로 삼은 것은 아닐까 하는 생각조차 들었다. 그런데 이렇게까지 반감이 드는 녀석의 작품 하루 빨리 읽고 싶어 하는 내 마음도 참 아이러니했다.

4월 16일

야마노의 〈해후〉에 대한 평판이 좋다. 문단의 대가인 K씨가 녀석의 〈해후〉를 극찬했다는 소식을 접했을 때는 이제 모든 게 끝났다고 생각했다. 이제 녀석의 성공은 완전히 결정된 셈이다. 녀석이 갑작스런 사고라도 당해 죽지 않는 한, 문단의 인정을 받는 것은 기정사실이다. 나는 이제 단념하기 시작했다.

사실 나의 질투심만 배제한다면 어쩌면 녀석이 인정받는 것은 당연한 일인지도 모른다. 그러나 당연하든 아니든 간에 그런 것은 문제가 되지 않는다. 다만 녀석이 인정받는다는 사실이 불쾌할 뿐이다. 야마노가 인정받는다면 구와타가 인정받는 날도 결코 멀지 않았을 것이다. 오카모토, 스기노, 가와세까지 모두 야마노의 뒤를 따라 인정받게 될 것이다. 그리고 홀로 뒤쳐지게 될 사람. 그건 아무리 생각해도 나다.

나는 오늘 짧은 원고 한 편을 이번에 창간될 잡지 《군중》에 보냈다. 겨우 7매 밖에 되지 않는 소품이다. 나는 《군중》을 주간하고 있는 T씨와 딱 한 번 만난 적이 있다. 나의 이 소품이 채용된다면 조금이나마 야마노 등에 대해 반항을 한 셈이 된다.

5월 3일

오늘 아침 신문광고에서 이 달의 잡지로 선정된 《△△△》의 소설란에 야마노의 소설 〈폐인〉이 실린 것을 보곤 깜짝 놀라 한동안 멍해졌다. 마치 철퇴로 얻어맞은 것처럼 하늘이 빙빙 돌았다. 아무리 평판이 좋더라도 문단의 중앙에 나서려면 아직 많은 시간이 걸릴 것이라 예상했던 나의 계산은 완전한 빗나갔다.

녀석은 나의 예상을 멋지게 배신했다. 녀석은 이제 인기작가가 되었고, 나는 무명작가에 불과하다는 것이 부정할 수 없는 사실이 되었다.

나는 눈이 부시듯 빛나는 그 광고를 보았다. '야마노 하야오'라는 대문짝만한 글자가 나를 비웃는 것 같았다. 그의 소설 제목인 〈폐인〉이 작가로서는 폐인에 가까운 나를 모델로 삼은 것은 아닐까 하는 생각조차 들었다. 그런데 이렇게까지 반감이 드는 녀석의 작품을 하루 빨리 읽고 싶어 하는 내 마음도 참 아이러니했다.

　야마노의 작품을 읽기 위해 《△△△》를 사면서, 녀석의 작품 때문에 《△△△》가 한 부 더 팔린다는 사실이 눈물이 날 정도로 분했지만, 그럼에도 불구하고 녀석의 작품을 읽고 싶어 견딜 수가 없었다. 보고 싶지도 않은 것을 억지로 본다는 기분으로 녀석의 작품을 읽었다. 야마노의 작품은 역시 나의 경쟁심과 질투심을 한껏 자극하며 내 숨통을 조여왔다. 화가 나서 참을 수가 없다.

　그러나 녀석에 대한 이런 지독한 반감도 녀석의 실력 앞에서 맥없이 꼬리를 내렸다. 나조차 이런데 녀석에게 반감이 없는 일반 비평가들이 감탄하는 것은 당연한 일이다. 이런 생각이 들자 나 자신이 비참하게 느껴졌다. 나는 《△△△》잡지를 든 채 녀석에게 패했다는 것을 시인할 수밖에 없었다.

　나는 《△△△》과 함께 내가 기고한 《군중》을 함께 사왔다. 내가 쓴 소품도 편집자의 호의 덕분에 간신히 게재되었다. 그러나 《△△△》와 《군중》. 그것은 잡지의 수준에서 도저히 가늠할 수 없을 정도의 수준 차이가 있다. 야마노가 《군중》에 실린 내 글을 우연히 읽곤 한심스럽다는 표정을 지으며 쓰레기통으로 던져 버리는 영상이 자꾸 머릿속을 맴돌았다. '이젠 게임이 끝났다' 라는 생각이 들었다. 스스로도 나의 패배를 분명하게 느낄 수 있었다.

아니, 사실 처음부터 게임이 되지 않았다. 《△△△》에 실린 놈의 소설 중 첫 페이지를 읽고 있자니 절망의 눈물이 볼을 타고 흘렀다. 내가 《△△△》를 보고 절망에 빠져 있을 때 사다케 군이 찾아왔다. 우리는 여느 때와 같이 창작에 대한 이야기를 나눴다.

"드디어 어제 600매짜리를 완성했어. 그래서 요 며칠간 기분이 얼마나 상쾌하던지. 며칠 머리 좀 식힌 다음에 이번에는 1500매에 도전해보려고. 이것만 완성된다면 나의 시대가 시작될 거야."

여전히 의기양양해 했다. 문득 《△△△》이 사다케 군의 눈에 띄었다.

"야마노 군의 〈페인〉이 실렸더군. 한 번 읽어보긴 했는데 생각보다 별 거 아니라 실망이었어. 그저 착상이 약간 독특했던 것뿐이지."

그러나 나는 더 이상 그의 악의적인 비평에서 아무런 위안을 느낄 수 없었다. 착상이 좋은 것뿐이라도 무슨 상관인가. 문단의 인정을 받는 것이 부러웠다.

600매나 되는 장편을 끝내고, 1500매짜리 대작을 쓰겠다고 벼르는 사다케 군보다는, 30매에 불과한 깔끔한 단편으로 문단의 인정을 받은 야마노가 훨씬 더 부러울 따름이다.

그때 나는 의외의 사실을 알게 되었다. 무심코 사다케 군에게

《군중》을 건네주며 내가 쓴 7매짜리 소품을 가리키자, 그것을 읽은 사다케 군의 눈빛이 변하는 것 아닌가.

"이게 뭐야! 단편이잖아?"

"……."

"이 잡지는 도대체 누가 발행하는 거야? 누구 하나 변변한 놈이라곤 찾아볼 수가 없군. 이게 누구야? 구사다 하나코? 얼마 전에 야마모토라는 녀석과 서로의 작품을 평가한답시고 좋은 말만 늘어놓으면서 아양을 떨던 여자잖아. 그런 말도 안 되는 여자가 쓴 소설이라니."

사다케 군은 《군중》의 기고자를 모조리 매도했다. 《군중》은 저질스런 잡지이며, 이런 잡지에 글을 보내는 녀석들은 모조리 형편없는 삼류라고 결론짓고 있었다. 나는 불과 7매밖에 되지 않는 나의 소품이 이 정도로 사다케 군을 흥분시킬 줄은 몰랐다. 그는 《군중》을 삼류잡지로 매도함으로써 나의 작품을 완전히 무시하려 했다.

그러나 그런 그의 반응은 오히려 그의 마음이 전혀 반대라는 사실을 증명해주는 꼴이 되어 버렸다. 내가 쓴 이 보잘것없는 소품이 불과 7매일지라도 활자가 되었다는 사실이 사다케 군에게는 인정할 수 없는 일이었던 것이다.

내가 야마노의 작품에 느끼는 반감과 조바심을 사다케 역시 내 7매짜리 소품에서 느끼고 있다. 600매짜리 장편을 완성하며 항상 의기양양했던 사다케 군이, 겨우 7매짜리 작품에서 압박을 받는다는 것은 생각하면 생각할수록 통쾌하고 우스운 일이었다.

그러나 나는 이렇게 질투하는 사다케 군을 결코 미워할 수가 없었다. 나는 야마노보다 소질이 부족하다는 것을 자각했음에도 야마노의 출세를 저주했다. 하물며 자신의 작품에 자긍심을 갖고 있는 사다케 군이 자신의 작품이 활자화되기도 전에 나의 보잘것없는 소품이 활자화된 것을 불쾌하게 생각하는 것은 어쩌면 당연한 일인지도 모른다.

나는 갑자기 이런 생각이 들었다. 창작이라는 행위가 어떤 사람들이 생각하는 것처럼 절대적인 것이라면 그들은 오직 창작에 대한 욕구를 해소하는 것만으로 만족해야 한다. 즉 사다케 같은 친구라면 600매짜리 장편을 썼다는 사실 하나만으로 충분히 만족했어야 한다는 얘기다. 하지만 어째서 자신의 작품이 어떻게 발표될지를 그토록 고민하는 것일까.

나 같은 경우에는 창작에 대한 갈망보다도 항상 어떻게 발표할지를 고민하고 있었다. 진정한 예술을 추구하는 것이 아니라 문단이라는 명성에 사로잡혀 있었던 것이다. 사다케 군처럼 장편을 쓰는 사람도 활자화된 나의 7매짜리 소품을 보고 자제력을 잃는데 내가 야마노의 작품이 주목받게 된 것을 보고 그토록 부러움과 증오를 느꼈던 것은 어쩌면 당연한 일이었는지도 모르겠다.

5월 15일

오랜만에 야마노에게서 편지가 왔다.

보나마나 나를 조롱하고 무시하기 위한 편지라는 생각에 나는 그의 편지를 뜯어보지 않겠노라 다짐했다. 그러나 저녁이 되자 그 내용이 너무나 궁금해서 참을 수 없었다. 나는 결국 편지를 뜯어보았다. 그런데 편지는 놀라울 정도로 친절했다.

+ + + + + + + +

너도 알다시피 동인잡지 《XXX》는 창간 이후 비교적 세간의 주목을 끄는데 성공했어. 앞으로 조금만 더 열심히 끌고 가면 모두들 어느 정도 문단에 자리를 잡게 될 것 같아. 그 때문에 모두들 더 노력하고 있지.

그건 그렇고 네 문제 말인데, 우린 네가 교토에서 혼자 외톨이로 지내는 걸 안쓰럽게 생각하고 있어. 《XXX》발간 때도 너를 꼭 동인으로 참가시키려고 했는데, 네가 도쿄에 없어서 참여시킬 수가 없었지. 그게 얼마나 안타까웠는지 몰라. 하지만 요즘은 나도 다른 잡지에서 원고 청탁을 받고 있고, 구와타도 얼마 후면 다른 잡지에서 청탁을 받게 될 것 같아. 《XXX》도 여유가 생겨 네 작품을 소개할 기회가 자주 올 것 같으니 너도 좋은 작품이 있으면 한 번 보내 봐. 물론 너무 수준이 떨어지면 곤란하니까 그 점을 생각해서 괜찮다 싶은 작품이 있으면 보내 봐.

+ + + + + + + +

편지를 다 읽고 나자 나는
지금까지 야마노에게 질투와 반
감을 품고 있었던 것이 부끄럽게 느껴
졌다. 야마노가 세상에서 주목받고 있는 것
을 저주하는 동안에도 야마노는 나를 위해 이렇
게 호의적인 배려를 준비하고 있었다니. 그를 저주하
고 미워하기보다는 그들에게 접근해서《XXX》에 작품을 발
표하는 것이 얼마나 좋은 방법인지를 나는 잊고 있었다. 야마노
의 편지를 읽고 난 후, 지금까지 가려져 있던 햇볕이 비로소 따
뜻하게 온몸을 감싸는 느낌이 들었다.

나는 곧 답장을 썼다. 너무 흥분해서 녀석에게 웃음거리가 되
지는 않을까 싶을 만큼 감사와 감격이 넘치는 편지를 썼다. 그
리고 곧 작품을 보내겠다고 약속했다. 나의 편지는 분명히 비굴
한 애원조의 글이었을 것이다. 내 편지에서 정복된 약자가 강자
에게 아첨하는 것과 같은 비굴한 태도가 느껴졌다.

나는 지금까지 극단적으로 저주했던 그의 화려한 데뷔에 찬
사의 말을 아끼지 않았다. 그것을 비굴한 것으로 생각할 만큼의
여유가 없었다. 야마노의 호의에 의지하는 것이 지금 나에게 주

나는 이 편지를 아무런 감정도
섞지 않고 일기장에 그대로 옮긴다.
처음 편지를 받았을 때의 심정을 도저히 이곳에
표현할 수가 없기 때문이다.

어진 유일한 기회나 마찬가지였다.

편지를 보낸 후 나는 곧 나카타 박사를 찾아갔다. 〈밤의 위협〉을 찾으러 간 것이다. 박사에게 가져다준 지 어느새 석 달이 넘었다. 박사는 이미 내가 건넨 원고 따위는 까마득히 잊은 듯 어쩌다 내게 말을 걸게 되더라도 원고 얘기는 꺼내지도 않았다. 하지만 이번에 야마노에게 작품을 보내려고 보니 역시 가장 마음에 드는 것이 〈밤의 위협〉이었다. 그동안 문단에 어떻게 발표할 것인지에만 온 정신을 빼앗겨 본질적인 창작에는 아무런 신경도 쓰지 못했다. 묵묵히 1500매짜리 대작을 쓰고 있는 사다케 군이 생각나 한없이 부끄러워졌다.

나카타 박사는 언제나처럼 집에 있었다.

"그래! 자네가 맡긴 희곡이 있었지."

나카타 박사는 내가 방문한 이유를 말하자, 허둥대며 책장 한 구석을 뒤적거렸다. 그리고는 내가 처음 가지고 왔을 때와 상태가 별반 달라지지 않은 원고를 꺼냈다. 〈밤의 위협〉이라는 표제를 보자 옛 친구를 만난 것처럼 반가웠다. 지난 3개월 동안 내 마음이 조바심으로 죄어들어 갈 때, 내 작품은 나카타 박사의 책장에서 한가롭게 세월만 보내고 있었던 것이다.

"그게 어디에 발표될 모양이지? 그거 아주 잘 됐군. 활자가 된 후에 자세히 읽어보고 비평해주겠네."

박사는 믿을 수 없다는 표정을 지으며 말했다.

나는 나카타 박사의 극도로 무관심한 태도에 오히려 존경심이 느껴졌다. 집으로 돌아온 나는 다시 한 번 읽어본 뒤 서둘러 등기우편으로 야마노에게 보냈다.

5월 25일

야마노에게서 편지가 왔다.

나는 이 편지를 아무런 감정도 섞지 않고 일기장에 그대로 옮긴다. 처음 편지를 받았을 때의 심정을 도저히 이곳에 표현할 수가 없기 때문이다.

† † † † † † † †

우리 모두 네가 보낸 〈밤의 위협〉을 읽었어. 그리고 모두 똑같이 크게 실망했어. 네가 기분 나쁠 수도 있겠지만 너를 위해서라도 솔직하게 말할게. 무엇보다 첫째로 나는 그 작품의 테마에 실망을 금할 수 없었어. 어떻게 그렇게 진부할 수 있는지. 그건 진정으로 네 자신 속에서 나온 것이 아니잖아.

나는 네가 그 주제를 어디서 베꼈는지 정확히 지적할 수도 있어. 하지만 주제를 베낀 것은 그렇다 치더라도 작품 전체에 흐르고 있는 저급한 감상주의라니. 너는 고등학교 1학년 이후로 사상적인 진보를 하지 못한 것 같아. 우리는 어린 시절의 사상에서 완전히 졸업한 지 이미 오래야.

　미안한 얘기지만 나는 네가 보낸 희곡에서 단 한 군데도 좋은 점을 찾아낼 수 없었어. 혹시 나만의 개인적인 평가인가 싶어서 구와타와 오카모토, 스기노에게도 그 희곡을 보여줬어. 근데 차마 그 애들이 네 작품에 대해 내린 평가를 전하지는 못하겠다. 그건 너에게 큰 상처를 주는 잔인한 짓 같아. 그래서 안타깝겠지만 우리는 《XXX》에 네 작품을 게재하지 않기로 했어. 네가 우리의 이런 평가에 분노해서라도 더욱 좋은 작품을 보내주길 바랄 뿐이야.

+ + + + + + + +

함정이다! 나는 야마노가 만든 함정에 빠졌다. 녀석은 자신의 화려한 성공을 더욱 만끽하기 위해 나의 상처를 즐기고 싶었던 것이다. 분명 녀석이 비열하게 구와타와 다른 친구들에게 먼저 제안했을 것이다.

　"근데 도미 녀석은 교토에서 대체 뭘 하고 있는 걸까? 여전히 시시껄렁한 각본이나 쓰고 있겠지? 《XXX》에 실어줄 테니까 작품이나 한 번 보내라고 해 볼까?"

　사람 좋은 스기노나 오카모토가 걱정하며 말렸겠지만 녀석은 더욱 신나하며 자신의 생각을 실천에 옮겼을 것이다. 이런 불순한 의도가 아니고서는 어울리지 않게 친절한 편지를 보낼 녀석이 아니다. 야마노에 대한 증오, 영원히 타협할 수 없는 증오가 전보다 열 배나 더 뜨거운 기세로 마음속에서 끓어오르는 것이 느껴졌다. 그리고 바보처럼 야마노의 장단에 맞춰 〈밤의 위협〉을 보낸 나의 미련함을 생각하면서 나도 모르게 눈물이 났다.

x월 x일

《XXX》가 나온 지 벌써 2년 반이 되었다. 《XXX》는 이미 오래 전에 폐간되었다. 그러나 야마노와 구와타, 오카모토, 스기노는 작가로서 훌륭하게 등단했고, 《XXX》동인으로 문단을 활보하고 있다. 특히 야마노는 작품을 발표할 때마다 문단을 떠들썩하게 만들며, 지금은 확실한 인기작가로 자리를 잡았다. 그리고 나와 그들과의 거리는 이제 비교할 수 없을 만큼 멀어졌다.

오히려 이렇게 되자 나는 그들에 대한 경쟁심과 질투심을 잃었다. 나는 이제 그들이 유명작가로 많은 이들에게 주목받는 모습을 조금은 편안한 마음으로 바라볼 수 있게 되었다. 한 사람의 천재가 태어나기 위해 100명의 범인이 고통 속에 살아가야 한다. 야마노나 구와타 등의 많은 인기를 위해서 나 한 사람 정도의 희생은 오히려 당연한 것인지도 모른다. 영원히 무명작가로 끝나는 사람이 나 한 사람만은 아닐 것이다.

1500매짜리 장편이 완성되었는지 어쨌는지 아직 물어보지 않았지만 사다케 군은 여전히 어두운 얼굴을 하고 있다. 그러나 문단에 신진작가들이 탄생할 때마다 맹렬한 비난은 빼먹지 않는다. 동인잡지를 비난했던 요시노 군도 여전히 건재하다. 그러나 그 친구의 작품이 권위 있는 문예지에 실린 적은 한 번도 없다.

등단을 위해서는 운이라는 것 역시 무시할 수 없다. 그런 생각을 하며 나는 스스로를 쓸쓸히 위로했다. 이제 더는 문단에 대해 생각지 않기로 했다. 작가로서의 생활 외에 의미 있는 생활이 없다고 생각했던 것은 오만한 나의 편견이었다.

얼마 전 베를렌의 전기를 읽다가 유명한 퇴폐문학의 시인이 말년에 '평범한 인간의 평화로운 생활'을 간절하게 원했다는 얘기를 듣고 크게 감동을 받은 적이 있다. 나처럼 별로 소질이 없는 자는 '평범한 인간의 평화로운 생활'이 제격이다. 학교를 졸업하면 시골 교사로 지내면서 평화로운 생활을 누려야겠다.

유명작가! 신진작가!

내가 그런 공허한 이름을 동경했었다는 사실이 요즘 들어 매우 부끄럽기만 하다. 이 세상에 명작으로 남겨진 작품이 대체 얼마나 되겠는가. 언젠가 아나톨 프랑스의 작품을 읽다가 이런 글귀를 발견했다.

태양이 발산하는 열기가 점차 식어감에 따라 지구도 식어

가고, 결국 인간은 멸망하고야 말 것이다. 그러나 땅속에 살고 있는 지렁이만은 살아남아 인간이 사라져 버린 대지 위를 유유히 활보할지 모른다. 그때는 셰익스피어의 희곡이나 미켈란젤로의 조각이 지렁이의 한낱 웃음거리에 지나지 않을 것이다.

이 얼마나 통쾌한 말인가. 천재의 작품일지라도 언젠가는 지렁이의 웃음거리가 된다. 하물며 야마노 같은 인간의 작품은 앞으로 10년만 지나면 지렁이마저 비웃을 것이다.

겐 노인

작 · 가 · 소 · 개

구니키다 돗포는 정치적 성향이 강한 야마구치현의 지역적인 영향으로
어려서부터 정치적 성향과 문학적 성향을 많이 갖고 있었다.

그의 이런 성격은 문학 활동을 하면서도 학생운동 때문에
학교에서 퇴학을 당하는 등 그의 인생에 많은 영향을 끼쳤다.

그의 작품은 초기의 서정적인 로망주의에서 후에는 자연주의로 바뀌어 갔다.
뛰어난 성격 묘사와 함께 민중의 관점에서 사회를 비판하는 독자적인 작품을 세웠다.
'자연주의의 선구자'라고도 불리며 문학사적 위치가 매우 높지만,
그가 실제로 문단에서 주목을 받게 된 것은 만년의 일이며 그의 작품이
정당하게 평가받기 시작한 것은 그가 병으로 쓰러져서 세상을 떠난 후였다.

그의 주요 작품으로는 단편집 〈도쿠호집〉을 비롯해
〈취중일기〉, 〈운명〉, 〈봄의 새〉 등 다수가 있다.

리오는 밤마다 눈을 감으면 참았던 눈물을 쏟았다. 초그마한 집들이 나타나기를 바라면서 밤이 깊은 쪽을 골라 걸었다. 처마가 낮은 곳을 내려다보았다. 세면대라고 하는 데 앉아 놓은 장독대가 눈에 들어왔다. 언뜻 공사장 같이 보이기도 했다. 리오는 공터 안을 들여다보았다. 공터 안쪽 서슬 허영한 것이 지나갔다. 「아이라」는 곳에서 소식을 보내온 뭐 어느새 가을이 지났다. 겨울을 보내면 됐다.

그때 리오 되어서 자기를 찾고 온 사람까지 그냥 자전거를 세우며 물었다.

리오는 때마다 고향임을 느꼈다. 잠에서 깰 때에는 우울한 것은 물론이고, 힘이 하나도 없어지는 것이 이젠 아에 일상이었던 그것의 씨앗. 공이 비뚱 밀듯 보니 어딘가에 남편이 있다는 사실 추측 실감나지 않았다.

리오는 그러면 손을 거두어 시계를 보다가 그가 왠지 착한 사람일 것 같다는 생각을 했다. 잠시 후 리오는 사내 곁으로 다가갔다.

리오는 이버스처럼 말하면 다리는 것은 쉬운 일이 아니었다. 무더운 계절에는 더위에 지쳐서 힘들었고, 겨울에 매서운 추위와 기다림 하염없이 기다려야 한다는 사실에 또 쓸쓸해졌다. 참는 것에도 한계가 있는 법, 리오도 더 이상 버티기 힘들 정도로 변심이나 거울을 맞았던 남편의 모습이 이제는 유령처럼 희미하게 느껴졌다.

남편 얼굴을 떠올려 한 동안 리오는 잘 행복을 느껴본 적이 없다. 세상은 성실한 리오의 성질과는 관계없이 속절없이 빠르게 흘렀다. 그래도 리오는 이제 더 이상 누구와도 전쟁에 관한 얘기는 하지 않게 되었다.

「남편 아직 시베리아 쪽에 있고 아직 못하고 있어요.」

남편에 대한 얘기 앞에서 편하게 말하는 사람들은 리오를 불쌍히 여겨주지 않았다.

시베리아라는 땅이라면 리오는 잘 알지 못한다. 다만 그 얘에는 시베리아라는 곳이 넓은 사막 같은 곳으로만 상상되었다. 언제쯤이나 돌아올지 호호를 긁어 불을 쬐기 시작했다.

「나도 잠에 앉아서 환했어요. 흑룡강 근처 '모로치'라는 데서 2년 간 벌채 작업이 축도록 하다가 돌아왔는데…… 운명이란 게 우습게 사내가 턱을 치켜들며 말하며 리오를 바라보았다. 아무렇게나 차려입은 모습이었지만 사내는 실성이 된 그녀가 우척 고와 보였다.

으로 쫓아다니는 그요. 바깥분도 고생하지만 기다리는 얘기 엄마도 많이 힘들겠어요.

사내는 머뭇거리며 입을 열었다. 숨기고 들어서 컵을 담아 차를 따랐다.

리오는 안정씨는 시베리아산 신단에 왔었군데. 옆에도 돌아오셨지요가 있다. 그리고 창 아래로 매달린 칠판 밑에는 구멍이 숭숭 뚫린 화분이 있었다.

「그냥 묵지 않고 무리 지요.」

리오는 빈 도시락을 챙기고 있는 사내를 향해 물었다.

「이런 거 자꾸 주어도 괜찮을까요?」

「여기서 멀지 않아요. 장사라는 게 원래 그 남의 운수가 좋아지고, 그게 안 맞으면 공치기 십상이지. 집들이 많이 모인 데를 찾아봐요.

사내는 행주처럼 때문별러 마셨다 눈빛에 바랜 신문뭉치를 꺼냈다. 그리고 그 속에서 언어 토막을 끄집어내 추전차를 치우고 난로 위에 올려놓았다.

「차 마시며 마이요.」 다른 차와는 마이 틀려요. 원가는 600g에 8백 엔 정도예요. 다른 손님들도 맛있다고 들 하시더라.

사내처럼 화로 위에 올려 놓으며 노차를 마셨다.

리오는 점점 더 밖으로 나가기가 싫어졌다.

「그럼 노인네가도 있는 집이라면 모를까, 젊은 애들만 있는 집에서야 누가 사겠나.」

리오는 도시락을 풀었다. 새까만 보바바에 저어래 대가리 말린 것과 된장에 절인 야채가 들어 있었다.

「아니에요.」 도시 만큼 제가 드릴 게요. 그런은 여기가 첫 번째, 제가 엄마 되어 있어서 어디가 어딘지 아직 잘 모르겠어요.

리오는 녹차 몇 잔을 속에 있는 리오의 위에 올려놓았다.

「거 참, 그럼 언제든 이 근처에 오면 또 들러요.」

사내는 빈 도시락 뚜껑을 열었다. 곳곳 놓어 담아서인지 감자를 섞은 밥알이 뚜껑 밖으로 잔뜩 리오는 빈 도시락을 챙기고 있는 사내를 향해 물었다.

「어디 첫차에 나가면 말이죠. 조카녀석 이 는 천자들을 지키는 일을 하지요. 도시락만 이 근처에 사는 누님이 갖다 주고요.」

사내는 신단 밑에 달려있는 문을 열며 말했다. 붙박이장 같은 곳에 침대가 놓여 있었고, 판자로 만든 벽에 어떤 인물의 얼굴이 하얗게 드러나 치아가 건강해 보였다. 리오는 추전차 뚜껑을 열고 김이 오락가락 나는 추전차 속에 종이에 담은 녹차를 넣어 들었다. 밖에서 뜨거운 물 상자 위에 올려놓았다.

「근간, 사내의 눈이 들면서 언어를 넣을 잘라서 리오의 밥 위에 얹어 주었다. 리오는 어쩔 줄을 몰라 하며 고마워했다. 낯가림 리오는 이 반가워하며 하려 오게 되었고 그때마다 천체를 쌓아둔 이 가게문을 들르게 되었다. 남자의 성이 츠루이시라고…… 거기 먼저 시베리아 있어요…… 언제 돌아올지 알 수 없어서.

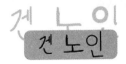

견 노인

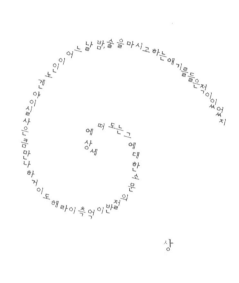

도시에서 한 젊은 교사가 내려와 사이키 마을에서 어학을 가르치기 시작한 지 어언 1년, 그는 무르익은 가을에 내려와 무더위가 한창일 때 떠났다. 초여름, 그는 읍내에 사는 게 싫어 이백여 미터나 떨어진 '가츠라' 라는 항구 근처로 숙소를 옮겨 학교까지 출퇴근을 했다. 항구 근처에 머무른 지 한 달, 그 한 달 사이에 서로 편하게 얘기를 나눌 만큼 교제를 튼 사람이라고 해봐야 손가락을 꼽을 정도 밖에 되지 않는다. 그 중 가장 가까운 사람이 그가 묵고 있는 집 주인 아저씨였다.

어느 날 저녁 거센 비바람 때문에 돌투성이 해변의 파도 소리가 요란했다. 평상시 말수도 적고 혼자 있기를 좋아하는 교사였지만, 그날만큼은 왠지 쓸쓸하여 2층 자기 방에서 내려와 주인 부부가 시원스레 두 다리를 뻗고 앉아 있는 툇마루로 갔다.

부부는 등불을 밝힐 생각도 하지 않고 어슴푸레한 저녁의 어둠 속에서 부채로 모기를 쫓으며 담소를 나누다가, 젊은 교사를 보고는 웬일인가 싶어 자리를 내줬다. 저녁 바람에 날리다 살며시 얼굴로 떨어지는 빗방울을 기분 좋게 맞으며 세 사람은 이런저런 이야기꽃을 피웠다.

그 후 젊은 교사가 도시로 돌아간 지 몇 년의 세월이 흐른 어느 겨울 밤, 새벽 한 시가 넘은 시각에 젊은 교사가 책상 앞에 앉아 누군가에게 편지를 쓰고 있었다. 고향에 있는 옛 친구에게 보내는 편지였다.

수심에 찬 듯한 그의 창백한 얼굴이 그날따라 유난히 빨갛게 상기되어 있었다. 그리고 가끔 어딘가 먼 곳을 바라보는 듯한 눈길로 안개에 쌓인 어떤 물체를 똑바로 보려고 애쓰는 것 같았다. 안개 속에는 한 노인이 서 있었다.

그는 펜을 내려놓고 자신이 쓴 편지를 읽었다. 다 읽고 나서는 살포시 눈을 감았다. 눈동자 밖을 닫고 안을 열면 나타나는 것은 또 그 노인. 편지에는 다음과 같이 적혀 있었다.

+ + + + + + + +

주인집 아저씨는 무심히 그 노인의 얘기를 꺼냈지. 이렇다 할 만큼 특별한 것도 없는 지극히 평범한 인생, 그런 사람은 어디를 가더라도 흔히 볼 수 있는데 나는 어쩐지 그 사람을 잊을 수가 없어. 내게는 그 노인이 무언가를 숨기는 듯한, 마치 누구도 열 수 없는 상자처럼 여겨지는군.

내가 그 아저씨를 떠올릴 때면 늘 의문을 품어서 그런 것일까? 그 아저씨를 생각할 때마다 먼 기적 소리를 듣고 고향을 그리워하는 나그네의 마음이 되거나, 고상한 시 한 수를 읽으며 한없이 하늘을 올려다보는 기분이 들고는 한다네.

+ + + + + + + +

사실 교사는 그 노인의 일생에 대해 자세히는 모른다. 집주인에게서 들은 것은 그저 대충의 줄거리일 뿐. 그런데 주인집 아저씨는 왜 그렇게도 그 분에 대한 얘기를 하고 싶어 했을까? 교사는 그 심중을 헤아릴 수 없었지만, 주인집 아저씨는 묻는 대로 얘기해 주었다.

"이 항구는 사이키 마을에 잘 어울리지. 보시다시피 집이라 할 만한 것도 몇 채 안 되고, 사람 수 또한 스무 명도 채 안 돼서 언제나 오늘 저녁처럼 쓸쓸하다네. 하지만 겐 노인의 집 한 채만 해변에 덩그러니 서 있던 그 옛날의 쓸쓸함을 생각해 보게

나. 그의 집 옆에 있던 소나무, 지금은 넓은 길가에서 여름에 그 길을 지나는 사람들에게 시원한 그늘을 마련해 주지만, 10년 전만 해도 바다에서 파도가 밀려오면 그 부근이 깨끗이 씻겨 내려가곤 했다네.

읍내에서 온 사람들은 겐 노인에게 배를 저어 달라고 부탁하지 않으면 바다 밑에서 불쑥 튀어나온 바위에 걸려 오도 가도 못하는 일이 종종 있었지. 지금은 화약 덕분에 위험한 돌더미도 다 없애버렸지만.

그렇다고 그가 처음부터 혼자였던 것은 아니었네. 무척 아름다운 아내가 있었지. '유리'란 이름의 그녀는 오뉴 섬 출신이었어. 세상에 떠도는 그에 대한 소문의 절반이 억측이라 해도 이거 하나만큼은 사실이야. 겐 노인이 어느 날 밤, 술을 마시고 하는 얘기를 들은 적이 있었지.

그가 스물아홉 살 되던 해의 어느 봄날 밤, 불빛들도 모두 꺼져갈 무렵 갑자기 누군가 문을 두드리는 사람이 있었어. 겐 노인은 자리에서 일어나 문 가까이로 다가가서 누군지를 물었지. 그러자 섬까지 태워 달라는 애절한 여인의 목소리가 들리는 거야. 기울어진 달빛에 의지해 밖을 내다보니 낯이 익은 오뉴 섬의 유리라는 소녀가 서 있었지.

그 시절 나룻배를 젓는 사공은 한둘이 아니었지만 '겐'의 이름은 포구마다 널리 알려져 있었다네. 그건 단지 그가 젊은 남자라는 이유 때문만은 아니었어. 깊은 뜻은 따로 있었지. 당시 겐 노인의 목소리 때문이었어. 사람들은 그가 노를 저으며 부르는 노랫소리를 듣고 싶어서 그의 배를 탔지. 하지만 말수가 적기는 지금이나 그때나 다름이 없었다네.

섬 소녀가 겐 노인에게 마음이 있어 그렇게 늦은 한밤중에 배를 태워달라고 부탁을 했는지 어쨌는지는 저 높은 하늘에서 그 상황을 내려다본 신만이 아시겠지. 배를 묶어 두고 서로가 무슨 얘기를 나눴는지를 물었는데, 술까지 마셨음에도 말수가 적은 겐 노인은 그저 이마에 깊은 주름만 새기며 웃음으로 대답했다네. 그 웃음 뒤로 왠지 모를 슬픔이 어려 보이긴 했지만.

겐 노인의 노랫소리는 점점 더 청명해졌다네. 젊은 부부의 행복한 세월은 꿈결보다도 덧없이 흘러갔지. 외아들인 고스케가 일곱 살 되던 해, 그의 아내 유리는 두 번째 아이를 출산하다가 끝내 죽고 말았어. 읍내 사람이 고스케를 맡아서 장차 상인으로 대성할 수 있게 잘 길러 주겠노라 했지만, 사랑하는 아내와 사별을 한데다 외아들인 고스케와도 헤어진다는 것은 그로써는 견디기 힘든 아픔이라 거절할 수밖에 없었지.

말수가 적은 그는 이때부터 점점 더 말이 없어지고 웃는 일도 사라졌지. 노를 저으면서도 술기운에 의지하지 않으면 노래를 부르지 못할 지경이었어. 달빛 부서지는 다이고의 해안을 따라 처량하게 울려 퍼지는 그의 노랫소리에는 처절함이 어려 있었지. 듣는 사람의 마음 때문일 수도 있지만, 아내를 잃은 후부터 원기 왕성했던 그의 마음은 모두 허물어지고 말았다네.

비가 추적추적 내리는 날이면 텅 빈집에 고스케를 혼자 두기가 안쓰러워 손님과 함께 배에 태우곤 했지. 그런 고스케가 불쌍해서 자기 아이들에게 주려고 읍내에서 사온 과자 봉지를 뜯어서 어린 아이에게 나누어주는 여인네도 적지 않았어. 겐 노인은 이를 못 본 척하며 고맙다는 인사조차 하지 않는 게 예사였지만, 그 역시 너무 슬퍼서 그러려니 하고 언짢게 마음에 새기는 이 또한 없었어.

그렇게 2년이란 세월이 흘렀어. 항구의 공사가 절반 정도 진척되었을 즈음, 우리 부부는 섬에서 나와 이곳으로 옮겨 와서 이 집을 짓고, 지금의 일을 시작했다네. 산등성이가 깎여 길이 뚫리면서, 겐 노인의 집 앞으로는 지금처럼 도로가 생겼어.

아침저녁으로 두 차례씩 기선의 기적 소리가 울리고, 옛날에는 어망조차 말릴 수 없었던 험악한 해안이 눈 깜짝할 사이에 변했지. 그런데도 겐 노인이 나룻배로 사람을 실어 나르는 일은 옛날과 조금도 달라진 게 없었어. 포구와 섬의 사람들을 싣고 읍내를 왕래하는 일 또한 예전과 같았고. 항구가 열리고, 차도가 생기고, 사람들이 번잡하게 오가면서 옛날에 비해 이곳 역시 바깥세상과 비슷하게 변해 가는데도 그는 그것을 기쁘게도 슬프게도 생각지 않았다네.

그렇게 또 3년이란 세월이 흘렀지. 고스케가 열두 살 되던 해 동네 아이들과 함께 바다로 놀러 나갔는데 그만 물에 빠져버린 거야. 근데 그것을 본 함께 갔던 아이들이 무서워서 모두들 도 망치는 바람에 아무도 그 사실을 알지 못했어. 저녁이 지나도록 고스케가 돌아오지 않자 놀란 우리가 함께 고 스케를 찾아 나섰을 때는 이미 너무 늦고 말았다네. 그 불쌍한 영혼의 몸뚱이가 신기하게도 겐 노인의 배 밑에 가라앉아 있었지.

이 항구는 사이키 마을에 잘 어울리지. 보시다시피 집이라 할 만한 것도 몇 채 안 되고, 사람 수 또한 스무 명도 채 안 되서 언제나 오늘 저녁처럼 쓸쓸하다네.

그 후로 그는 더 이상 노래를 부르지 않았고, 가까운 사람들과도 얘기하는 것을 피하게 되었지. 말도 하지 않고, 노래도 부르지 않고, 웃지도 않으며 세월을 보내는 사이에 세상으로부터 잊혀졌어. 겐 노인은 예전과 다름없이 나룻배의 노를 저었지만, 사람들은 그의 배에 타고 있으면서도 그가 이 세상에 있다는 걸 의식하지 않았어. 이 이야기를 하고 있는 나조차도 그가 그 동그란 눈을 반쯤 감은 채 노를 메고 돌아오는 모습을 볼 때면 '아아, 겐 노인이 아직도 이 세상에 살아 있구나' 하고 생각할 정도였으니⋯⋯. 그가 어떤 사람이었는지 묻는 사람은 자네가 처음이라네.

가끔 그를 불러서 술을 마시게 하면 결국에는 노래도 했지.

하지만 그 노래의 뜻을 헤아릴 수가 없었어. 그는 혼자 중얼거리는 것도 아니고, 같은 말을 반복하는 것도 아니라, 그저 어쩌다 한 번씩 긴 한숨을 내쉬는 게 전부였어. 가여운 사람이지……"

주인집 아저씨가 젊은 교사에게 해준 이야기는 이 정도뿐이었다. 교사는 도시로 돌아간 후에도 겐 노인을 잊지 않았다. 등잔불 아래 앉아 빗소리가 들리는 밤이면 종종 그 노인에 대한 생각에 빠졌다. 겐 노인은 지금쯤 둥근 눈을 지그시 감고 파도 소리를 들으며 화롯가에 앉아 저 먼 옛날 봄밤의 일을 홀로 추억하고 있지 않을까? 하염없이 고스케를 생각하고 있는 것은 아닐까?

그러나 교사는 알지 못했다. 그렇게 생각하며 몇 년의 세월을 보내는 사이, 어느 겨울 밤 겐 노인의 묘지 위에 많은 눈이 쌓이고 있었다는 것을.

젊은 교사가 시를 읽는 마음으로 기억의 저편을 들추고 있는 동안에도 겐 노인의 신변에는 더욱 슬픈 일이 끊이지 않았고, 끝내는 이 세상을 하직하고 말았다. 그리하여 교사는 그 시의 마지막 구절을 쓸 수 없게 되었다.

사이키의 제자들이 어학 선생을 가츠라 항의 선착장으로 배웅했던 그 해도 다 저물고 이듬해 1월 말의 어느 날, 겐 노인은 볼일이 있어 일찌감치 읍내로 나갔다.

하늘은 눈이 내릴 것처럼 잔뜩 찌푸려 있었다. 이 지방에 눈이 내리는 일은 흔치 않았으나, 그 날의 추위는 매서웠다. 산기슭 마을 사람들이나 바닷가 사람들 할 것 없이, 강이든 바다든 나룻배를 띄워 읍내로 들어가 볼일을 보는 것이 사이키 주변에 사는 사람들의 습관이다. 그래서 반조 강가에는 늘 나룻배들이 여기저기에서 모여들었고 내리는 사람과 올라타는 사람들로 북새통을 이루었다. 어촌 사람들은 노래를 흥얼거리고 산촌 사람들은 큰소리를 질러댔다.

그런데 그날따라 유난히 썰렁한 것이 잔잔한 수면 위로 회색 구름의 그림자만 비치고 있었다. 큰길은 텅 비어 어두컴컴한 처마 밑으로 오가는 사람이 없었다. 돌이 많은 골목길에는 얼음이 얼어 있었다.

시루산 기슭에서 울리는 종소리가 이끼가 허옇게 낀 지붕들이 나란히 모여 있는 이 마을의 이 끝에서 저 끝까지 서글프게 떠돌았다. 마치 물고기 한 마리 살지 않는 조용한 호수의 한가운데에 돌멩이 하나를 던진 것 같았다.

명절 때는 모두가 모여 무대가 되는 넓은 네거리에 가난한 집 안의 핏기 없는 아이들 대신 거지 아이 하나가 웅크리고 서 있었다.

"기슈, 기슈!"

한 아이가 불렀지만 거지 아이는 돌아보지도 않고 지나치려 한다. 언뜻 보기에 열여섯 살 남짓 된 것 같다. 제멋대로 자란 머리칼이 목을 덮을 정도로 길고, 길쭉한 얼굴에 두 볼은 푹 꺼져 있었으며, 아래턱뼈는 삐죽 튀어나와 있었다. 눈빛은 흐리멍덩하고, 힘없이 움직이는 눈동자 역시 멍하니 초점이 없다. 몸에 걸친 것이라곤 얇은 한 겹짜리 겉옷뿐. 짧게 늘어진 넝마 같은 옷자락이 푹 젖은 채 무릎만 겨우 가리고는 팔꿈치를 그대로 드러내고 부들부들 떨면서 가고 있다.

그때 저쪽에서 마주 오던 사람이 있었는데, 바로 겐 노인이었다. 두 사람은 네거리 한가운데서 마주쳤다. 겐 노인은 동그란 눈을 크게 뜨고 거지 아이를 바라보았다.

"기슈!"

거지의 이름을 부르는 노인의 목소리는 나지막했으나 굵었다. 거지는 멍한 눈을 들어 마치 돌멩이를 보듯 겐 노인의 눈을 쳐다보았다. 두 사람은 잠시 눈을 마주한 채 서 있었다. 겐 노인은 소맷자락을 더듬어 꾸러미를 꺼내더니 주먹밥 하나를 집어 기슈 앞으로 내밀었다. 기슈는 가슴께에서 그릇을 꺼내 그것을 받았다. 주는 사람도 말이 없고 받는 사람도 말이 없다. 서로 기쁘게도 슬프게도 생각하지 않는 듯 했다. 기슈는 그대로 뒤도 돌아보지 않고 가버렸고, 겐 노인은 모퉁이를 돌아서 보이지 않을 때까지 그 뒷모습을 쳐다보고 있었다.

하늘을 올려다보니 눈이 그칠 듯 말듯 한두 송이가 흩날렸다. 겐 노인은 다시 한 번 기슈가 사라진 쪽을 바라보며 깊은 한숨을 내쉬었다. 어린아이들이 뒤에서 웃음을 참으며 수군거리는 것을 그는 알지 못했다.

겐 노인이 집으로 돌아왔을 때는 이미 어두컴컴한 저녁이었다. 길을 향해 나 있는 그의 집 창문은 늘 굳게 닫혀 있다. 그렇지 않아도 어두운 방안에서 겐 노인은 불도 켜지 않은 채 화롯불을 앞에 두고 앉았다. 그리고는 마디가 굵은 양손으로 얼굴을 감싸 쥐고 목을 떨어뜨린 채 또 한숨을 내쉬었다.

화로 안에는 마른 나뭇가지가 한줌 정도 들어 있었다. 마른 나뭇가지는 촛불처럼 가냘픈 불꽃을 피우며 이 가지 저 가지로 옮겨 다니며 붙었다 꺼졌다를 반복했다. 불꽃이 타오를 때는 잠시나마 사방이 환해졌다. 그의 그림자가 길게 드리워지면서 목판화 하나가 거뭇거뭇한 벽 위로 드러났다. 고스케가 대여섯 살쯤 되었을 때 아내 유리가 친정에서 가져온 것으로, 그때 벽에 붙여 둔 것이 10여 년이란 세월 동안 그대로 걸려 있어 거무튀튀하게 먹칠이라도 한 것처럼 보였다.

오늘밤은 바람도 잠들었는지 파도 소리조차 들리지 않는다. 어디선가 소곤소곤 속삭이는 듯한 소리가 들려 겐 노인은 귀를 기울였다. 진눈깨비가 내리는 소리였다. 겐 노인은 한동안 그 쓸쓸한 소리에 열중하다가 한숨을 몰아쉬며 집 안을 둘러보았다.

기름등잔에 불을 붙여 밖으로 나가니 추위가 뼛속까지 사무쳤다. 추운 겨울밤에도 끄떡없는 몸이었는데 이 정도 한기에 소름이 끼치다니, 그 또한 세월의 무게를 어쩌지는 못하는 듯 했다. 산은 시커멓고 바다는 어두웠으며 등불이 미치는 곳으로 눈송이가 부슬부슬 내리는 것이 보였다. 땅은 벌써 굳게 얼어 있었다.

이때 읍내 쪽에서 두 사내가 이야기를 나누며 걸어왔다. 그들은 등잔불을 들고 문 앞에 서 있는 겐 노인을 보더니 말을 걸었다.

"어르신, 오늘밤은 왜 이렇게 추울까요?"

"글쎄."

건성으로 대꾸하는 겐 노인의 눈길은 읍내 쪽을 향하고 있었다.

지나가던 사내 중 하나가 속삭이듯 입을 열었다.

"오늘밤 겐 노인의 모습이 좀 이상하지 않아? 젊은 아가씨들이 저 얼굴을 봤으면 아마 그 자리에서 기절했을 거야."

그러자 다른 사내가 대꾸를 했다.

"이러다 내일 아침 저 소나무 가지에 아저씨의 다리가 매달려 있는 거 아냐?"

두 사람은 순간 소름이 끼쳐 뒤를 돌아보았다. 아저씨가 서 있던 문에는 이미 등잔불이 보이지 않았다.

밤이 깊었다. 눈은 진눈깨비가 되고 진눈깨비는 다시 눈으로 바뀌며 내렸다가 그치기를 거듭했다. 나다산 꼭대기에 떠오른 달이 구름의 바다에 가려 빛이 사라지자 읍내는 황량한 묘지 같았다. 산기슭에는 마을이 있고, 그 마을의 후미진 곳에는 묘지가 있다. 이 시간에는 눈을 뜨고 사람들이 잠을 자며 꿈속의 세계에서 망자를 만나 울고 혹은 웃기도 한다.

이때 사람 그림자 같은 것이 네거리를 가로질러 작은 다리 위를 걸어갔다. 다리 옆에서 웅크리고 잠자던 개가 고개를 들어 그 그림자를 보았지만 짖지는 않았다. 무덤 속에서 도망쳐 나왔을까? 누구를 만나 무슨 얘기를 하려고 저리도 헤매고 다니는 걸까? 그는 기슈였다.

겐 노인의 외아들인 고스케가 물에 빠져 죽은 해 가을, 한 여자 거지가 사이키 마을로 들어와 자리를 잡았다. 그녀는 여덟 살쯤 되는 남자 아이를 데리고 있었다. 그 아이를 데리고 남의 집 문 앞에서 구걸을 하면 먹을 것을 잘 주었다. 그녀는 이곳 사람들이 다른 고장에 비해 인심이 좋아 장차 아이를 위해서도 좋겠다고 생각했는지, 이듬해 봄이 되자 아이를 남겨 두고 모습을 감추었다.

다자이부 신사를 방문하고 돌아온 어떤 사람의 말에 의하면, 그녀와 비슷한 거지가 넝마를 입고 씨름꾼을 따라서 신사 입구에서 거지 노릇을 하고 있는 것을 보았다고 한다. 그 말만 들어도 모두 사정을 짐작할 수 있었다. 마을 사람들은 매정하게 자식을 남겨 두고 간 엄마를 비난하며 아이를 한층 더 불쌍히 여겼다. 결국 매정한 어머니가 계획한 대로 된 것이다.

하지만 사람의 자비심에는 한계가 있는 법. 아이가 불쌍하다고 말들은 하지만 정작 맡아서 어른이 될 때까지 착실하게 키워주겠다고 나서는 이는 없었다. 더러는 뜰 청소를 시키며 사람다운 대접을 하는 이도 있었지만 그리 오래 가지는 않았다.

처음에 아이는 어머니를 그리워하며 울었고, 그때마다 사람들은 먹을 것을 주며 아이를 달랬다. 그러나 아이는 점차 어머니를 잊어갔다. 사람들의 자비심이 아이로 하여금 어머니를 잊게 했다. 사람들은 아이를 보고 백치라며, 더럽고 지저분하다거나, 도둑질을 한다는 등 여러 가지 핑계를 만들어 자신의 집에 들이기를 꺼려했다. 결국 그들 역시 이 아이를 거지로 만들어 세상 밖으로 내몬 아이의 어머니와 다를 바가 없었다.

아이는 누군가 장난삼아 무엇인가를 가르쳐주면 그것을 기억하는가 하면, 따라서 말을 하기도 하고 외우기도 했다. 아이들이 부르는 노랫소리를 듣고는 따라서 부르고, 웃고 떠들며 노래하는, 세상의 보통 아이들과 다를 게 없었다. 실로 겉보기에는 그랬다.

태어난 곳이 기슈라서 그대로 '기슈'라 불린 이 아이는 결국 사이키 마을의 부속품 취급을 받으며, 거리의 아이들과 함께 자랐다. 아이의 마음은 점점 황폐해져 갔다. 아침 해가 떠오르면 밥 짓는 연기가 피어오르고, 어버이와 자식이 있고, 부부가 있고 형제가 있고, 친구가 있고 눈물이 있는 세상에 사람들이 사는 동안 아이는 어느새 사람 하나 없는 무인도에다 쓸쓸한 자신의 마음을 묻어 버리게 되었다.

아이는 누가 뭘 주어도 고맙다는 말 한 마디도 하지 않았다. 아이는 웃지도 않았다. 그가 화를 내는 것도 보지 못했고, 우는 것도 보지 못했다. 그는 원망하지도 기뻐하지도 않았다. 그저 움직이고, 걷고 먹었다. 먹을 때 곁에서 맛있냐고 물으면 감정 없는 목소리로 그저 맛있다고 대꾸할 뿐. 그 목소리마저 땅속으로 기어들어가는 것 같았다.

장난삼아 아이의 머리 위로 막대기를 휘두르면, 웃는 듯한 표정을 지으며 천천히 걸음을 옮긴다. 그 모습이 마치 주인에게 혼이 나서 꼬리를 흔들며 달아나는 개의 모습과 다를 바 없어 보였다. 하지만 아이에게는 또 다른 면도 있었다. 아이는 결코 사람들에게 동정을 사려 하지 않았다. 세상의 많은 다른 거지들

처럼 그를 불쌍히
여긴다면 그것은
크나큰 잘못이
다. 세상의 파도
에 밀려 허우적거
리는 사람을 불쌍하게
여기는 눈으로는 아이의 본모

아이의 마음은 점점 황폐해져 갔다.
어버이와 자식이 있고, 부부가 있고 형제가 있고,
친구가 있고 눈물이 있는 세상에 사람들이 사는 동안
아이는 어느새 사람 하나 없는 무인도에다
쓸쓸한 자신의 마음을 묻어 버리게 되었다.

습을 발견하기가 어려울 것이다. 아이는 깊고 깊은 물속을 헤매
는 그런 사람이었다.

기슈가 다리를 건너간 지 얼마 지나지 않아 네거리의 사방을
둘러보는 사람이 있었다. 손에는 배에서 쓰는 초롱이 들려 있었
다. 등불을 이리 저리로 돌릴 때마다 얄팍하게 쌓인 눈 위로 꼬
리 긴 그림자가 드리워지며 눈이 아름답게 반짝거렸고, 네거리
에 즐비하게 들어선 집들의 처마 밑으로 둥그런 그림자가 왔다
갔다 했다.

이때 큰길가에서 누군가 불쑥 모습을 드러냈다. 순경이었다.

"거기 누구야!"

그는 성큼성큼 이쪽으로 걸어와 등불을 들어 얼굴을 비췄다.
둥그런 눈, 깊은 주름, 큰 코의 건장한 모습이 드러났다.

"겐 노인 아니십니까?"

순경은 어이가 없다는 표정이다.

"그렇다네."

그가 쉰 듯한 목소리로 대답했다.

"이렇게 밤이 깊은데 누굴 찾으십니까?"

"기슈를 찾고 있다네."

"기슈에게 무슨 일이 있습니까?"

"오늘밤 날이 너무 추워서 우리 집으로 데리고 갈까 해서 말일세."

"하지만 그 애가 어디에서 자는지는 아무도 모릅니다. 어르신 야말로 감기에 걸리지 않도록 조심하세요."

친절한 순경은 겐 노인을 향해 걱정의 말을 남기고 지나갔다. 겐 노인이 한숨을 쉬며 다리 위로 올라가자 사람의 발자국이 보였다. 방금 생긴 발자국인 듯했다. 기슈가 아니면 누가 이런 눈 속을 맨발로 걸어갔으랴. 겐 노인은 잰걸음으로 발자국이 지나간 곳을 따라 걷기 시작했다.

하

겐 노인이 기슈를 자신의 집으로 데려가 함께 살고 있다는 얘기가 온 동네에 퍼졌다. 그 얘기를 전해들은 사람들은 처음에는 거짓말이겠거니 하다가 나중에는 모두 어처구니없어 하며 웃었다. 그 두 사람이 밥상을 마주하고 앉아 있는 모습을 생각하니 신파극이 따로 없다며 조롱하는 이도 있었다. 있는지 없는지도 모르고 살았던 겐 노인의 존재가 또 다시 마을 사람들 입방아에 오르게 되었다.

눈 내리던 밤으로부터 이레 정도가 지났다. 저녁노을이 영롱하게 비치고 저 멀리 파도 위로 시코쿠 땅이 보인다. 츠루미 곶 부근은 갖가지 돛들로 하얗게 펄럭거렸고 강어귀의 모래톱에는 물새들이 떼 지어 날아다녔다. 겐 노인이 손님 다섯 명을 태우고 밧줄을 풀어 배를 막 출발시키려 하는데, 두 젊은이가 뛰어와 황급히 배 위로 올라탔다. 배는 금세 사람들로 꽉 찼다.

섬으로 돌아가는 두 처자는 자매인 듯 머리에 수건을 두르고 손에는 조그만 꾸러미를 들고 있었다. 나머지 다섯 명은 바닷가에 사는 사람들이다. 나중에 배로 뛰어든 젊은이 두 사람에, 한 쌍의 노부부가 어린 아이를 데리고 있었다.

사람들은 서로 마을 얘기를 주고받았다. 젊은이 중 한 사람이 연극 얘기를 꺼내자, 자매 중 언니로 보이는 처녀가 이번에는 주인공 요시의 의상에 대해 얘기를 시작했다. 그 의상이 어찌나 아름다운지 섬에는 구경한 사람은 별로 없지만 소문이 무성하다고 말했다. 그러자 할머니가 그게 아니라 작년에 입었던 옷보다 조금 좋아 보이는 거라고 대꾸했다. 그리고는 배우 중에 '구메 고로'가 잘생겼다는 소문이 섬 처녀들 사이에 쫙 퍼졌다는데 사실이냐고 두 처자에게 물었다. 두 처자는 얼굴이 빨개졌고, 그 모습에 할머니는 큰소리로 웃었다.

겐 노인은 노를 저으며 먼 곳만 바라볼 뿐, 뱃전에 흐르는 세상의 얘기와 웃음소리에는 단 한마디도 참견하지 않았다.

"어르신, 기슈를 집으로 데려갔다는 소문이 사실입니까?"

젊은이 중 한 사람이 생각난 듯 겐 노인을 향해 물었다.

"그렇다네."

겐 노인은 돌아보지도 않고 대답했다.

"거지 놈을 집으로 끌어들이다니 이해할 수 없다며 이상하게 여기는 사람이 많습니다. 혼자서는 역시 외로우셨나요?"

"그랬지."

"꼭 기슈가 아니더라도 함께 살 아이라면 섬이나 해변 마을에도 찾으면 얼마든지 있었을 텐데요?"

"그도 그래요."

할머니도 한 마디 거들며 겐 노인의 얼굴을 올려다보았다.

겐 노인은 잠시 생각에 빠진 표정으로 아무 대답도 하지 않았다. 서쪽 산기슭에서 피어오르는 연기 끝머리가 저녁 해를 받아 반짝이는 모습에 눈을 고정시키고 있는 듯했다.

"기슈는 부모 형제도 집도 없는 아이이고, 나는 처자식 없는 외로운 신세 아닌가. 내가 그 아이의 아버지가 된다면, 그 애는 내 아들이 되어 줄 테니 두 사람 모두에게 좋은 일이지."

혼잣말처럼 중얼거리는 그 목소리를 듣고 사람들은 내심 놀라지 않을 수 없었다. 그가 이토록 많은 얘기를 하는 것을 들어본 적이 없기 때문이다.

"그런데 세월 한번 참 빠르네. 안주인 되시는 유리가 갓난아기를 안고 저 해변에 서 있었던 게 바로 엊그제 일처럼 눈에 선한데. 고스케가 살아 있다면 지금 몇 살이나 됐나요?"

할머니가 한숨을 쉬며 물었다.

"기슈보다는 두세 살 정도 많을 겁니다."

겐 노인이 무심히 대답했다.

"기슈만큼 나이를 가늠하기 어려운 애도 없을 거야. 먼지와 때에 나이도 함께 묻혀 버렸는지. 도대체 애가 열 살인지 열여덟 살인지……."

사람들이 웃어댔다.

"나도 잘 모르겠소만 열여섯이나 열일곱쯤 되었을라나. 낳은 제 어미라면 모를까, 잘 모르겠소. 가엾지만 어쩌겠나."

겐 노인은 노부부가 데리고 있는 일곱 살쯤 되어 보이는 아이를 돌아보며 말했다. 그 목소리가 몹시 떨려서, 사람들은 안됐다 싶었는지 웃음을 거두었다.

"정말 두 사람 사이에 부자지간의 정이 생겨난다면 얼마나 즐겁고 다행인 일이겠소. 기슈도 사람다운 사람의 자식이 되어 자네의 귀가가 늦는 날, 문 밖에 나와서 기다리고 있게 되면 그보다 감동스러운 일이 또 있겠소?"

아이의 할아버지가 감싸듯 얘기하는 것은 진심에서 하는 소리였다.

"그런 날이 온다면 기쁘겠지요."

대꾸하는 겐 노인의 목소리에는 기쁨이 묻어 있었다.

"다음에 기슈를 데리고 연극이라도 보러 가지 않으시렵니까?"

이렇게 말을 하는 젊은이는 겐 노인을 조롱하려는 뜻이 아니고, 섬 처녀 자매의 웃는 얼굴을 보고 싶어서였다. 자매는 겐 노인이 조심스러워 살며시 미소 지을 뿐이다. 할머니는 뱃전을 두드리며, 그거야말로 정말 재미있겠다고 웃었다.

"아주 슬픈 작품을 보여주고 아들 녀석의 눈물을 쏙 빼놓는 것도 좋겠지."

겐 노인은 사뭇 진지한 얼굴로 말했다.

"아니, 아들이라니? 누구요? 고스케는 이미 저 물에 빠져 죽었다고 들었는데?"

할머니가 의아한 얼굴로 물으며 고개를 돌려 어두운 산 그림자가 어려 있는 부근을 가리켰다. 사람들은 모두 그 쪽을 바라보았다.

"기슈를 말하는 겁니다."

겐 노인은 노 젓던 손을 잠시 멈추고 히코산 쪽을 보며 붉어진 얼굴로 말을 이었다. 분노인지 슬픔인지 수치심인지 기쁨인지, 뭐라 말하기 복잡하고도 어려운 표정이었다. 다리를 뱃전에 걸치고 노에 힘을 주는가 싶더니, 겐 노인은 이내 소리 높여 노래하기 시작했다.

산도 바다도 오랫동안 이 노랫소리를 듣지 못했다. 노래하는 겐 노인 역시 자신의 노랫소리를 오래도록 듣지 못했다. 잔잔한 저녁 해변을 건너 목소리는 유유히 파문을 그리며 사라져 갔다. 파문은 물가를 때렸다. 메아리가 희미하게 대답을 했지만 겐 노인은 오랫동안 이 메아리를 듣지 못했다. 30여 년 전의 자신이 오랜 잠에서 깨어나 산 저쪽에서 부르는 것 같았다. 노부부는 목청도 소리도 옛날과 다를 바 없다며 칭찬을 아끼지 않았고, 젊은 네 사람은 소문이 틀림없다며 경청을 했다. 겐 노인은 일곱 명이나 되는 손님이 자기 배에 타고 있다는 것마저 잊고 있는 듯했다.

두 자매를 섬에다 내려준 후, 젊은이들은 춥다며 모포를 둘러쓰고 다리를 웅크려 앉았다. 노부부는 손자에게 과자 같은 것을 주며 소곤소곤 집안 이야기를 나누었다. 해변에 도착했을 때는 이미 해가 지고 저녁밥 짓는 연기만이 마을과 해변을 온통 뒤덮고 있었다.

돌아가는 길에는 손님이 없었다. 다이고의 어귀를 벗어날 즈음, 히코산에서 불어오는 바람이 뼈에 사무쳤다. 샛별의 밝은 빛이 잔물결에 부서지고 오뉴 섬의 불빛들이 반짝이고 있었다. 조용히 노를 젓는 겐 노인의 검은 그림자가 수면 위로 길게 어른거렸다.

뱃머리를 가볍게 띄우니 뱃바닥을 두드리는 물소리가 마치 뭐라고 속삭이는 듯했다. 졸음을 몰고 오는 듯한 물소리를 겐 노인은 듣는 둥 마는 둥 하며 이런 저런 즐거운 생각에 빠져 들었다. 그러다가 문득 슬픈 일이나 마음 언짢은 일이 떠오를 때면 노 젓는 손에 힘을 주며 고개를 내저었다. 마치 무언가를 쫓아버리는 것 같았다.

'집에는 기다리는 아이가 있다. 그 아이는 화롯가에 앉아 졸고 있겠지? 거지였던 시절에 비하면 우리 집에서 사는 게 훨씬 더 편안하고 따뜻해서 꽁꽁 얼어붙었던 마음도 녹았을 거야. 내가 돌아오기를 기다리느라 멍하니 등불을 바라보고 있지나 않는지. 저녁밥은 먹기나 했을까? 노 젓는 법을 가르쳐 주겠다고 했을 때, 기쁘다는 듯이 고개를 크게 끄덕였어. 말수가 적고 늘 수심에 차 있긴 하지만, 지금까지 밝게 살지 못한 탓일 거야. 세월이 좀 더 흐르면 살도 붙고 얼굴도 불그스레하게 생기가 도는 날도 오겠지. 하지만······.'

겐 노인은 고개를 저었다.

'아니, 그 애도 사람의 아들임에 틀림없고, 내 아들이야. 내게 노래를 배워 우렁차게 부르는 목소리를 정말 듣고 싶구나. 소녀를 태우고 달밤에 배를 저어 가는 일이 있다면, 그 아이도 사람인데 그 소녀를 다시 보고 싶은 마음이 어찌 생기지 않겠나. 다른 사람은 몰라도 나만은 그 마음을 꿰뚫어 볼 수 있어.'

선착장에 들어선 겐 노인은 꿈을 꾸는 듯한 눈길로 대합실에서 흘러나오는 불빛에 긴 그림자가 심하게 흔들리는 것을 보았다. 배를 묶어 두고 돗자리를 둘둘 말아서 옆구리에 낀 겐 노인은 노를 어깨에 메고 배에서 내려 뭍으로 올라갔다.

해가 진 지 얼마 지나지 않았건만 대합실 세 채는 모두 문을 닫아 인기척도 없고, 사람의 목소리도 들리지 않았다. 겐 노인은 눈을 지그시 감고 걸어서 집 앞에 도착하자 둥근 눈을 크게 뜨고 사방을 살펴보았다.

"아들아! 내가 왔다."

그는 기슈를 부르며 들고 있던 노를 제자리에 내려놓은 후에 안으로 들어갔다. 집 안은 몹시 어두웠다.

"무슨 일이냐? 애야, 내가 돌아왔다니까. 빨리 불을 켜지 않고 뭐하는 게냐?"

그래도 여전히 대답이 없다.

"기슈, 기슈!"

이번에도 역시 아무런 대답 없이 애꿎은 귀뚜라미만 구성지게 울어댔다.

겐 노인은 당황하며 주머니에서 성냥을 꺼내 켜고는 주위를 둘러보았다. 잠시 사방이 환해지는 틈을 타서 기슈를 찾으려 했으나, 사람의 그림자는 찾아볼 수가 없다. 성냥불이 꺼지면서 다시 어두워진 공간은 음산하고 쓸쓸한 기운이 가슴까지 차오르는 것 같았다. 다시 성냥을 그어 재빨리 등잔에 불을 옮겨 붙인 겐 노인은 등잔을 들고 사방을 둘러보았다. 눈길이 침침했다.

"아들아!"

겐 노인이 다시 거칠고 숨 가쁜 목소리로 불러보지만 여전히 사방은 조용했다. 화로에는 타다 남은 하얀 재만 남아 있고, 저녁 먹은 흔적을 찾을 수가 없다. 겐 노인은 단칸 방안을 천천히 돌아보았다. 빛이 닿지 않는 그을린 벽 구석에 비친 자신의 그림자가 마치 다른 사람이 있는 듯한 착각을 하게 했다.

겐 노인은 양손으로 얼굴을 감싸고 깊은 한숨을 내쉬었다. 그리고 동시에 무슨 생각이 떠올랐는지 자리에서 벌떡 일어섰다. 겐 노인은 볼을 타고 흘러내리는 굵은 눈물을 닦을 생각도 않고, 기둥에 걸어두었던 초롱에 불을 옮겨 붙이고는 집을 나서 걸음을 재촉했다.

간다의 대장간. 겐 노인은 일을 하고 있는 간다 앞에 멈춰 섰다.

"자네 혹시 낮에 기슈가 이 앞을 지나가는 것 못 봤나?"

그는 혹시나 하는 마음으로 간다를 향해 물었다.

"아니요. 못 봤는데요."

망치를 손에 들고 일을 하던 간다는 미심쩍다는 표정의 겐 노인을 한동안 바라보았다.

"미안하네. 내가 일을 방해한 모양일세."

겐 노인은 애써 웃는 얼굴로 말을 하고는 다시 발길을 재촉했다. 오른쪽은 밭, 왼쪽은 늙은 소나무가 둑 위에 일렬로 줄지어 있는 길을 절반쯤 걸어갔을 때, 저만치에서 앞서 걸어가는 사람의 모습이 눈에 들어왔다. 서둘러 그쪽으로 초롱을 비춰보았다. 그 뒷모습은 틀림없는 기슈였다. 그는 양손을 가슴에 찔러 넣고 몸을 앞으로 구부린 채 걷고 있었다.

"거기 기슈가 아니냐?"

겐 노인이 기슈를 부르며 어깨에 손을 얹었다.

"지금 이 시간에 혼자서 어딜 가려는 거냐?"

노인의 말에는 기쁨과 슬픔, 울분이 한없는 실망과 함께 스미어 있었다. 기슈는 겐 노인의 얼굴을 보고도 놀라는 기색도 없었다. 마치 문 앞에 서서 길 가는 사람을 무심히 쳐다보는 듯한 모습으로 그냥 멀거니 서 있는 것이었다. 겐 노인은 어이가 없어 더는 말을 잇지 못했다.

"날이 춥다. 어서 돌아가자, 아들아."

겐 노인은 기슈의 손을 잡았다.

"내가 너무 늦게 와서 그리도 외롭고 무서웠더냐? 찬장에 차려놓은 저녁밥도 먹지 않고……."

길을 걸으며 겐 노인은 계속해서 기슈에게 말을 걸었다. 그러나 기슈는 아무런 대꾸도 하지 않았고 오히려 한숨을 짓는 건 겐 노인이었다.

집으로 돌아온 겐 노인은 화로에 불을 활활 지폈다. 그리고 기슈를 가까이 앉힌 다음 밥상을 차려 와서 자신은 먹지도 않고 기슈에게만 밥을 먹였다. 기슈는 겐 노인의 밥까지 다 먹어 치웠다. 그 사이 겐 노인은 기슈의 얼굴을 들여다보며 눈을 감고 한숨을 지었다.

"다 먹었으면 불을 쬐어라. 저녁은 맛있었느냐?"

겐 노인의 조심스런 질문에 이번에는 기슈도 어쩔 수 없었는지 그의 얼굴을 들여다보며 나지막하게 고개를 끄덕였다. 그 모습을 본 겐 노인은 조금은 안심한 얼굴이었다.

"졸린 모양이구나. 그럼 자거라."

겐 노인은 다정한 목소리로 말한 후, 직접 이부자리를 펴서 기슈에게 이불을 덮어주었다. 기슈가 잠이 든 것을 확인한 겐 노인은 홀로 화롯가에 앉아 눈을 감은 채 한동안 멍하니 앉아 있었다. 화로의 불씨가 꺼지려 했지만 나뭇가지를 더 넣지는 않았다.

50년이란 긴 세월 동안 짠 바람만 맞은 그의 얼굴엔 세월의 그림자가 어른어른 새겨져 있었다. 그리고 그 볼을 타고 내리며 무언가 반짝였다. 지붕을 할퀴며 지나가는 바람소리가 문 옆에 서 있는 소나무 가지를 심하게 흔들고 갔다.

이튿날 아침 겐 노인은 기슈에게 아침밥을 먹이고 나서, 자신은 머리가 무겁다며 물만 한두 모금 마실 뿐 아무 것도 먹지 않았다.

"머리 좀 만져봐라."

겐 노인은 기슈의 손을 잡아다 자신의 이마에 갖다 댔다.

"감기에 걸린 모양이야."

그는 결국 자리를 깔고 누웠다. 그가 자리에 눕는 것은 참으로 드문 일이었다.

"내일이면 다 나을 게야. 이리 가까이로 오너라. 무슨 얘기라도 해줄 테니."

그는 억지로 기슈를 머리맡에 앉혀 놓고 한숨을 쉬어 가며 이런 저런 이야기를 들려주었다.

"너는 상어라는 무서운 물고기를 본 적이 없지?"

겐 노인은 마치 예닐곱 살 먹은 어린아이에게 옛날 얘기를 들려주는 듯한 표정을 지어보였다. 한동안 말없이 자신의 이야기를 듣고 있던 기슈에게 겐 노인은 다시 물었다.

"어머니가 그립지는 않느냐?"

기슈는 겐 노인이 하는 말이 무슨 뜻인지 못 알아듣는 듯했다.

"우리 집에 오래 있어라. 나를 아버지라 여기고."

겐 노인은 계속해서 이야기를 하려다 잠시 멈추고는 힘들다는 듯한 표정을 지으며 깊은 숨을 몰아쉬었다.

달이 구름의 바다에 가려 빛이 사라지자 읍내는 황량한 모지 같았다. 산기슭에는 마을이 있고, 그 마을의 후미진 곳에는 모지가 있다. 이 시간에는 눈을 뜨고 사람들이 잠을 자며 꿈속의 세계에서 망자를 만나 울고 혹은 웃기도 한다.

"모레 저녁에는 연극을 보러 가자. 부모를 그리워하는 마음이 생길 만한 내용이야. 그걸 보고 나면 분명 나를 아버지라고 부르게 될 게야."

겐 노인은 지난날 자신이 보았던 연극의 줄거리를 이야기 해 주며 낮은 목소리로 노래를 불러주었다.

"불쌍하지 않느냐?"

겐 노인은 눈물까지 흘리며 기슈에게 물어 보았지만 기슈는 도무지 영문을 모르겠다는 표정을 지어 보였다.

"그래그래, 내 얘기만 들어가지고는 무슨 내용인지 전부 이해할 수 없을 거야. 아마 눈으로 직접 보게 되면 너도 분명 눈물을 흘리게 될 게야."

말을 끝낸 겐 노인이 고통스럽게 숨을 훅 내쉬었다. 이야기를 하느라 지쳐 있던 그는 깜빡 잠이 들었다. 놀란 겐 노인이 잠에서 깨어 머리맡을 보니 기슈가 보이지 않았다.

"기슈, 어디 있니? 내 아가!"

자리에서 일어난 겐 노인은 기슈를 부르며 뛰기 시작했다.

"기슈는 내 아들이에요."

어디서 나타났는지 반쯤 붉게 물든 얼굴의 한 여자 거지가 겐 노인을 향해 기슈가 자기 아들이라 주장했다. 여자는 어느 순간 젊은 여인으로 변해 있었다. 그것도 겐 노인의 아내였던 유리의 모습으로.

"고스케를 어떻게 했어요?"

여인은 따지듯 물었다.

"내가 잠시 잠든 사이에 고스케가 어디론가 사라졌소."

겐 노인의 변명 아닌 변명이 끝나기 무섭게 여인의 다급한 말이 이어졌다.

"이리 와요, 어서 와서 나와 함께 고스케를 찾아봐요."

"저길 봐, 고스케가 쓰레기 더미 속에서 무 조각을 끄집어내고 있어."

큰 소리로 울부짖으며 무대 위를 가리키는 겐 노인의 뒤에서 "내 아이에요"라고 말하던 이는 그의 어머니였다.

무대에서는 촛불이 밝게 빛나고 있었다. 어머니가 눈이 벌겋도록 우는 것을 이상하게 여기며, 과자를 먹던 겐 노인은 끝내는 어머니 무릎에 조그만 머리를 올려놓은 채 잠들고 만다. 어머니가 깨우는 듯한 기분이 들어 꿈에서 깨어났다.

"아들아, 아주 무서운 꿈을 꾸었구나."

겐 노인은 머리를 들고 베갯머리를 보았다. 기슈가 없었다.

"내 아들, 기슈야!"

그는 째질 듯한 목소리로 기슈를 불렀다. 하지만 아무 대답 없이 창문이 흔들리는 소리만 괴이하게 울렸다. 꿈인가 생시인가. 겐 노인은 이불을 걷어 내고 자리에서 벌떡 일어났다. 순간 현기증을 일으킨 겐 노인은 그대로 다시 이불 위로 쓰러졌다. 천 길이나 되는 바다 깊은 곳으로 떨어지는 그의 머리 위로 거센 파도가 부서지는 듯했다.

그날 겐 노인은 결국 이불을 뒤집어쓴 채 일어나지 못했다. 아무것도 입에 넣지 못한 것은 말할 것도 없고 이불 밖으로 손가락 하나 내놓지 못했다. 아침부터 불던 바람이 점점 거세지면서 해변을 때리는 파도 소리가 높아졌다.

오늘은 읍내로 나가는 사람도, 읍내에서 섬으로 들어오는 사람도 없었는지 나룻배를 청하러 오는 사람이 없었다. 밤이 깊어질수록 파도는 더욱 거세졌고 선착장이 부서지지 않을까 걱정될 정도로 소리 또한 굉장했다.

아침이 밝아 동녘 하늘이 겨우 희끄무레해졌을 무렵, 사람들은 비옷을 걸치고 초롱과 등롱을 앞세워 선착장에 모여들었다. 선착장은 무사했다. 바람은 잦아들었지만 파도는 여전히 높았고, 천둥소리를 내며 해변을 치고 부서지는 물방울이 빗줄기처럼 세찼다. 사람들은 바람이 지나간 자리를 살피다가 조그만 배

한 척이 바위 위에 걸린 채 부서진 조각만 남아 있는 것을 발견했다.

"누구 배지?"

관리소 주인인 듯한 사내가 약간은 신경질적인 목소리로 물었다.

"겐 노인의 배인 것 같은데요."

젊은이 하나가 대꾸를 했다. 사람들은 서로 얼굴을 마주보면서도 말이 없었다.

"누가 가서 겐 노인을 불러와야 되지 않겠어?"

"제가 가지요."

젊은이는 초롱을 바닥에 내려놓고 달려갔다. 그러나 열 발짝도 못가서 걸음을 멈췄다. 거리로 뻗어 나온 소나무 가지에 뭔가 이상한 것이 매달려 있는 것을 보았기 때문이다. 대담무쌍한 젊은이가 성큼성큼 다가가 똑바로 눈을 뜨고 바라보았다. 그곳에 매달려 있는 것은 겐 노인이었다.

가츠라 항구 근처의 산기슭에는 자그마한 묘지가 동쪽을 향하고 있다. 겐 노인의 아내 유리, 외아들 고스케의 무덤이 모두 그곳에 있다. 그리고 '이케다 겐타로의 묘'라고 적힌 비석 또한 그곳에 세워졌다. 고스케를 가운데 두고 무덤 셋이 나란히 있다.

도시에 있는 젊은 교사는 겐 노인이 오늘도 쓸쓸한 해변에 홀로 살면서 아내와 자식 생각에 울고 있으리라 여기며 가여워하고 있다.

기슈는 변함없이 사이키 마을 사람들에게 부속품처럼 취급당했고, 무덤에서 뛰쳐나온 사람처럼 우중충하게 마을을 돌아다니는 버릇 역시 여전했다. 어떤 사람이 그에게 겐 노인이 목매달아 죽었노라고 알려 주었지만, 그는 그저 멍하니 그 사람의 얼굴을 쳐다볼 뿐이었다.

여치

작 · 가 · 소 · 개

다자이 오사무는 고리대금업으로 부자가 된 자신의 집안에 대한 콤플렉스를 평생
끌어안고 살았다. 그리고 그의 복잡한 정신세계를 반영하듯 인생사 또한 결코
평탄치 않았다. 그는 살면서 여러 번의 자살을 시도했다.

고등학교 시절 동인잡지에 아버지의 방탕한 생활과 위선을 폭로한 〈무한 나락〉을
발표한 그는 3학년 때인 1929년에는 다량의 수면제를 먹고 처음으로 자살을
시도했으나 실패했다.
이후 1930년 연인 다나베 아쓰미와 함께 투신자살을 하나
홀로 살아남아 자살 방조죄 혐의로 기소유예 처분된다. 그후 1935년 가마쿠라의
산중에서 혼자 자살을 기도하나 결국 미수에 그치고, 1937년 연인 하쓰요가
불륜을 저지른 것을 알고 두 사람이 함께 미나카미 온천에서 동반 자살을
기도한다. 그런데 어이없게도 이것 역시 미수. 결국 그는 1948년 심한 폐질환으로
망가질 대로 망가진 몸을 이끌고 동거중인 야마자키 도미에와 다마 강 수원지에
뛰어들어 자살하였다.

그의 작품은 정신적 공황 상태에 빠진 일본 젊은이들의 많은 지지를 받으면서
사카구치 안고, 오다 사쿠노스케 등과 함께 '데카당스 문학' '무뢰파 문학'의
대표 작가로 불렸다. 주요 작품으로는 〈도쿄 팔경〉, 〈인간실격〉, 〈광언의 신〉, 〈열차〉,
〈신 햄릿〉, 〈역행〉, 〈광대의 꽃〉, 〈사양〉 등이 있다.

바람에 팔랑 흩뿌려지면서, 조그마한 집들이 나타나기를 바라면서 밤이 잘 드는 쪽을 골라 걸었다. 처마가 낮은 곳을

그 안에서 가까이 마주치게 될 어느새 가을이 지나고 겨울을 보내게 됐다.

리오는 마일 아침 또 때마다 공허함을 느꼈다. 잠에서 깰 때마다 우울한 것은 물론이고, 힘이 하나도 없어지는 것이 이젠 아예 일상

세상에서 혼자만 아직도

리오는 그가 왠지 착한 사람일 것 같다는 생각을 했다. 잠시 후 리오는 사내 곁으로 다가갔다

"그래서 요즘은 걱정이 좀 덜 되는 가요. 볼 줌 쬐고 가요?"

"나, 아직 시베리아에서 돌아오지 못하고 있어요."

"소년의 말을 들을 찾아내며 언제 흙이 나올 양인 결혼식으로 물어보았다

"나, 의자를 여기 시베리아에서 구입했어요. 흑룡강 근처 '무르치'라는 데서 2년 간 벌채 작업이 끝도록 하다가 돌아왔는데…… 운명이란 게 우습게

상냥한

"그 의자를 좋아 마셨어요. 그 차는 다른 차와는 맛이 틀려요. 원가 600g에 8백 엔 정도에요. 다른 손님들도 맛있다고들 하시더라

리오는 도시락을 풀어서. 새까맣 볶음밥이 지어진 대가리 말린 것과 된장에 절인 야채가 들어 있었다.

"도시 만큼 제가 그냥 드릴 게요."

"여기서 내가 어딘가를 떠나 일을 하지요. 도시락만 이 근처에 사는 누님이 갖다 주고.

서로의 지명을 예갈은 것들은도대체어디로가버렸나요?헤어지겠어요

이 신 당 하 는 일 모 두 가 수 께 끼 음 같 아 서 저도 히 이해 안 되 니 딥

헤어지겠어요.

당신은 거짓말만 해왔어요. 물론 나에게도 잘못된 점이 있기야 있었겠지요. 하지만 나는 내가 뭘 잘못했는지 도대체 모르겠어요. 나도 이젠 스물넷이에요. 이 정도의 나이가 되면 설사 나의 어떤 점이 잘못되었다고 지적해 준다 해도, 그렇게 쉽게 고치지는 못합니다. 모르지요, 한 번 죽어서 예수님처럼 다시 부활이라도 하면 고칠 수 있을지. 그렇다고 내가 내 손으로 목숨을 끊을 수는 없는 일 아니겠어요? 큰 죄악이 될 테니. 어쩔 수 없는 일이겠지요.

당신이랑 어떻게 살아야 바르게 살 수 있을까요? 나는 당신이 무서워요. 이 세상을 살아가기 위해서는 당신이 사는 방식을 좇는 게 옳은 것인지도 모르지요. 하지만 어쩌지요? 난 이제 그렇게는 도저히 살 수 없을 것 같아요.

내가 당신하고 결혼한 지 어느새 5년이 지났어요. 열아홉 살에 맞선을 보고 거의 맨몸으로 당신에게 시집을 왔지요. 다 지났으니 하는 얘기지만 사실 아버지와 어머니는 우리 결혼에 무척 반대하셨어요. 심지어 대학에 갓 들어간 남동생까지 괜찮겠냐며 걱정을 했지요.

당신이 기분 나빠할 것 같아 지금까지 입을 다물고 있었지만, 그 무렵 나에겐 두 곳에서 청혼이 들어와 있었어요. 이젠 기억도 희미해졌지만 그 중 한 사람은 도쿄대학 법과를 나온 세상 물정 모르는 도련님 같은 사람이었지요. 외교관을 꿈꾸는 남자라고 했어요. 그 남자의 사진도 보았어요. 낙천가다운 밝은 얼굴을 하고 있더군요. 그 분은 이케부쿠로에 살고 있는 우리 큰언니가 소개한 남자였어요.

또 다른 한 사람은 서른 살 정도의 남자로 아버지 회사에 다니고 있었어요. 5년 전의 일이라 또렷한 기억은 아니지만 어느 굉장한 집안의 맏아들로, 사람 됨됨이도 괜찮은 분이라는 얘기를 들었어요. 아버지가 그 사람을 무척이나 마음에 들어 했었지요. 어머니 역시 그 남자 정도면 괜찮다고 말씀하셨어요. 그때 저는 그 남자의 사진을 보지 못했었지요. 이런 일 당신에겐 재미없는 얘기겠지만, 어쨌든 있었던 일들을 그대로 알리기라도 해야겠다는 생각에 적어봅니다.

이제 와서 다 지나간 일들을 끄집어내어 기분 나쁘게 만들려는 것은 아니에요. 그건 절대로 아니니 믿어줘요. '조건도 좋고 괜찮은 사람과 결혼을 했다면 좋았을 걸 괜히 이 사람과……' 라는 부정한 생각은 해본 적도 없으니까요. 나는 지금 진심으로 얘기하는 거예요. 그러니 끝까지 들어줘요.

지금도 마찬가지지만 그때 나는 당신 아닌 다른 남자와 결혼할 생각은 없었어요. 정말 그랬지요. 도쿄대학 법과 출신이라던 그 외교관 지망생 얘기가 나왔을 때, 아버지와 어머니는 물론 큰언니까지 발 벗고 나서서 그 남자와 맞선이라도 한 번 보라고 재촉을 해댔습니다.

나는 맞선을 보는 것은 결혼식을 올리겠다는 것과 같다는 생각이 들어 주저주저하며 대답을 미루었습니다. 그 사람과 인연 맺을 생각이 전혀 없었던 것이지요.

아버지나 어머니, 그리고 여러 사람들의 말처럼 그 정도로 나무랄 데 없는 사람이라면 꼭 내가 아니더라도 달리 좋은 아내가 될 사람이 얼마든지 있을 게 아니냐는 생각을 하게 된 거지요. 그때 마침 당신네 쪽에서 청혼 얘기가 들어왔어요. 황당하기 짝이 없는 얘기에 아버지와 어머니는 처음부터 귀담아 듣지도 않으셨지요.

파랑과 노랑, 원색의 그림이었습니다. 그 그림을 보고 있는 동안 더는 서 있을 수 없을 만큼 온몸이 부들부들 떨려왔습니다. 그 와중에도 이 그림은 내가 아니면 아무도 이해하지 못할 그림이라는 생각이 들더군요.

그럴 수밖에 없는 것이 골동품상인 단바 씨가 아버지 회사에 그림을 팔러 왔다가 평상시처럼 잡담 속에 늘어놓는 것을 어떻게 사실로 믿을 수 있었겠어요?

"이 그림을 그린 청년은 머지않아 큰 화가가 될 겁니다. 그러니 어떻습니까? 이참에 따님이랑 혼인시킬 의향은 없으신가요?"

농담인지 진담인지 알 수 없는 그런 말을 아버지가 어떻게 진심으로 받아들였겠어요. 어쨌든 아버지는 그림만은 구입하여 벽에 걸어놓으셨습니다.

그런데 며칠 후 단바 씨가 또 찾아와서 이번에는 정식으로 중매 신청을 했습니다. 정말 무례한 짓이었습니다. 중매를 부탁받은 단바 씨도 단바 씨지만, 단바 씨에게 중매를 부탁한 사람도 형편없는 남자라며 아버지와 어머니는 어처구니가 없으셨던 모양입니다.

그 후로 당신 얘기를 들어보니 당신은 그때 단바 씨에게 중매를 부탁한 일이 없었다고 했지요. 단바 씨가 당신을 위해 좋은 일 한번 해보자는 생각으로 당신의 얘기는 들어보지 않고 나섰다는 것을 알게 되었습니다.

어쨌든 당신과 내가 단바 씨에게 여러 가지로 많은 도움을 받았음을 잊어서는 안 되겠지요. 당신이 출세하게 된 것도 사실은 단바 씨의 은덕이라고도 할 수 있습니다. 그분은 당신을 위해서 자신의 이익도 포기하고 그야말로 발 벗고 나선 거예요. 그만큼 당신을 장래가 촉망받는 화가로 기대하고 있었던 거지요. 당신은 앞으로도 단바 씨의 공을 잊어서는 안 됩니다.

나는 그때 단바 씨의 무모한 중매 신청 얘기를 듣고 약간 놀라면서도 문득 당신이라는 사람을 만나보고 싶은 생각이 들었어요. 왠지 모르게 마음이 끌렸지요.

어느 날 나는 아무도 모르게 아버지 회사에 갔습니다. 당신의 그림을 한 번 보려고요. 그런 일이 있었다는 것을 당신한테 얘길 했었는지 모르겠군요. 나는 아버지에게 볼일이 있어서 회사에 찾아온 것처럼 회사 직원들을 피해 아버지 사무실로 들어가 당신의 그림을 눈여겨보았어요.

그 날은 무척 추운 날이었지요. 온기라곤 전혀 없는 넓은 사무실 한구석에 서서 오들오들 떨며 나는 당신의 그림을 보았습니다. 그 그림은 자그마한 뜰과 볕이 잘 드는 양지바른 툇마루가 그려진 그림이었지요. 툇마루에는 사람은 한 명도 없이 흰 방석 하나만이 놓여 있었습니다. 파랑과 노랑, 흰색의 그림이었습니다.

그 그림을 보고 있는 동안 더는 서 있을 수 없을 만큼 온몸이 부들부들 떨려왔습니다. 그 와중에도 이 그림은 내가 아니면 아무도 이해하지 못할 그림이라는 생각이 들더군요.

나는 지금 진지하게 얘기하고 있는 거예요. 그러니 비웃지는 마세요. 나는 그 그림을 본 후로 이틀 밤낮을 몸살에 걸린 것처럼 앓았습니다. 아무래도 당신과 결혼해야만 되는가보다 생각했지요. 그런 나를 보고 조신하지 못한 처녀라고 생각할까봐 창피스럽기도 했지만 어머니에게 당신하고 결혼하고 싶다는 말씀을 드릴 수밖에 없었습니다.

어머니는 몹시 불쾌한 표정을 지으셨어요. 하지만 저는 이미 단념하지 않겠다는 각오를 하고 있었지요. 며칠 후 단바 씨가 우리 집에 찾아오셨을 때, 저는 단바 씨에게 직접 제 의사를 전했어요. 단바 씨는 큰소리로 환영을 했습니다.

"잘 생각했어!"

흥분한 단바 씨가 자리에서 서둘러 일어나다가 그만 바짓가랑이가 의자에 걸려 넘어지고 말았습니다. 하지만 그런 상황에서도 나와 단바 씨는 웃음조차 나오지 않을 정도로 진지했습니다.

그 뒤로 어떤 일들이 일어났는지는 당신도 잘 알 겁니다. 우리 부모님들은 날이 갈수록 당신을 좋지 않게 여기셨어요. 고향에서 부모님의 허락도 없이 멋대로 도쿄에 올라온 것부터 당신의 부모님, 당신의 친척들까지 당신을 상대도 하지 않는다느니, 좌익 같다는 점, 미술학교를 졸업했는지 아닌지도 미심쩍다는 등 어디서 조사하신 건지도 모를 갖가지 소문들을 들려주며 저를 말리셨지요.

하지만 단바 씨가 끝까지 발 벗고 나서주신 덕택으로 어떻든 맞선은 보게 됐습니다. 당신과 맞선을 보기 위해 나는 어머니랑 A식당 2층으로 갔습니다. 당신은 내가 상상한 것과 똑같은 모습을 하고 있었습니다. 와이셔츠 소맷부리가 깨끗해 보이는 게 인상적이었지요. 그런 당신을 보며 찻잔을 든 나의 손이 얼마나 떨렸는지 모릅니다.

집에 돌아오자 어머니는 당신을 더 깎아내렸습니다. 당신이 담배만 연신 피워대고 어머니에게 별로 말을 하지 않은 것이 제일 못마땅하셨던 모양입니다. 인상이 나쁘다는 말씀도 여러 번 했습니다. 보나마나 장래성이 없다는 얘기였지요. 하지만 난 이미 당신에게 시집가기로 마음을 굳히고 있었습니다.

저는 아버지, 어머니에게 떼를 쓰다시피 해서 억지로 결혼 승낙을 받아냈습니다. 거의 빈 몸으로 당신에게 시집을 가게 된 것이지요.

요도바시에 있는 아파트에서 지낸 2년의 세월만큼 즐거운 나날은 없었습니다. 매일같이 '내일은 또 어떻게 하면 멋지게, 그리고 뜻 깊게 살 수 있을까'를 계획 하느라 가슴이 늘 벅찼습니다.

당신은 전람회나, 대가의 이름 따위에는 관심도 보이지 않고 오직 당신이 고집하는 그림만을 그렸습니다. 당신이 가난하면 가난할수록 나는 괜히 가슴이 설레는 게, 정말 기쁘기까지 했습니다. 남들은 믿지 못하겠지만 정말 그랬답니다. 게다가 집안에 돈이 떨어지고 쌀이 떨어졌을 때는 당신이 모든 솜씨를 다 긁어내어 발휘하기 때문에 옆에서 지켜보는 나로서는 여간 재미나는 일이 아니었습니다.

그럴 때면 나 역시 갖가지 맛있는 요리를 근사하게 발명해 냈어요. 당신도 기억 하지요?

하지만 이젠 다 끝났어요. 원하는 것은 무엇이든 모두 살 수 있게 된 지금, 나는 아무런 상상을 할 수 없게 됐습니다. 시장에 가도 허무함만 느끼게 되었지요. 그저 남들이 사는 물건을 나도 똑같이 사들고 돌아오게 된 것입니다.

당신이 갑자기 유명해지면서 요도바시에 있는 아파트에서 살 수가 없어 미다카로 이사하게 된 후, 나의 즐거움은 모두 사라졌습니다. 없는 살림에서도 요모조모로 반찬 솜씨를 맘껏 보이던 그런 재미가 없어진 것도 그 중 하나이지요.

당신은 원래 말주변이라곤 없는 사람이었는데 갑자기 달변가가 되어서는 나에게 적극적으로 사랑을 표현하게 되었습니다. 하지만 나는 왠지 내가 무슨 집지키는 짐승이 된 것 같은 기분이 들어 곤혹스러웠습니다.

당신이라는 사람은 이 세상의 입신출세 같은 것과는 거리가 먼 사람이라 생각했습니다. 죽을 때까지 가난뱅이에 제멋대로 그리고 싶은 그림이나 그리며 이 세상 사람들의 조소거리로 한 생을 보낼 줄 알았습니다.

그러면서도 그런 것에 전혀 개의치 않고 그 누구에게도 고개 숙이지 않으며, 좋아하는 술이나 가끔 마시며 평생을 속세에 물들지 않고 지낼 사람이라고 생각했었지요.

내가 바보였습니다. 하지만 한 사람 정도는, 그런 아름다운 사람이 이 세상에 있을 것이라고 나는 지금도 변함없이 믿고 있습니다.

그 사람의 머리 위에 씌워진 월계관은 다른 사람들의 눈에는 보이지 않습니다. 그래서 많은 이들에게 바보 취급을 받겠지요. 하지만 나는 그것 때문에 그를 연분으로 맞아들일 것을 결심하게 됐습니다. 그를 곁에서 도우려는 여자는 없을 테니까요. 그래서 내가 평생 몸 바쳐 당신을 도우려했던 겁니다.

당신이야말로 내가 원하던 바로 그 천사라고 생각했습니다. 내가 아니면 아무도 당신을 인정하지 않을 거라 생각했습니다. 그런데 이게 어찌된 일일까요? 갑자기 당신이 유명해졌습니다. 대단한 분이 된 거지요. 나는 기쁘기는커녕 마음이 아프고 부끄럽기까지 했습니다.

당신의 출세를 싫어한 것은 아닙니다. 이상하리만큼 애처로운 마음과 비애를 느끼게 하는 당신의 그림이 날이 갈수록 많은 사람들의 사랑을 받게 되었음을 알고 나는 밤마다 하나님께 감

사의 기도를 드렸습니다. 눈물이 나올
만큼 기뻤습니다.

당신은 요도바시의 아파트에서 2년
간 당신이 좋아하는 아파트 뒤뜰을 그리
거나, 심야의 신주쿠 거리를 그리며 세월을 보
냈습니다. 그러다가 돈이 떨어지면 단바 씨를 통해 그림 두서
너 장을 내놓곤 했는데, 그때마다 단바 씨는 그림값을 후하게
내놓고 갔습니다.

당신은 단바 씨가 그런 식으로 그림을 갖고 가는 게 마음에
걸려서 매우 씁쓸해 했고, 그림값 같은 것에는 관심도 없었지
요.

단바 씨는 오실 때마다 나를 밖으로 살짝 불러냈습니다.

"이거 받아요."

단바 씨는 내게 흰 봉투를 내밀며 허리춤에 찔러 넣어 주었습
니다. 당신은 언제나 모르는 체 했고, 나는 또 나대로 그 봉투
속에 얼마나 들어있는지 알아보려 하지 않았습니다. 없으면 없
는 대로 살아가려 했지요. 단바 씨에게서 얼마를 받았다느니 하
는 얘기를 당신에게 한 적도 없었습니다. 행여나 당신이 모욕감
을 느끼지나 않을까 하는 마음 때문이었습니다.

나는 단 한 번도 당신한테 돈이 얼마 필요하다느니, 제발 출
세해서 호강을 시켜달라고 간청해본 적이 없습니다. 당신처럼

하지만 이젠 다 끝났어요. 원하는
것은 무엇이든 모두 살 수 있게 된 지금, 나는
아무런 상상을 할 수 없게 됐습니다. 시장에
허무함만 느끼게 되었지요. 그저 남들이 사는
물건을 나도 똑같이 사들고 돌아오게
된 것입니다.

말솜씨라고는 손톱만큼도 없고, 난폭하기 이를 데 없는 사람은—미안해요—부자가 되긴 애초에 틀린 일로 절대로 유명해질 리가 없다고 생각했던 거지요. 하지만 이제 보니 모두 내가 잘못 생각한 것이었어요. 당신은 그동안 바보인 척 연기를 하고 있던 것입니다.

단바 씨가 당신에게 개인전을 열자고 제의한 이후 당신은 멋을 내기 시작했습니다. 제일 먼저 치과에 다니기 시작하더군요. 충치가 많은 당신은 웃을 때면 꼭 영감님처럼 보였지요. 그래서 내가 치과에 다닐 것을 무던히도 권했지만, 당신은 전혀 귀담아 듣지 않았어요.

"이빨이 모두 썩어 빠지면 그때 가서 아예 틀니를 하면 되지. 그걸 괜히 금니로 번쩍번쩍 갈았다가 아가씨들이라도 따라다니면 큰일이잖소?"

이렇게 농담만 하면서 이빨은 고치려 하지도 않았어요.

그런데 개인전 얘기가 나오고부터 무슨 바람이 불었는지 작업 틈틈이 치과에 가서 한두 개씩 금니를 빛내며 돌아왔습니다.

"어디 봐요. 한번 보게 웃어 봐요."

내가 말하면 당신은 수염이 텁수룩한 얼굴을 붉히면서 변명의 말을 했지요.

"단바 씨가 하도 이빨이 흉해 보인다고 볼 때마다 구박을 해서 어쩔 수 없이 치과에 다녀왔소."

개인전은 우리가 요도바시에서 지낸 지 2년째 되는 가을에 열렸습니다. 나는 기뻤습니다. 당신의 그림이 한 사람이라도 더 많은 사람들로부터 사랑받게 될 수 있는 절호의 찬스인데 어찌 기쁘지 않을 수 있겠어요.

나에겐 선견지명이 있었나봅니다. 하지만 신문에서 매일 당신에 대해 칭찬을 하고, 전시중인 그림이 모두 팔렸다는 얘기를 들었을 때는 두려울 정도였습니다. 게다가 그림의 대가로 유명한 사람들에게 칭찬과 격려의 편지가 날아들 때는 전율마저 느꼈지요.

당신과 단바 씨는 계속 나에게 전시회장에 구경하러 오라고 했지만 나는 온몸이 떨려 방안에서 뜨개질만 하고 있었습니다. 나란히 걸려 있는 30여 폭의 당신 그림을 많은 사람들이 감상하는 광경을 상상만 해도 나는 울고 싶을 만큼 격앙되었습니다.

그리고 한 편으로는 좋은 일이 너무 일찍 찾아온 것에 대한 걱정을 떨쳐버릴 수가 없었습니다. 호사다마라고 했던가요. 좋지 않은 일이 터지게 될지도 모른다는 생각마저 들었지요.

나는 매일 밤 하나님께 기도를 드렸습니다. 행복은 이것으로 충분하니 남편이 병 같은 것으로 고생하는 일이 없도록 보살펴 주시고, 그에게 좋지 않은 일이 일어나지 않도록 그를 보호해 달라고.

당신은 거의 매일 밤 단바 씨에게 이끌려 여러 유명인사들 댁에 인사하러 다니기 시작했습니다. 이튿날 아침에 돌아오는 적도 있었지요. 그렇더라도 나는 크게 문제 삼지 않았습니다. 그런데 당신은 그렇게 이튿날 아침에 귀가하는 날이면 간밤에 있었던 일들을 나한테 자세히 말해주었습니다. 아무개 선생은 어떻고, 누구는 바보 같은 녀석이니 하며 과묵한 당신답지 않게 너저분한 말들을 늘어놓았어요.

2년 동안 당신과 살면서 당신이 남을 헐뜯는 걸 본 적이 없던 까닭에 짐짓 놀라지 않을 수 없었습니다. 바깥세상 일에 대해서는 무관심한 당신이었기에 나의 놀라움은 거의 충격에 가까웠습니다.

뿐만 아니라 간밤에 집에 오지 못한 것은 떳떳치 못한 짓을 하느라, 다시 말해 외도를 하느라 못 들어온 게 아니라는 것을 은연중 나에게 변명하는 것 같았지요. 굳이 변명하지 않더라도 나 역시 그런 것쯤 짐작하지 못할 만큼 둔감하지는 않습니다.

그런 일이 있었다 할지라도 그랬다고 분명히 말해 준다면 나는 그걸로 됐습니다. 정말 외도를 했다면, 나도 사람이기에 하루쯤이야 기분이 나쁘겠지만 반나절쯤 지나면 현실을 받아들이는 수밖에요. 어차피 나는 당신의 아내이니까요.

나는 그 방면에 있어서는 남자들을 별로 믿지도 않지만 그렇다고 터무니없이 의심하려 하지 않습니다. 그런 문제라면 나는 걱정하지 않고 웃어넘길 수 있습니다. 하지만 더 괴로운 일은 따로 있었습니다.

우리가 갑자기 부자가 된 것이었지요. 당신은 무척 바빠졌습니다. E회의 초빙으로 E회의 회원이 된 당신은 우리의 아파트가 너무 작아 남들 보기에 창피스럽다고 투덜대기 시작했지요. 단바 씨도 이사할 것을 권하더군요.

"이런 아파트에서 살게 되면 무엇보다 세상 사람들이 업신여기게 되고, 그렇게 되면 그림값도 오를 수가 없다네. 말 나온 김에 좀 무리를 해서라도 큰 집으로 이사하는 게 어떤가?"

그는 비책 아닌 비책까지 가르쳐 주었습니다.

당신의 말도 틀린 말은 아닙니다.

"이런 아파트에서 산다고 사람을 우습게 보는 꼴들이라니."

틀린 말은 아니지만 상스럽게 말하는 당신을 보니 놀랍기도 하고 한 편으로는 슬프고 외롭다는 생각마저 들었습니다.

단바 씨는 우리가 이사할 집을 여기저기 알아보기 시작했습니다. 그리고 미다카에 있는 이 집을 구할 수 있었지요. 우리는 결국 연말에 얼마 안 되는 짐을 가지고 어처구니없이 큰 이 집으로 이사하게 되었습니다.

당신은 나도 모르게 어느새 백화점에서 값비싼 도구들을 잔뜩 사놓고 집으로 배달해 놓았습니다. 그 많은 살림살이들이 집으로 속속 배달되는 것을 보고 나는 가슴이 답답해졌습니다. 이래서야 흔히 보는 벼락부자들이 하는 짓과 뭐가 다를까 싶었지요.

나는 애써 기쁜 듯이 재잘대며 떠들어댔습니다. 어느 사이엔가 나는 내가 꺼려하던 '안주인' 비슷한 신분의 여자로 변신하게 된 겁니다. 당신은 가정부를 두자고 말을 했지만 나는 거절했습니다. 나는 남을 부리거나 하는 그런 호사를 누리기가 싫었습니다.

미다카로 이사 온 후 당신은 새로운 주소를 알릴 겸해서 연하장을 자그마치 3백장이나 찍게 했습니다. 3백장이라니, 언제부터 그렇게 아는 사람들이 많아졌나요? 나는 당신이 위험한 줄타기를 하는 것 같아 겁이 났습니다. 당신에게 좋지 않은 일이 일어날 것만 같았습니다.

당신은 애초부터 그런 세속적인 교제를 하면서 성공할 사람이 아니었습니다. 나는 처음부터 그렇게 확신하고 있었기 때문에 전전긍긍하며 불안한 마음으로 하루하루를 보내고 있었지요. 하지만 어찌된 일인지 당신에겐 좋은 일들만 계속해서 생겼습니다.

내가 정말 잘못 생각하고 있었던 것일까요? 친정어머니도 가끔씩 이사 온 집에 찾아오셨는데 그때마다 무척 기분이 좋으신 얼굴이었습니다. 아버지도 사무실 벽에 걸려 있던 당신의 그림을 처음엔 보기 싫다며 회사 창고에 집어넣어 두시더니, 이번에 그 그림을 꺼내어 집으로 들고 오셨습니다. 그리고 액자도 좋은 것으로 바꿔 아버지의 서재에 걸어놓게 하셨지요. 큰언니도 힘

내어 잘 해보라는 격려 편지를 보내왔습니다.

손님들도 부쩍 많이 찾아오게 되었지요. 응접실이 손님들로 꼭 차는 일도 있었어요. 그럴 때면 당신의 웃음소리가 주방까지 들려오곤 했지요.

당신은 정말 말이 많아졌어요. 전에는 당신의 말수가 너무 적어 '이 사람은 다 알고 있으면서도 모든 게 다 시시하게 여겨져 아예 모르는 척 입을 다물어버리는구나.'라고 생각하고 있었는데 사실은 그렇지 않았던 거였어요. 당신은 손님들 앞에서 형편없는 말을 곧잘 하곤 했으니까요.

어떤 손님이 어느 화가의 그림을 비평하는 말이라도 하면, 그 말을 들은 당신은 그 분의 의견이 마치 당신의 의견인 양 다른 분들에게 짐짓 위엄부리며 그럴싸하게 말했습니다. 심지어 내가 소설을 읽고 느낀 바를 당신에게 말한 다음날.

"모파상도 역시 신앙에 대해선 두려워하고 있었더군."

당신은 나의 어리석은 의견을 마치 자신의 느낌인 듯 시치미를 떼고 손님들에게 들려주었습니다. 차를 들고 응접실로 들어가던 난 당신의 그 말에 너무 창피스러워 그 자리에 그대로 멈춰서버렸습니다.

모파상은 〈여자의 일생〉을 쓴 프랑스의 유명한 작가 아니었던가요. 당신은 아무것도 모르면서 잘난 척하던 거였어요. 이런 말을 해서 미안해요. 나라고 해서 많은 것을 아는 건 아니지만,

그래도 나만의 소신은 가지고 있다고 자부하고 있습니다. 그런데 당신은 아는 게 없어서 입을 다물고 있거나, 남들이 한 말만을 주워대고 있으니 안타까울 뿐입니다.

그럼에도 불구하고 당신은 이상하게도 성공을 했습니다. 그해, E회에 출품한 그림은 B신문사에서 상까지 받았지요. 신문에서는 기사를 읽는 나의 낯이 뜨거워질 만큼 극찬을 했습니다. 고고, 청빈, 사색, 우수 같은 말들이 마구 난무하고 있었습니다.

그후 당신은 손님들과 보도된 기사에 관해 이야기를 나누면서 거드름을 피우며 "비교적 제대로 보도를 했다"고 태연스레 얘기했습니다. 제대로 보도를 했다니, 무슨 말씀을 하시는 건지요? 우린 결코 청빈하지 않습니다. 저금통장을 보여드릴까요?

당신은 우리가 살고 있는 이 집으로 이사 온 후부터 사람이 달라졌습니다. 돈 이야기를 입에 달고 지냈지요. 손님이 그림 부탁을 하면 당신은 부끄러워하는 기색도 없이 값은 얼마를 받아야 된다는 얘기부터 끄집어냅니다. 그러면서 가격 같은 것은 처음부터 분명히 해두는 것이 나중에 옥신각신하게 되는 일도 없다며 손님에게 못을 박았지요. 나는 그런 얘기를 듣는 게 너무 싫었습니다.

왜 그렇게 돈, 돈 하시는 건가요?

당신이 그리고 싶은 좋은 그림만 그려도 생계 따위는 내가 이렇게 저렇게 꾸려나갈 수 있습니다. 유명한 화가가 되지 못해도 그리고 싶은 그림을 마음껏 그리며, 가난하더라도 소리 소문 없이 살아가는 것만큼 즐거운 일은 없습니다. 나는 돈도 명예도 아무것도 원하지 않았습니다. 그저 마음속에 프라이드를 가지고 조용히 살고 싶었을 뿐입니다.

당신은 급기야 내 지갑 속까지 뒤지기 시작했습니다. 돈이 들어오면 당신은 당신의 커다란 지갑과 내 작은 지갑 속에 따로따로 돈을 넣어두었지요. 당신 지갑에는 큰 지폐 다섯 장을, 내 지갑에는 큰 지폐 한 장을 넷으로 접어 넣어두는 식이었습니다. 그리고 나머지 돈은 우체국이나 은행에 예금을 했습니다. 나는 당신의 그런 모습을 곁에서 잠자코 바라 볼 수밖에 없었습니다.

언젠가 내가 저금통장을 넣어둔 책장 서랍을 자물쇠로 채우는 것을 잊어버린 적이 있었지요. 그걸 알게 된 당신은 다짜고짜 큰소리를 질렀습니다.

"아니, 무슨 사람이 그렇게 허술해!"

나는 당신의 잔소리에 맥이 빠지고 말았습니다.

화랑으로 돈을 받으러 가는 날에는 사흘 뒤에 돌아왔습니다. 그것도 만취가 되어 한밤중에 현관문을 요란스레 열고 들어왔습니다.

"여보, 3백 엔 남겨왔어. 세어 봐."

정나미가 떨어지게 만드는 당신의 그런 말을 들을 때면 나는

몹시 불편했습니다. 당신
이 번 돈 당신이 어디에
쓴들 누가 뭐라 하겠습
니까. 기분 전환으로 돈
을 실컷 쓰고 싶을 때도 있
겠지요. 받은 돈을 몽땅 쓰고 온
다 해도 나는 할 말이 없습니다. 아
니, 실망하지 않습니다.

당신은 청빈한 것도 아니고,
아무것도 아닙니다.
신문에선 우수니 사색이니 하는 표현도 동원했는데,
대체 당신의 어디에 그런 아름다운 그림자가 스며
있는 것인지요?

　돈이 고맙고 필요하다는 것을 모르는 것은 아니지만, 그렇다
고 돈만 생각하며 살고 싶지는 않으니까요. 그래도 3백 엔은 남
겨 왔다면서 득의양양해 하시는 당신의 모습을 보니 마음이 쓸
쓸해졌습니다.

　나는 돈이 탐나지 않습니다. 아무것도 사고 싶지 않고, 아무
것도 먹고 싶지 않고, 아무것도 구경하고 싶지 않습니다. 가재
도구도 대부분 재활용품으로 때우고 있고, 옷가지들도 입던 옷
을 뜯어서 다시 고쳐 입을 수 있으니 굳이 사 입지 않아도 됩니
다. 그럭저럭 해나갈 수가 있지요. 수건걸이 하나라도 새로 사
는 게 싫습니다. 쓸데없는 짓이니까요.

　당신은 간혹 나를 시내로 데리고 나가 고급 중국요리를 시켜
주곤 했지만 나는 맛있다는 생각을 해본 적이 없습니다. 괜히
안절부절 못하면서 아깝다는 생각만을 했지요. 3백 엔보다도,

중국요리보다도, 나는 당신이 이 집 뜰에 수세미와 울타리를 둘러 주는 게 훨씬 더 고맙습니다. 석양 무렵이 되면 툇마루로 햇살이 강하게 들어오는데 수세미와 울타리를 두르면 피할 수 있을 테니까요.

당신은 내가 울타리를 만들어달라고 그토록 부탁을 했는데도 정원사를 부르면 된다면서 손수 만들어보려고도 하지 않았지요. 정원사를 부르다니요. 쓸데없이 그런 부자 흉내는 내고 싶지 않습니다. 당신이 만들어주길 바란 것인데 당신은 내년엔 꼭, 내년엔 꼭 하며 미루다가 결국은 오늘날까지 만들지 못했습니다.

당신은 자신을 위해서는 물 쓰듯 펑펑 낭비를 하면서 다른 사람들이 어려움을 당하면 언제나 모르는 척 피했습니다.

언제였던가, 당신의 친구 M씨가 찾아왔지요.

"미안한데, 아내가 중병으로 앓아누웠어. 어떻게 좀 안 되겠나? 좀 도와 줘."

어렵게 꺼낸 그의 말에 당신은 나를 조용히 응접실로 불러들였죠.

"집에 돈 좀 없소?"

진지한 표정으로 나를 향해 물어보는 당신을 보면서 나는 웃음이 나오려는 것을 억지로 참았습니다. 얼굴이 붉어지면서 머뭇거릴 수밖에 없었습니다.

"여기저기 찾아보면 20엔 정도는 나오지 않을까?"

당신이 이번에는 사뭇 놀려대듯 묻기에 나는 그만 깜짝 놀랐습니다. 겨우 20엔이라니. 나는 당신의 얼굴을 다시 보았습니다. 당신은 내 시선을 애써 피하더군요.

"쩨쩨하게 굴지 말고, 돈 좀 모아서 좀 빌려주구려. 같이 어려운 처지이다 보니 이런 때는 내 마음까지 아프네."

당신은 M씨를 보며 웃으며 말했습니다. 나는 어이가 없어 아무 말도 하고 싶지 않았습니다. 당신은 청빈한 것도 아니고, 아무것도 아닙니다. 신문에선 우수니 사색이니 하는 표현도 동원했는데, 대체 당신의 어디에 그런 아름다운 그림자가 스며있는 것인지요?

당신은 우수 같은 말과는 정반대되는, 자기 멋대로 하는 낙천가입니다. 당신이 매일 아침 화장실에서 큰소리로 노래를 부를 때면 이웃에 어찌나 창피한지 쥐구멍이라도 찾고 싶을 정도입니다. 그런 당신의 어디에서 우수를 찾아야 할까요?

고고하다니요. 당신은 당신의 추종자들에게 둘러싸여 살고 있다는 것을 전혀 깨닫지 못하고 있습니다.

당신은 우리 집에 오는 손님들로부터 '선생님'이라고 불리면서 다른 여러 화가들의 그림을 마구 깎아내리지요. 당신과 똑같은 길을 지향하는 화가는 세상에 아무도 없다는 듯 거들먹거리기도 합니다.

정말로 그렇게 생각한다면, 굳이 그런 식으로 남의 험담을 하며 손님들의 동의를 얻으려 할 필요가 있을까요? 당신은 손님들이 당신의 면전에서나마 당신 의견에 찬성해 주길 바라는 것이었지요. 설마 그런 자세를 고고한 자세라고 착각하는 것은 아니겠지요? 당신은 거짓말쟁이입니다.

　작년에 E회에서 탈퇴한 후 '신 낭만파'라나 뭐라나 하는 단체를 만들었을 때, 나는 얼마나 비참한 생각이 들었는지 모릅니다. 당신이 그렇게까지 비웃으며 바보 취급을 하던 분들만 모아 그런 단체를 만들었으니 기가 찰 노릇이지요.

　당신에게는 일관성이 없습니다. 이 세상을 살아가기 위해서는 역시 당신처럼 사는 것이 옳을까요?

　K씨가 오면 둘이서 M씨를 헐뜯으며 분개하거나 조소하고는, M씨가 오면 M씨에게 다정하게 대하면서 역시 친구는 자네뿐이라고 했지요. 그리고 이번에는 K씨를 비난했습니다. 성공한 사람들은 모두들 당신 같은 처세로 이 세상을 살아가고 있는 걸까요.

　그런 처세를 가지고도 용케 살아가는 것이 나는 두렵기도 하고, 한편으로는 신기하기도 했습니다.

　나는 기도하기 시작했습니다. 당신에겐 틀림없이 좋지 않은 일이 일어나고야 말 것이고, 제발 일어났으면 좋겠다고. 당신을 위해서도 또 하나님이 살아계심을 증명하기 위해서도 무엇이든 나쁜 일 한 가지가 당신에게 일어나야만 된다고 간절히 기도했습니다.

하지만 나쁜 일은 일어나지 않았습니다. 단 한 가지도 일어나지 않았습니다. 여전히 좋은 일들만 생겼습니다.

당신이 이끄는 '신 낭만파'의 주최로 열린 제1회 전람회는 대단한 호평을 얻었습니다. 그 중에서도 당신이 그린 〈국화〉 그림은 맑고 깨끗한 당신의 심경과, 고결한 애정이 스며있는 그림이라는 찬사가 들끓었다는 소문을 들었습니다. 당신 같은 분이 어떻게 해서 그런 평가를 받게 됐는지 나는 도무지 알 수가 없습니다.

올해 정월 평소 당신을 아끼며 당신의 그림을 사랑해 주시던 유명하신 E선생님 댁에 세배차 나와 함께 찾아뵈었지요. 나는 E선생님을 처음으로 뵈었습니다. 선생님은 그토록 고명하신 대가이심에도 불구하고 우리보다 훨씬 작은 집에서 살고 계셨습니다. 그리고 그렇게 사시는 모습이 내 눈에는 아름답게 느껴졌습니다.

선생님은 뚱뚱하게 살이 찌셨는데 책상다리를 하고 앉아서 눈을 이리저리 굴리고 있었습니다. 안경너머로 가끔씩 나를 바라보는 그 커다란 눈은 참으로 고고한 어르신의 눈이었습니다. 내가 당신의 그림을 아버지의 추운 사무실에서 처음 보았을 때 느꼈던 그런 느낌이 선생님의 눈에서 느껴졌습니다.

선생님은 나를 찬찬히 보시며 농담을 던졌습니다.

"훌륭한 부인이군. 무사 집안 출신 같은데?"

그 말을 들은 당신은 잽싸게 말을 받더군요. 그것도 심각한 표정을 지으면서요.

"아, 예, 이 사람 어머니가 무사 집안이라서⋯⋯."

당신의 자랑스러운 말에 나는 식은땀이 흘렀습니다.

우리 어머니가 무슨 무사 집안 출신입니까?

아버지도, 어머니도 나면서부터 평민이었습니다. 아마도 당신은 사람들이 당신을 더 치켜세우기라도 하는 날이면 '이 사람 어머니는 귀족 출신입니다' 라고 할지도 모르겠네요. 정말 무서운 분입니다.

선생님 같은 분도 당신의 속임수를 꿰뚫어 보시지 못한다는 게 안타까울 따름입니다. 세상은 다 그런 것일까요. 선생님은 당신한테 위로의 말도 잊지 않으셨지요.

"요즘 작업하느라고 많이 힘들지?"

이 말에 나는 당신이 작업에 지친 표정 대신 매일 아침 화장실에서 목청을 돋궈 노래하는 얼굴이 떠올라 웃음이 터져나올 뻔 했습니다. 선생님 댁에서 나온 후, 몇 걸음 채 떼지 않은 당신이 발길로 자갈을 차며 선생님을 비웃는 말을 해서 나는 또 한 번 깜짝 놀랐습니다.

"쳇! 선생님은 여자만 보면 금방 헤헤거리는 꼴이라니."

당신은 비열한 사람입니다. 방금 전까지 선생님 앞에서 그렇게 굽실굽실하던 사람이 돌아서자마자 험담을 하다니, 당신은 미치광이입니다.

그때부터 나는 당신과 헤어질 것을 결심했습니다. 더 이상 참을 수가 없습니다. 당신은 정말 구제불능입니다. 당신에게 엄청난 재난이 찾아왔으면 좋겠습니다. 하지만 당신한테 그런 일은 일어나지 않았지요. 당신은 그동안 단바 씨가 당신에게 베푼 은혜도 잊어버린 것 같더군요.

"바보 같은 단바가 요즘 너무 자주 찾아와 귀찮아 죽겠어."

당신이 친구들에게 한 이 얘기를 단바 씨가 어디서 들은 모양입니다.

"바보 같은 단바가 또 찾아왔소이다."

웃는 얼굴로 이렇게 얘기하면서 어슬렁어슬렁 주방 쪽으로 들어온 단바 씨 모습이 기억납니다.

난 이제 당신이 하는 일 모두가 수수께끼 놀음 같아서 도저히 이해가 안 됩니다. 인간으로서의 긍지, 명예 같은 것들은 도대체 어디로 가버렸나요? 헤어지겠어요. 이제 당신을 추종하는 무리들이 모두 한패가 되어서 나를 조롱하고 있는 것이 아닌가 하는 생각마저 듭니다.

지난번에 당신은 '신 낭만파'가 지금의 시국에 미치는 영향에 대해서 라디오 방송을 한 적이 있습니다. 나는 그때 방안에서 석간신문을 읽고 있다가 갑자기 당신 이름과 함께 당신의 목소리를 듣게 되었지요.

그 목소리가 나에겐 다른 사람의 목소리처럼 들렸어요. 얼마나 불결하고 탁한 목소리로 들리는지. 당신이라는 사람을 멀리서 평가할 수 있었습니다.

당신은 아무에게도 알려지지 않은 채로 가난하게 그리고 조신하고 고고하게 청빈함을 사모하며 살아갈 사람은 절대 아니었습니다. 이 세상 사람들과 똑같은 그저 보통 사람일 뿐입니다. 아마 앞으로도 계속 출세할 겁니다.

아아, 시시한 얘기. "제가 이렇게 여러분들의 많은 사랑을 받게 된 것은……" 하는 목소리가 흘러나왔을 때 나는 전원을 꺼 버렸습니다.

당신은 대체 당신이 뭐가 어떻게 얼마나 대단하게 바뀌었다고 생각하나요. 부끄러운 줄 아세요. 그리고 "제가 이렇게 여러분들의……" 하는 따위의 무지한 말씀일랑 두 번 다시 입 밖에 내지 않도록 하십시오.

아아, 당신은 빨리 무너져야 됩니다.

나는 방송이 나온 날 일찌감치 이부자리 속에 들어갔어요. 전등을 끄고 천장을 바라보며 반듯하게 누워 있으려니 등줄기 아래서 여치가 열심히 울고 있었습니다. 툇마루 밑에서 울고 있는 여치가 내 등줄기 아래 부분에 있는 듯 했습니다.

나는 왠지 내 등 속에서 그 작은 여치가 울고 있는 것만 같았습니다. 그리고 나는 이 자그마한 미물의 희미하고 미약한 소리를 평생 잊지 않고 등줄기 속에 간직한 채 살아가기로 다짐했습니다.

이 세상에서 당신이 옳고, 내가 잘못된 것이라면, 나의 어디가 어떻게 잘못된 것인지를 일깨워 주십시오.

열흘 밤의 꿈

작 · 가 · 소 · 개

나츠메 소세키는 명문 집안의 막내로 태어났다.
어렸을 적부터 학문에 소질이 있던 그는 1890년 도쿄제국대학 영문과에 장학생으로 입학했고,
이후 잠시 교사생활을 하면서 작품 활동을 했다.

그의 유명한 작품인 〈도련님〉이 바로 이때
마쓰야마 중학교에 부임했던 시절의 경험을 바탕으로 완성된 것이다. 이후 1900년에는
일본 문부성이 임명한 최초의 유학생 자격으로 영국 런던에서 영문학을 공부한 후
돌아와 아사히신문사에 입사, 본격적인 창작활동을 시작했다.

주요 작품으로는 〈나는 고양이로소이다〉, 〈런던탑〉, 〈풀 베개〉, 〈행인〉, 〈마음〉,
〈도련님〉, 〈개양귀비꽃〉, 〈명암〉, 〈산시로〉, 〈문〉, 〈그 후〉 등이 있다.

세우 이고려 빠그려 있는데 그 안에서 가까이 바치지 불꽃이 되는 것이 보였다. 리오는 공기 안을 들여다보았다. 공터 한쪽

남편이라는 고에서 소식을 보내온 뒤 어느새 가을이 지나고 겨울을 보내게 됐다.
그러나고 누워서 자리를 타고 오던 사내가 그녀 앞에 자전거를 세우며 물었다.

리오는

있었 곳이 분부 멀다는 폼나 어딘가에 남편이 있다는 사실조차, 실감나지 않았다.

오늘 우렁하는 '마루와 에런' 말을 아해에게 들려주겠다 했지만, 이오리에 음음이 대응 쓸쓸케기 뿐이었다. 세상에서 혼자만 아직도

걸고 이곳면 이른.......

리오는 이버르처럼 말했 아니다. 무더운 계절에는 더위에 지쳐서 힘들었고, 거울에 매서운 추위와 함
사내를 처음 부러

기다.

하염없이 기다려야 한다는 사실에 또 쓸쓸해졌다. 참는 것에도 한계가 있는 법. 리오도 더 이상 버티기 힘들 정도로 지
였다.

남편의 모습이 이제는 유령처럼 의미하게 느껴졌다.

남편 실음을 위하여 변씩이나 거울을 맞으도

다. 그래서 리오는 자체 더 이상서는 누구와도 전쟁에 관한 얘기는 하지 않게 되었다.

남편은 아직 시베리

리오는 시베리아가

다. 남편에 대한의

다른 차와는 맛이 틀려요. 원가는 60g에 8백 엔 정도에요. 다른 손님들도 맛있다고 들 하시더라

첫 번째 밤

이런 꿈을 꾸었다.

팔짱을 끼고 베갯머리에 앉아 있으니, 반듯하게 누운 여인이 조용한 목소리로 말했다.

"이제 죽습니다."

여인은 긴 머리를 베개 위에 드리우고, 부드러운 윤곽의 갸름한 얼굴을 그 속에 누이고 있다. 하얀 뺨 아래로 따스하게 핏빛을 알맞게 머금은 입술이 아주 붉다. 죽을 사람이라고는 도저히 믿기지 않는다.

그러나 여인은 여전히 조용한 목소리로 분명하게 말했다.

"이제 죽습니다."

이번에는 나도 확실히 '이제는 죽는구나.' 라고 생각했다. 나는 그녀를 위에서 내려다보며 물었다.

"그래, 이제 죽는 거야?"

"네, 죽습니다."

여인은 눈을 동그랗게 떴다. 크고 윤기 있는 눈, 긴 속눈썹에 싸인 커다란 눈망울이 새까맣다. 그 새까만 눈동자에 내 모습이 선명하게 비쳤다. 나는 투명하리만큼 깊어 보이는 그녀의 까만 눈빛을 바라보며 '이래도 죽는 건가?' 하고 생각했다. 그래서 다정하게 다가가서는 베개 곁에 입을 대고 다시 물었다.

"설마 죽는 건 아니지? 괜찮은 거지?"

그랬더니 여인은 졸린 듯 검은 눈을 크게 뜬 채 조금은 귀찮아하며 조용하게 대답했다.

"죽어요. 어쩔 수 없는 일이에요."

"그럼, 지금 내 얼굴이 보이나?"

"보이냐고요? 물론이죠. 내 눈에 비치고 있잖아요."

여인은 생긋이 웃어 보이며 말을 했다. 나는 말없이 베개에서 얼굴을 떼고 한걸음 뒤로 물러나 팔짱을 끼며 '결국은 죽는구나' 하고 생각했다.

한참 후에 여인이 다시 입을 열었다.

"제가 죽거든 절 묻어 주세요. 커다란 진주조개로 구멍을 파고, 하늘에서 떨어지는 별 조각들을 모아 묘비로 써주세요. 그리고 무덤 곁에서 기다려 주세요. 또 만나러 올 테니까요."

"언제 만나러 올 건데?"

"해가 뜨지요. 그리고 해가 지지요. 그리고 다시 뜨지요. 그리고 다시 지지요. 붉은 해가 동에서 서로 떨어져 가는 동안……그 오랜 시간 동안 당신은 기다리고 있을 수 있겠어요?"

나는 고개만 끄덕였다. 여인은 조용하던 어조를 한층 높여서 단호한 목소리로 말했다.

"백 년 동안 기다려 주세요. 백 년. 내 무덤 곁에 앉아서 기다려 주세요. 꼭 만나러 올 테니까요."

나는 기다리겠노라고 그저 고개를 끄덕일 뿐이었다.

그때 그녀의 검은 눈동자 속에 선명하게 보이던 내 모습이 어스름하게 허물어졌다. 잔잔한 물이 움직이며 그림자를 흐려놓는다고 생각하는 순간, 여인의 눈이 꼭 감겼다. 긴 속눈썹 사이로 눈물이 주르르 흘러내렸다. 이젠 죽었다.

나는 뜰에 내려가서 진주조개로 구멍을 팠다.

크고 매끄럽고 가장자리가 예리한 진주조개로 흙을 퍼올릴 때마다 조개 안에 달빛이 비쳐서 반짝거렸다. 축축한 흙냄새도 났다. 한참 후에 구멍을 다 파고 여인을 그 속에 넣은 다음 부드러운 별 조각을 주워 와서 흙 위에 살짝 얹었다. 별 조각은 둥글었다. 오랫동안 하늘에서 떨어지는 사이에 모서리가 닳아 매끄러워졌으리라. 두 팔로 안아서 흙 위에 올려놓는 동안 내 가슴과 손이 천천히 따뜻해졌다.

나는 이끼 위에 앉았다.

'지금부터 이렇게 백 년 동안 기다리고 있어야겠구나.'

나는 팔짱을 낀 채 둥그런 묘비를 바라보았다. 얼마나 지났을까. 여인이 말한 대로 동쪽에서 해가 솟아 나왔다. 크고 붉은 해였다. 그것은 곧 여인이 말한 대로 서쪽으로 떨어졌다. 붉은빛 그대로 뚝 떨어졌다. 나는 '하나' 하고 세었다.

한참 있으니 또 다시 새빨간 태양이 넌지시 올라왔다. 그리고 가만히 가라앉았다. '둘' 하며 또 세었다.

나는 이렇게 하나, 둘 세어 가는 동안에 붉은 해를 몇 개나 보았는지 알 수가 없었다. 미처 다 셀 수 없을 만큼 많은 붉은 해가 머리 위를 지나갔다.

그런데 백 년은 아직 오지 않았다. 나는 이끼가 낀 둥근 돌을 바라보면서 여인에게 속은 게 아닌가 하는 생각이 들었다. 그러자 돌 밑에서 푸른 나무줄기가 내 쪽을 향해 비스듬히 뻗어나왔다. 그리고 내가 바라보는 사이에 점점 더 길어져서는 마침내 내 가슴까지 와 멈추는가 싶더니, 살랑살랑 흔들리는 줄기 꼭대기에 고개를 갸우뚱 숙인 듯한 갸름한 꽃봉오리가 활짝 꽃잎을 펼쳤다.

새하얀 백합이 코앞에서 뼈에 사무칠 만큼 진한 향기를 뿌렸다. 그리고 아득히 먼 위쪽에서 '똑' 하고 이슬이 떨어지자 꽃은 제 무게를 이기지 못하고 흔들흔들 움직였다. 나는 고개를 앞으로 내밀고 차가운 이슬을 맞으며 먼 하늘을 바라보았다. 샛별 하나가 외롭게 깜박이고 있었다.

'백 년은 벌써 와 있었구나.'

비로소 나는 깨달았다.

두 번째 밤

이런 꿈을 꾸었다.

스님의 방에서 물러나와 회랑을 따라 내 방으로 돌아오니, 호롱불이 어렴풋이 밝혀져 있었다. 한쪽 무릎을 방석 위에 대고 심지를 휘저어 세웠더니 꽃 같은 불똥이 주홍빛 받침대에 '툭' 하고 떨어졌다. 그러자 방안이 환하게 밝았다.

장지문의 그림은 시마자키 도손의 솜씨가 틀림없다. 검은 버드나무를 먹색의 농담과 원근으로 처리한 이 그림은 추워 보이는 어부가 삿갓을 기울이고 둑 위를 지나가는 그림이다. 객실 한쪽의 장식단인 도코노마에는 문주文殊 보살의 족자가 걸려 있다.

피우다 남은 향이 어둠 속에서 아직도 냄새를 피우고 있다. 넓은 절이라 고요하고 인기척이 없다. 고개를 들어 위를 쳐다보니 검은 천장에 어른거리는 호롱불 그림자가 마치 살아 있는 것처럼 느껴졌다.

무릎을 세운 채 왼손으로 방석을 젖히고 오른손을 집어넣어 보니, 그것은 그곳에 잘 있었다. 나는 방석을 반듯하게 놓고는 그 위에 털썩 주저앉았다.

"너는 무사다. 무사라면 깨닫지 못할 까닭이 없다. 하지만 언제까지나 깨닫지 못하는 것을 보니 너는 무사가 아닌 모양이구나."

그러면서 스님은 한 마디를 덧붙여 말했다.

"쓰레기 같은 놈."

스님은 억울하면 깨달음의 증거를 가지고 오라면서 휙 돌아앉았다.

옆방 도코노마에 놓여 있는 탁상시계가 다음 시각을 알릴 때까지는 기어코 깨닫고 말리라. 깨달은 다음, 그 날 밤에 또 다시 스님 방으로 들어갈 것이다. 그래서 스님의 목과 나의 깨달음을 바꾸어 주겠다. 깨닫지 못하면 스님의 목숨을 빼앗을 수 없다. 꼭 깨달아야만 한다.

'나는 무사다. 깨닫지 못하면 자진하리라. 어찌 무사가 모욕을 당하고도 살아 있을 수 있을까. 차라리 깨끗이 죽어버리겠다.'

이렇게 생각하자 나도 모르게 손이 다시 방석 밑으로 들어갔다. 그리고 붉은 칼집의 단도를 꺼냈다. 칼자루를 꼭 거머쥐고 붉은 칼집을 쭉 잡아당기니 차가운 칼날이 순간 어두운 방에서 번쩍 빛을 발했다.

칼끝이 살기를 띠고 있다. 그 살기에 나를 둘러싸고 있던 공기마저 슬슬 도망치는 느낌이 들었다. 나는 예리한 칼날이 날카롭게 서 있는 것을 보자 누구든 푹 찌르고 싶은 충동을 느꼈다. 몸의 피가 오른손 손목으로 흘러와서 잡고 있는 칼자루가 끈적거렸다. 입술이 떨렸다.

나는 단도를 다시 칼집에 넣어 오른쪽 옆으로 당겨 놓고 가부좌를 틀었다. 조주趙州(778년 무無를 제창하여 임재종을 일으킨 중국의 선승)가 말하기를 '무'라고 했다. '무'라는 것은 대체 무엇인가?

"똥 덩어리 같은 놈!"

나는 이를 악물었다. 어금니를 꽉 물자 코에서 뜨거운 숨결이 거칠게 뿜어져 나왔다. 명치가 땅기며 아파왔다. 눈을 크게 부릅떴다. 족자가 보인다. 호롱불도 보인다. 다다미가 보인다. 스님의 까까머리가 선명히 보인다. 악어 같은 입을 벌리고 조소하는 소리까지 들려왔다. 정말 돼먹지 못한 중이다. 기어코 저 까까머리를 치리라. 깨달아 주리라. '무는 무엇인가' 나는 연신 혀끝으로 중얼거렸다. '무'라고 하는 데도 역시 향내가 났다.

나는 갑자기 주먹을 불끈 쥐고 머리가 아프도록 때렸다. 그리고 어금니를 부득부득 갈았다. '무란 무엇인가?' 양쪽 겨드랑이에서 진땀이 났고 등줄기가 빳빳해졌다. 갑자기 무릎의 연골이 아파 왔다. '무릎 좀 부러진들 어때' 하고 대수롭지 않게 생각했지만 고통스럽고 아팠다.

'무' 는 좀처럼 나오지 않았다. 나오는가 하면 곧 다시 아파올 뿐이다. 화가 나고 억울했다. 몹시 분해 눈물이 뚝뚝 떨어졌다. 커다란 바위에 몸을 내던져 뼈와 살을 엉망으로 부숴 버리고 싶은 강한 충동이 들었다.

그래도 참고 가만히 앉아 있었다. 참기 어려운 고통을 견디고 있었다. 그 고통이, 온몸의 근육을 밑에서부터 들어 올려 모공을 통해 밖으로 나오게 하려고 애를 썼지만, 모든 곳이 꽉 막혀 전혀 나갈 곳이 없는 잔혹하기 이를 데 없는 상태였다.

그러는 사이에 머리가 이상해졌다. 호롱불도, 도손의 그림도, 다다미도, 엇갈린 선반도 모두 있으면서 없는 듯, 없으면서 있는 듯 보였다. 그러나 '무' 는 조금도 눈앞에 나타나지 않았다. 그저 가만히 앉아 있었다. 그때 갑자기 옆방의 시계가 '땡' 하고 울렸다. 나는 깜짝 놀라 오른손을 곧장 단도로 가져갔다. 그러자 시계가 두 번째 '땡' 하고 울렸다.

세 번째 밤

이런 꿈을 꾸었다.

여섯 살짜리 어린아이를 업고 있었다. 틀림없는 내 아이였다. 이상한 것은 어느 사이엔가 그 어린아이가 눈이 찌부러져 있었다. 머리는 까까머리다. 나는 아이에게 눈이 언제부터 안 보이게 됐냐고 물었다.

"그냥 옛날부터 그랬어."

목소리는 어린아이임에 틀림없는데, 말투는 완전히 어른이다. 게다가 반말이라니.

좌우로 벼가 푸릇푸릇한 논에 길이 매우 좁다. 가끔 백로의 그림자가 어둠 속에서 어른거렸다.

"논으로 접어들었네."

등에서 아이가 입을 열었다.

"어떻게 알았어?"

내가 뒤로 얼굴을 돌리며 물었다.

"백로가 울고 있으니까 알지."

그러고 보니 정말 백로가 두 번 정도 울었다.

나는 내 자식이지만 왠지 섬뜩한 게 무서워졌다. 계속해서 이런 아이를 업고 있다가는 앞으로 무슨 일이 생길지 모를 일이다. 내던져 버릴 마땅한 곳이 없는지 건너편을 바라보니 어둠 속에 큰 숲이 보였다. '저기 정도면 괜찮겠다' 라고 생각한 순간 등에서 "흥!" 하는 소리가 들렸다.

"왜 웃어?"

아이는 대답 대신 질문을 던졌다.

"나 무거워?"

"무겁진 않아."

"이제 곧 무거워질 거야."

나는 말없이 숲을 향해 걸어갔다. 논두렁길이 이리저리 구부러져 있어서 생각대로 잘 걸을 수가 없었다. 조금 더 걸어가자 갈림길이 나왔다. 나는 갈라진 곳에 서서 잠시 쉬었다.

"돌이 서 있을 텐데."

아이가 말했다. 과연 귀퉁이에 모가 난 돌이 허리에 닿을 만한 높이로 서 있었다. 표면에는 '왼쪽으로 가면 넓게 아홉 걸음, 오른쪽으로 가면 좁게 가라' 라고 적혀 있었다. 어둠 속에서도 선명하게 보이는 글자는 도롱뇽의 배만큼이나 붉은 빛깔을 띠고 있었다.

"왼쪽으로 가는 게 좋을 거야."

아이가 명령했다. 왼쪽을 보니, 조금 전의 그 숲이 높은 하늘에서 우리 머리 위로 어둠의 그림자를 드리우고 있었다. 나는 조금 주춤했다.

"왜 웃어?" "나 무거워?" "무겁진 않아." "이제 곧 무거워질 거야." "돌이 서 있을 텐데." "왼쪽으로 가는 게 좋을 거야." "망설일 필요 없어." "아무래도 장님은 자유롭지 못해서 안 되겠어." "그래서 이렇게 업어 주잖아." "업어 줘서 고맙긴 한데, 사람들에게 무시당해서 싫어. 부모한테조차 이런 푸대접을 받잖아." "조금만 더 가면 알 수 있을 거야. 그 날도 바로 이런 밤이었지."

"망설일 필요 없어."

아이가 또 다시 말했다. 나는 어쩔 수 없이 숲 속으로 걸어갔다.

'장님 주제에 모르는 게 없네.'

외길인 논두렁을 따라 숲 가까이 다가갔다. 그때 등 뒤에서 아이가 중얼거렸다.

"아무래도 장님은 자유롭지 못해서 안 되겠어."

"그래서 이렇게 업어 주잖아."

"업어 줘서 고맙긴 한데, 사람들에게 무시당해서 싫어. 부모한테조차 이런 푸대접을 받잖아."

나는 어쩐지 어린아이가 싫어졌다. 빨리 숲으로 가서 내버리기 위해 발걸음을 재촉했다.

"조금만 더 가면 알 수 있을 거야. 그 날도 바로 이런 밤이었지."

아이는 등에서 혼잣말처럼 무엇인가를 중얼거리고 있었다.

"뭐가?"

나는 절박한 목소리로 물었다.

"뭘 뭐가야? 알고 있잖아."

아이가 비웃듯이 대답했다. 그러고 보니 뭔가 알 것 같은 생각이 들었다. 확실하게는 알 수 없었으나 어쨌든 이런 밤이었던 것처럼 생각될 뿐이다. 그리고 조금 더 가면 알게 될 것도 같았다. 알고 나면 큰일이니 아직 모르고 있을 때에 빨리 내버리는 게 마음이 편하리라. 나는 더욱 걸음을 재촉했다.

조금 전부터 비가 내리기 시작했다. 길은 점점 어두워지고, 나는 그저 꿈을 꾸듯 정신없이 걷고 있다. 단지 등에 달라붙은 조그만 어린아이가 나의 과거, 현재, 미래를 비추며 모든 사실을 다 알고 있는 거울과 같이 빛나고 있었다. 게다가 그 아이는 바로 내 아이로 장님이다. 나는 견딜 수 없이 초조해졌다.

"여기야, 여기. 바로 그 삼나무 밑이야."

빗속에서 아이의 목소리가 똑똑히 들렸다. 나는 그대로 멈추어 섰다. 어느새 숲 속으로 들어와 있었다. 약 2미터 앞에 서 있는 거무스레한 것은 틀림없이 어린아이 말대로 삼나무 같았다.

"아버지, 저 삼나무 밑이었지?"

"응, 그래."

나는 아무 생각 없이 대답해 버렸다.

"1809년 용띠 해였지."

어린아이의 말대로 과연 1809년 용띠 해였다는 생각이 들었다.

"당신이 나를 죽인 것이 지금으로부터 딱 백 년 전이었어."

나는 그 말을 듣자마자 지금부터 백 년 전인 1809년 용띠 해의 이런 어두운 밤에 이 삼나무 밑에서 한 장님을 죽인 기억이 홀연히 머릿속에 떠올랐다.

'나는 살인자였어.'

비로소 깨달은 순간 등에 업혀 있던 어린아이가 돌부처처럼 무거워졌다.

네 번째 밤

넓은 토방 한가운데에 평상 같은 것이 자리 잡고, 그 둘레에 작은 의자가 나란히 놓여 있다. 평상은 검은 빛을 띠고 있었고, 한구석에는 네모난 상을 앞에 놓고 할아버지가 혼자 술을 마시고 있다. 안주라고는 달랑 조림 한 가지였다.

할아버지는 얼큰하게 취기가 올라 얼굴이 붉어져 있었다. 그 때문이었을까, 얼굴이 어찌나 반질반질한지 주름이라곤 찾아볼 수가 없다. 단지 하얀 수염을 길게 기르고 있어서 그것으로 그가 노인이라는 것을 짐작할 수가 있었다. 나는 이 할아버지가 몇 살인지 궁금했다. 그때 뒤꼍에서 나무통에 물을 길어 온 주모가 앞치마에 손을 닦으면서 물었다.

"할아버지는 몇 살이야?"

"몇 살인지 잊어버렸어."

할아버지는 입안에 가득한 조림을 삼키며 태연히 대꾸했다. 주모는 닦은 손을 가느다란 허리띠 사이에 끼워 넣고 할아버지의 얼굴을 보며 옆에 서 있었다. 할아버지는 사발 같은 큰 그릇에 술을 따라 쭉 들이켜고는 하얀 수염 사이로 긴 숨을 훅 내쉬었다. 그 모습을 지켜보던 주모가 다시 물었다.

"할아버지 집은 어디지?"

할아버지는 긴 숨을 도중에서 멈추고 대답했다.

"배꼽 속이야."

주모는 가느다란 허리띠 사이에 여전히 손을 끼워 넣은 채 또 물었다.

"어디로 갈 거야?"

이번에도 할아버지는 사발 같은 큰 그릇에 담긴 뜨거운 술을 쭉 들이켜고는 아까처럼 숨을 훅 내쉬더니 대답했다.

"저쪽으로 갈 거야."

"바로 갈 거야?"

주모가 물었을 때, 훅 하고 내쉰 할아버지의 숨이 장지문을 통해 버드나무 밑을 지나 강변 쪽으로 사라졌다.

할아버지가 밖으로 나왔다. 나도 뒤따라 나왔다. 할아버지의 허리춤에는 작은 표주박이 매달려 있었고, 어깨춤의 겨드랑이 밑으로 네모난 상자가 길게 늘어뜨려져 있었다. 노르스름한 잠방이에 역시 노르스름한 소매 없는 옷을 입고 있었다. 버선만큼은 샛노란 색이다. 가죽으로 만든 것처럼 보였다.

할아버지는 금세 버드나무 아래까지 왔다. 버드나무 밑에는 아이들이 서너 명 있었다. 할아버지는 웃으며 허리춤에서 누런 수건을 꺼내 꽈배기처럼 가늘게 꼬았다. 그리고 이것을 땅바닥에 내려놓고는 수건 주위에 커다란 원을 그렸다. 마지막으로 어깨에 메고 있던 상자 안에서 천연 구리로 된, 엿장수가 불고 다니는 호루라기를 꺼내며 이렇게 되풀이했다.

"이제 머지않아 수건이 뱀이 될 테니 잘 지켜 보거라, 지켜 보거라."

아이들은 열심히 할아버지의 수건을 지켜보고 있었다. 나도 지켜보고 있었다.

"지켜 보거라, 잘 지켜봐. 알았지?"

할아버지는 호루라기를 불며 원 위를 빙글빙글 돌았다. 나는 꼼짝하지 않고 수건만 보고 있었다. 하지만 어찌된 영문인지 수건은 조금도 움직이지 않았다.

할아버지는 호루라기를 호르르 불며 원 위를 몇 번씩 돌았다. 짚신 끝을 세우고 발을 살금살금 들고는 조심스럽게 수건 주위를 돌았다. 무섭기도 했지만 한편으로는 재미있을 것도 같았다.

이윽고 할아버지가 호루라기 부는 것을 멈췄다. 그리고는 어깨에 멘 상자를 열더니 수건 끝을 살짝 집어서 톡 던져 넣었다.

"이렇게 해두면 상자 속에서 뱀이 되는 거란다. 지금 곧 보여줄게. 지금 곧 보여줄 테니 기다려 보거라."

할아버지는 다시 걷기 시작했다. 버드나무 밑을 지나고 좁은 길을 따라 아래로 곧장 내려갔다. 나는 뱀이 너무 보고 싶어서 할아버지가 걸어간 좁은 길을 하염없이 따라갔다. 할아버지는 가끔씩 '지금 곧 된다'고도 하고 '뱀이 된다'고도 하면서 계속 걸어갔다.

지금 곧 된다. 뱀이 된다.
곧 뱀이 된다.

이렇게 노래까지 부르는 할아버지를 따라 나는 결국 강가까지 나왔다. 나는 강을 건널 다리와 배도 없으니 이쯤에서 할아버지가 상자 속의 뱀을 보여 줄 것이라 믿으며 기다렸다. 그러나 할아버지는 텀벙텀벙 물속으로 걸어 들어가기 시작했다. 처음에는 무릎 정도 깊이였으나 점차 허리는 물론 가슴까지 물에 잠겨 더는 보이지 않게 되었다.

깊어진다. 밤이 된다.
곧 뱀이 된다.

할아버지는 계속해서 노래를 부르며 걸어갔다. 그러다 마침내는 수염도 얼굴도 머리도 두건도 전혀 보이지 않게 되었다. 나는 할아버지가 건너편 강가로 올라오면 그때는 틀림없이 뱀을 보여 줄 거라는 막연한 기대에 혼자 갈대 소리 나는 곳에서 언제까지나 기다리고 있었다. 그러나 할아버지는 끝내 나타나지 않았다.

다섯 번째 밤

이런 꿈을 꾸었다.

어쩌면 상당히 오래 전 일로 신화시대에 가까운 옛날이라고 생각된다. 나는 전쟁을 하다가 운이 나쁘게 패배해 생포되어 적들의 대장 앞에 끌려가게 되었다.

그 시대 사람들은 모두 키가 큰 데다 수염을 길게 기르고 있었다. 가죽 허리띠를 매고 작대기처럼 긴 칼을 차고 있었다. 활은 굵은 등나무 덩굴을 그대로 사용했는지 칠도 하지 않고 광도 내지 않은 지극히 소박한 것이었다.

적의 대장은 활 가운데를 오른손으로 쥔 채 풀 위에 활을 짚고서 술독을 엎어놓은 듯한 통을 의자 삼아 걸터앉았다. 얼굴을 자세히 보니 코 바로 위에 좌우로 굵은 눈썹이 이어져 있었다. 그 무렵에 면도칼이라는 것이 있을 리가 없다.

나는 포로였으므로 걸터앉지는 못하고 풀 위에서 책상다리를 하고 앉았다. 발에는 커다란 짚신을 신고 있었다. 그 시대의 짚신은 길이가 매우 길어서 일어서면 무릎까지 왔다. 그 끝은 짚을 다 엮지 않고 조금 남겨 놓아 술처럼 밑으로 늘어뜨렸기 때문에 걸으면 살랑살랑 흔들리는 장식 역할을 했다.

대장은 화톳불에 내 얼굴을 비춰보며 살고 싶은지 죽고 싶은지를 물었다. 이것은 당시 관습으로 포로에게는 누구나 한 번씩 묻는 말이었다. 살고 싶다고 대답하면 항복한다는 뜻이고, 죽고 싶다고 하면 굴복하지 않겠다는 뜻이다.

나는 주저없이 죽겠다고 대답했다. 대장은 풀 위에 짚고 있던 활을 저쪽으로 내던지며 허리에 차고 있던 작대기 모양의 긴 칼을 쑥 뽑았다. 바람에 나부끼던 화톳불의 불꽃이 칼날 위로 불어 닥쳤다. 나는 오른손 손바닥을 벌려 적의 대장을 향해 눈 위로 들어올렸다. 기다리라는 신호였다. 대장은 나의 신호를 보고 굵은 칼을 칼집에 철컥 집어넣었다.

그 시절에도 사랑은 있었다. 나는 죽기 전에 사랑하는 연인을 한 번만 만나고 싶다고 말했다. 대장은 새벽녘 닭이 울 때까지는 기다려주겠다고 했다. 닭이 울기 전에 연인을 이곳으로 불러내야만 한다. 연인이 오지 않으면 그녀의 얼굴을 보지도 못하는 것은 물론 바로 죽게 된다.

대장은 걸터앉은 채로 화톳불을 바라보고 있다. 나는 커다란 짚신을 신은 다리를 괴고 풀 위에서 연인을 기다리고 있다. 밤은 점점 깊어갔다. 가끔 화톳불 허물어지는 소리가 났다. 그때마다 놀란 불길이 대장에게로 밀려가는 듯 했다. 대장의 눈이 새까만 눈썹 아래서 반짝반짝 빛나고 있었다. 누군가가 다가와 새 나뭇가지를 불 속에 잔뜩 던져 넣고 갔다. 그러자 조금 있으니 불이 탁탁 소리를 내며 어둠을 불사르기라도 할 것처럼 강한 소리를 냈다.

이때 한 여인이 뒤뜰 졸참나무에 매어 둔 백마를 끌어냈다. 갈기를 세 번 쓰다듬고는 안장도 없는 말 등에 훌쩍 올라탔다. 희고 긴 다리로 말의 옆구리를 힘차게 걷어차자 말은 쏜살같이 달려갔다. 누군가가 계속 화톳불에 나뭇가지를 던져 넣어 먼 하늘이 희미하게 밝아 보였다.

말은 밝은 하늘을 향해 어둠을 뚫고 달려왔다. 코에서는 불기둥 같은 두 줄기 숨을 내뿜고 있었다. 그런데도 여인은 가느다란 다리로 끊임없이 말의 옆구리를 차댔다. 허공에서 말발굽 소리가 크게 울렸다. 여인의 머리는 바람에 휘날리는 깃발처럼 어둠 속에서 길게 흩날렸다. 그래도 아직 화톳불이 있는 곳까지 가기에는 멀었다.

그때였다. 캄캄한 길섶에서 갑자기 '꼬끼오' 하는 닭 울음소리가 들렸다. 여인은 하늘을 쳐다보며 양손에 잡고 있던 말의 고삐를 한껏 잡아당겼다. 말의 앞발굽은 눈 깜짝할 사이에 커다란 바위를 뛰어넘었다. '꼬끼오' 하고 닭이 또 한 번 울었다. 여인은 '꺅!' 소리를 내면서 엉겁결에 당겼던 고삐를 순간 늦췄다. 말의 무릎이 꺾이며 여인과 함께 앞으로 고꾸라졌다. 바위 아래는 깊은 연못이었다.

말발굽 자국은 아직도 바위 위에 남아 있다. 닭 울음소리를 흉내 낸 것은 아마도 '자쿠'라 불리는 마녀였을 것이다. 이 자국이 바위에 새겨져 있는 한 마녀는 영원한 나의 적이다.

여섯 번째 밤

운케이(가마쿠라 중기의 사실주의 조각가로 불상을 주로 조각했다)가 호국사護國寺의 산문에서 인왕상을 파고 있다는 소문이 있기에 산책 삼아 그곳을 찾아가 보았다. 벌써 많은 사람들이 모여 세상 이야기를 나누고 있었다.

산문 앞에서 10여 미터쯤 되는 곳에는 큰 적송赤松이 있고, 그 줄기가 비스듬히 산문의 기와를 가리며 멀리 푸른 하늘까지 뻗어 있다. 푸른 소나무의 위치가 참 좋은 것이 어슷하게 뻗어 위로 갈수록 폭이 넓어지며 지붕으로 나간 모습이 여간 고풍스럽지 않다. 가마쿠라 시대에 와 있는 듯한 착각마저 들었다.

그런데 구경하는 사람들은 모두 나와 같은 메이지 시대 사람들이다. 그 중에서도 인력거꾼이 가장 많았다. 사거리에서 손님을 기다리다 지루해서 구경하고 있는 거겠지.

"와, 저 크기 좀 봐. 엄청 크네."

"저게 사람을 만드는 것보다 훨씬 더 힘들겠지?"

"야, 인왕상이잖아? 지금도 인왕을 조각하는구나. 난 또 인왕상은 모두 옛것뿐인 줄 알았지."

사람들은 저마다 한 마디씩 해댔다.

"힘 한번 되게 좋게 생겼네. 그래서 왜 옛날부터 아무리 힘이 세다 해도 인왕만큼 센 사람은 없다잖아. 야마토타게루 노미코도(〈일본서기〉에 나오는 통일시대의 영웅으로 경행천황景行天皇의 왕자)보다도 힘이 셀지 몰라."

이렇게 얘기하는 젊은이도 있었다. 이 사람은 옷자락을 걷어 올려서 허리춤에 끼워두고 모자도 쓰지 않았다. 꽤나 무식한 사내인 듯싶었다.

운케이는 구경꾼들의 평판에는 아랑곳없이 끌과 망치를 계속해서 움직이고 있었다. 뒤 한 번 돌아보지 않고 높은 곳에 올라가서 인왕상의 얼굴 언저리를 끊임없이 파냈다. 운케이는 머리에 조그만 두건 같은 것을 쓰고 도포인지 뭔지 알 수 없는 커다란 소매를 등에 잡아맸는데, 그 모양새가 몹시 진부했다. 근처에서 떠들어대고 있는 구경꾼들과는 전혀 걸맞지 않는 듯했다.

'어떻게 운케이가 지금까지 살아 있는 거지? 참 이상한 일도 다 있네.'

나는 이렇게 생각하면서도 그대로 보고 서 있었다.

그러나 운케이는 주위 일에는 신경도 쓰지 않고 오로지 열심히 파내기만 했다. 그 모습을 올려다보던 한 젊은이가 나를 돌아보며 들으라는 듯 칭찬을 했다.

"과연 운케이로군. 우리 같은 사람들은 아예 안중에도 없잖아. 천하의 영웅은 오로지 인왕과 자기 둘만 있다는 듯한 태도야. 정말 대단해."

나는 그 말이 무척이나 재미있어 젊은이 쪽을 힐끗 쳐다보았다. 그러자 젊은이가 재빨리 말을 이었다.

"저 끌과 망치 쓰는 걸 봐요. 자유자재로 움직이는 것이 기묘한 경지에 달해 있잖아요."

운케이는 굵은 눈썹을 조금 높이 옆으로 파내며 끌날을 세우는가 싶더니 이내 비스듬히 대고 위에서 망치로 내리쳤다. 단단한 나무를 단번에 파고 깎아내서 두꺼운 나무 부스러기가 망치 소리에 맞춰 날아가는가 싶더니, 콧구멍을 벌렁거리는 노기 띤 코의 측면이 금세 모습을 드러냈다. 끌과 망치를 쓰는 솜씨가 그야말로 거침이 없다. 잡념은 조금도 없는 모습이다.

"저렇게 끌을 아무렇게나 움직여도 눈썹이나 코가 마음먹은 대로 만들어질 수 있다니 그저 놀라운 뿐이야."

너무 감탄한 나는 혼자서 계속 중얼거렸다. 그러자 조금 전의 그 젊은이가 내 말을 곧바로 받았다.

"아니, 저것은 끌로 눈썹이나 코를 만들어 내는 게 아니에요. 나무 속에 묻혀 있는 저 눈썹과 코를 끌과 망치의 힘으로 파내는 거지. 흙 속에서 돌을 파내는 것과 같은 이치니 그리 어려운 일도 아니죠."

나는 조각이란 것에 대해 다시금 생각을 하게 됐다. 그 젊은이의 말대로라면 조각은 누구나 할 수 있는 일이 아닌가.

나는 갑자기 인왕상을 조각해보고 싶다는 생각에 사로잡혀 구경을 그만 두고 서둘러 집으로 돌아왔다. 나는 연장상자에서 끌과 망치를 꺼내 뒤꼍으로 나갔다. 거기에는 지난번 폭풍에 쓰러진 상수리나무들이 땔감으로 쓰이기 위해 톱으로 잘린 채 여기저기 쌓여 있었다.

나는 그 중에서 가장 큰 것을 골라 기세 좋게 파대기 시작했다. 그러나 불행히도 인왕은 보이지 않았다. 다음 나무를 골라 파보았으나 운이 나빴는지 제대로 파지지가 않았다. 세 번째 나무에도 인왕은 없었다. 나는 쌓여 있는 나무를 모두 파 보았으나, 어느 것에서도 인왕상을 발견할 수 없었다.

결국 메이지 시대의 나무에는 절대로 인왕이 묻혀 있지 않다는 것을 깨달았다. 운케이가 오늘날까지 살아 있는 이유도 대충 짐작이 갔다.

일곱 번째 밤

큰 배를 타고 있었다. 이 배는 매일 밤낮을 한 시도 멈추는 일 없이 검은 연기를 내뿜으며 굉장한 소리로 파도를 가르고 갔다. 그러나 어디로 가는지 알 수가 없다. 파도 밑에서 달궈진 쇳덩이처럼 새빨간 태양이 솟아 나왔다. 그것은 높은 돛대 바로 위까지 와서 한동안 걸려 있는가 싶더니 큰 배를 추월해 앞으로 가버렸다. 그리고 끝내는 불에 달궈진 쇳덩이가 물에 닿을 때처럼 '피식' 하는 소리를 내고는 다시 파도 밑으로 가라앉았다. 그럴 때마다 푸른 파도가 저 멀리에서 검붉은 빛으로 끓어올랐다. 배는 굉장한 소리를 내면서 계속해서 그 뒤를 쫓아갔다. 하지만 결코 따라잡지 못한다.

언젠가 나는 뱃사람을 붙들고 물어 보았다.

"이 배는 서쪽으로 가는 건가요?"

뱃사람은 의아한 얼굴로 한참 내 얼굴을 바라보더니 왜 그러느냐며 되물어 왔다.

"떨어지는 해를 쫓아가는 것 같아서요."

내 말에 뱃사람은 껄껄대며 크게 웃고는 저만큼 가버리고 말았다.

"서쪽으로 가는 해의 끝은 동쪽인가. 그것은 정말인가. 동쪽에서 나오는 해의 고향은 서쪽인가. 그것도 정말인가. 파도에 몸을 맡기고, 노를 베고 잠을 잔다. 흘러라, 흘러라."

누군가 박자를 맞추고 있다. 뱃머리로 가보니 선원들이 여럿 모여서 박자에 맞춰 손으로 굵은 닻줄을 끌어당기고 있었다. 나는 허전하고 외로워졌다. 언제 육지에 오르게 될지 알 수 없고 어디로 가는지도 알 수 없다. 확실한 것은 다만 검은 연기를 내뿜으며 파도를 가르고 간다는 사실 뿐이다.

파도는 망망대해였다. 끝없이 푸르러 보였고 때로는 보랏빛으로도 보였다. 움직이는 배 주변에서만 새하얀 포말이 계속해서 부서지고 있었다. 나는 고독했다. 이런 배를 타고 있으니 차라리 강물에 몸을 던져 죽어버릴까 생각했다.

승객은 많았다. 대부분 이국인들로 여러 가지 다양한 얼굴들이었다. 하늘이 흐려지며 배가 흔들리자 한 여인이 난간에 기대서서 울고 있었다. 눈물을 닦아내는 손수건이 하얗게 보였다. 하지만 몸에는 다섯 가지 빛깔의 기하학적 무늬의 옷을 입고 있다. 그 여인을 보니 슬프고 외로운 사람이 결코 나 하나만은 아니라는 생각이 들었다.

어느 날 밤, 갑판 위에 나가 혼자서 별을 바라보고 있을 때였다. 한 외국인이 다가왔다.

"천문학을 아십니까?"

나는 사는 것이 너무 시시해서 죽을 생각을 하던 참이었다. 천문학 따위는 알 필요도 없었고, 대꾸할 말도 없었기에 잠자코 있었다. 그러자 그 외국인은 황도 십이궁 중 하나인 북두칠성 이야기를 들려주었다. 별도 바다도 모두 신의 창조물이라는 설명을 했다. 그리고는 마지막 질문을 했다.

"당신은 신을 믿습니까?"

나는 이번에도 아무 대꾸도 못한 채 멍하니 하늘을 올려다보았다.

다시 연회장에 들어가니 아까 그 화려한 옷을 입은 젊은 여인이 벽 쪽을 보고 앉아 피아노를 치고 있었다. 그 옆에는 키가 큰 멋진 남자가 서서 노래를 부르고 있다. 그의 입이 매우 커 보였다. 하지만 두 사람은 주위의 일에는 전혀 개의치 않는 듯했다. 심지어 배를 타고 있다는 것마저 잊고 있는 것 같았다.

나는 점점 더 재미가 없어졌다. 나는 죽기로 결심했다. 어느 날 밤 주위에 사람이 없는 것을 확인하고 바다 속으로 뛰어들었다. 문제는 내 발이 갑판을 떠나 배와의 인연이 끊어진 순간에 일어났다. 갑자기 목숨이 아까워진 것이다. 하지만 이미 늦었

다. 나는 싫든 좋든
바다 속으로 들어
가야만 했다.

나는 허전하고 외로워졌다.

언제 육지에 오르게 될지 알 수 없고

어디로 가는지도 알 수 없다. 확실한 것은 다만 검은

연기를 내뿜으며 파도를 가르고 간다는 사실 뿐이다.

이런 배를 타고 있느니 차라리 강물에 몸을 던져

죽어버릴까 생각했다.

그나마 불행
중 다행이었을까, 대단히
높은 배였던지 몸이 배를 떠났는
데도 발은 금방 물에 닿지 않았다. 하지만 그것도 잠시 물에 빠
지는 것은 시간 문제였다. 발을 바짝 웅크려도 아무 소용이 없
었다. 물빛이 더욱 새까맣게 보였다.

그러는 동안에도 배는 여전히 검은 연기를 내뿜으며 앞으로
달렸다. 나는 그제야 비로소 어디로 가는 배인지는 몰라도 역시
그대로 타고 있어야 했다는 사실을 깨달았다. 하지만 그 깨달음
을 이용하지 못한 채 무한한 후회와 공포를 안고 검은 파도 쪽
으로 조용히 떨어졌다.

여덟번째 밤

이발소 문턱을 넘어서자, 하얀 가운을 입은 남자 서너 명이
모여 있다가 한꺼번에 '어서 오십시오' 하고 인사를 했다. 한가

운데에 서서 실내를 둘러보니 네모난 방에 창문이 두 군데 열려 있었고, 나머지 두 곳에는 거울이 걸려 있었다. 거울 수를 세어 보니 모두 여섯 개였다.

나는 그 중 한 거울 앞에 가서 앉았다. 엉덩이가 푹신한 게 느낌이 좋았다. 거울에 비친 내 얼굴이 멋지게 보였다. 얼굴 뒤로 창문이 보이고 칸막이로 가려진 계산대가 비스듬히 보였다. 칸막이 안에는 사람이 없었다.

창 밖 거리를 지나가는 사람의 얼굴이 보였다. 쇼타로가 여인과 함께 지나갔다. 쇼타로는 어느새 파나마모자를 사서 쓰고 있었다. 언제 여인을 사귀었는지 모르겠지만 두 사람 모두 흐뭇해하는 표정이었다. 여인의 얼굴을 좀 더 자세히 보려고 하는 사이에 두부 장수가 나팔을 불며 지나갔다. 항상 나팔을 불어서인지 두부 장수의 두 뺨은 벌에 쏘인 것처럼 발그스름하게 부어 있었다. 나는 그런 얼굴로 유유자적하게 지나가는 두부 장수가 거슬렸다. 이러다 자칫하면 쇼타로의 여인을 놓칠 텐데. 그리고 나의 걱정대로 그 사이 쇼타로와 여인의 모습이 사라졌다.

이번에는 기생이 나타났다. 화장기 하나 없는 얼굴이었다. 기생 스타일로 틀어 올린 머리가 느슨한 것이 왠지 단정치 못하다. 얼굴도 잠이 덜 깬 모습이었다. 얼굴빛 역시 가엾으리만큼 나빠 보였다. 그래도 누군가에게 절을 하면서 뭐라고 인사를 하는데 아무리 봐도 그 상대는 거울 속에 보이지 않았다.

그때 흰 가운을 입은 몸집이 큰 사내가 내 뒤로 와서는 가위와 빗을 든 채 내 머리를 내려다보았다. 나는 숱이 적은 내 머리카락을 잡아당기며 그에게 물었다.

"머리숱이 적은데 괜찮겠어?"

흰 가운의 사내는 아무 말 없이 손에 쥔 얇은 빗으로 내 머리를 가볍게 두드렸다.

"내 머리 말이야. 정말 괜찮겠어?"

나는 또 다시 물었다. 그래도 사내는 여전히 아무런 대꾸도 하지 않고 재깍재깍 가위질을 하기 시작했다. 나는 거울에 비치는 모습을 끝까지 지켜보려 눈을 크게 떴으나, 가위 소리가 날 때마다 검은 머리카락이 날아오는 바람에 무서워서 그 모습을 보지 못하고 그만 눈을 감았다. 그러자 흰 가운의 사내가 물었다.

"손님, 밖에 있는 금붕어 장수를 보셨나요?"

나는 보지 못했다고 대답을 했다. 흰 가운의 사내는 그 한 마디만 던지고는 다시 부지런히 가위질을 해댔다. 그때 갑자기 한 사내가 소리를 질렀다.

"위험해!"

나는 깜짝 놀라 눈을 떴다. 흰 가운의 소매 밑으로 자전거 바퀴가 보였다. 그리고 이어서 인력거의 손잡이가 보인다고 생각하는 순간, 흰 가운의 사내가 양손으로 내 머리를 잡고 옆으로

획 돌렸다. 자전거와 인력거는 내 시야에서 완전히 벗어났다. 다시 가위 소리가 들렸다.

흰 가운의 사내가 내 옆으로 돌아와서는 귀 언저리를 자르기 시작했다. 바로 그때 들려오는 소리.

"좁쌀떡 사세요, 좁쌀떡이요."

조그만 절굿공이를 절구통 속에 넣고 박자를 맞추며 떡을 치고 있었다. 좁쌀떡 집은 어렸을 때 본 것이 전부라 어떻게 생겼는지 궁금해졌다. 하지만 좁쌀떡 장수는 거울 속에 나타나지 않았다 그저 떡을 치는 소리만 들려왔다.

나는 눈을 가늘게 뜨고, 있는 힘을 다해 거울 구석을 들여다보았다. 그랬더니 언제부턴가 칸막이 안에 한 여인이 앉아 있는 것이 아닌가. 커다란 몸집에 피부가 까무잡잡하고 눈썹 숱이 많은 여인이다. 그녀는 뒤에서 묶은 머리를 좌우로 나누어 반달 모양으로 둥글려서는 은행잎처럼 틀어 올렸다.

검은 공단 깃을 단 옷차림으로 무릎을 세운 채 지폐를 세고 있었다. 지폐는 10엔짜리인 듯 보였다. 여인은 긴 속눈썹을 내리깔고 얇은 입술을 다문 채 열심히 지폐를 세고 있는데 그 손놀림이 매우 빨랐다. 그런데 지폐의 수는 세어도, 세어도 끝이 날 것 같지가 않았다. 무릎 위에 올려놓은 지폐는 백 장쯤 쌓아놓은 높이였는데, 그 백 장이 아무리 세어도 백 장 그대로였다.

나는 멍하니 그녀의 얼굴과 10엔짜리 지폐를 지켜보고 있었다. 순간 흰 가운의 사내가 귀에 대고 큰소리로 외쳤다.

"머리를 감아야 합니다."

마침 잘됐다 생각한 나는 의자에서 일어나자마자 계산대 쪽을 뒤돌아보았다. 그러나 계산대 앞에는 여인도 지폐도 아무것도 보이지 않았다.

이발비를 지불하고 밖으로 나와 보니 문 앞 왼쪽에 자그마한 나무통이 다섯 개쯤 놓여 있다. 그 속에는 빨간 금붕어와 반점이 있는 금붕어, 야윈 듯한 금붕어와 살찐 금붕어가 많이 들어 있었다. 그리고 그 뒤에 금붕어 장수가 앉아 있었다.

금붕어 장수는 자기 앞에 늘어놓은 금붕어들을 지켜보며 턱을 괴고 가만히 있었다. 소란스러운 길거리의 움직임에는 전혀 관심이 없어 보였다. 나는 한참을 서서 금붕어 장수를 바라보았다. 그러나 내가 바라보고 있는 사이에도 금붕어 장수는 조금도 움직이지 않았다.

아홉 번째 밤

세상이 술렁거리기 시작했다. 지금이라도 당장 전쟁이 일어날 것만 같았다. 안장도 얹지 않은 말이 불에서 뛰쳐나와 밤낮

없이 집 주변을 난폭하게 돌아다니면, 하급 무사들이 그 말을 밤낮 없이 소란스럽게 뒤쫓는 것 같은 다급한 분위기였다. 그러면서도 집안은 고요하기 그지없다.

집에는 젊은 어머니와 세 살 난 아기가 있다. 아버지는 어디론가 나갔는지 없다. 아버지가 나간 것은 달도 뜨지 않은 캄캄한 밤이었다. 마루 위에서 짚신을 신고 검은 두건을 두르고 부엌문을 통해 나갔다. 그때 어머니가 들고 있던 작은 등의 불빛이 캄캄한 어둠을 가늘고 길게 가르며 울타리 바로 앞에 서 있는 오래 된 노송나무를 비추었다. 아버지는 그 길로 돌아오지 않았다.

어머니는 매일 세 살짜리 아기에게 물었다.

"아버지는?"

아기는 아무 말도 하지 않았다. 어머니가 몇 번을 되풀이한 뒤에야 겨우 대답을 한다.

"저기."

가끔씩 어머니가 물었다,

"아버지는 언제 돌아오시지?"

"저기"

아기는 역시 이 한마디만 하며 환하게 웃었다. 그럴 때면 어머니도 아기를 따라서 함께 웃었다.

"곧 돌아오세요."

어머니는 아기에게 이 말을 반복해서 가르쳤다. 하지만 아이는 어머니의 말 중에 '곧'이라는 말만 외웠다. 아버지는 어디에 계시냐는 물음에 아기는 "곧"이라고 대답했다.

　밤이 되어 사방이 조용해지면 어머니는 허리띠를 고쳐 매고 상어 가죽 칼집의 단도를 허리띠 사이에 찔러 넣는다. 그리고 좁은 띠로 아이를 등에 업고 살며시 쪽문으로 나간다. 어머니는 언제나 짚신을 신고 있었다. 아기는 어머니가 신고 있는 짚신 소리를 들으며 어머니 등에서 스르르 잠이 든다.

　토담으로 이어진 집들을 따라 서쪽으로 내려가서 길게 뻗은 완만한 비탈길을 따라가면 큰 은행나무가 있다. 그 은행나무에서 오른쪽으로 돌아서 한 구역쯤 들어가는 곳에 돌로 세운 기둥문이 있다. 한쪽은 논이고 한쪽은 얼룩 조릿대가 자라고 있다. 이 길을 문까지 와서 빠져 나오면 어두운 삼나무 숲이 나타난다. 거기서부터 수십 미터쯤 되는 포석 길을 지나서 막다른 길에 이르게 되면 오래된 신전의 계단 밑에 다다르게 된다.

　희끄무레하게 빛바랜 불전 위에는 커다란 요령妖靈(법요를 행할 때 흔드는 기구)의 끈이 드리워져 있는데 낮에 보면 그 요령 곁에 하치만 신사의 현판이 걸려 있다. 그 외에도 여러 가지 현판이 있다. 대개는 가족들이 활로 쏘아 빼낸 표적을 자신들의 이름과 함께 넣은 액자가 많았다. 간혹 칼을 넣은 것도 있었다.

　돌문에 들어서면 언제나 삼나무 가지에서 부엉이가 울고 있다. 그리고 낡은 짚신 소리가 짝짝 들려왔다. 그 소리가 신전 앞에서 멈출 즈음 어머니는 먼저 요령을 흔들고 쭈그리고 앉아서 두 손으로 손바닥을 마주쳤다. 이때에는 부엉이의 울음소리가 갑자기 그칠 때도 있다.

어머니는 온 마음을 다해 남편이 무사하기를 기원했다. 무사인 남편을 위해 화살의 신인 하치만에게 간절히 기원하면 언젠가는 들어줄 것이라고 한결같이 믿고 있었다.

아기는 곧잘 요령 소리에 잠이 깨어 캄캄한 사방을 둘러보며 느닷없이 울음을 터뜨리곤 했다. 그럴 때마다 어머니는 입으로 계속해서 뭔가를 기원하면서 등을 흔들어 아기를 달랬다. 그러면 아기는 용케 울음을 그치는 날도 있지만, 때로는 더욱 심하게 울어대기도 했다. 그래도 어머니는 자신의 기원이 끝나기 전에는 절대로 자리에서 움직이지 않았다.

남편이 무사하기를 기원하고 나면, 어머니는 띠를 풀고 등에 업었던 아기를 앞으로 돌려 양손으로 안고 신전으로 올라간다.

"착한 아기이니까 잠깐만 얌전하게 기다려."

어머니는 자신의 **뺨**을 아기의 **뺨**에 비빈 다음 업고 있던 띠를 길게 늘어뜨려 아기의 허리에 묶고 그 한끝을 신전의 난간에 잡아맸다. 그 후 계단을 내려와서 포석 길을 왔다 갔다 하며 백 번을 밟는다.

신전에 묶여 있는 아기는 캄캄한 어둠 속에서 넓은 마루 위를 띠의 길이만큼 뒤뚱뒤뚱 돌아다녔다. 그런 날은 어머니에게 매우 수월한 날이다. 그렇지만 아기가 보채며 울기라도 하면 어머니는 조바심이 나서 어찌할 바를 몰라 안절부절못한다. 백 번이나 밟아야 하는 발길이 매우 빨라질 수밖에 없다. 숨이 턱 끝까지 차오른다. 정 심할 때는 도중에 신전으로 올라가서 아기를 가까스로 달래놓고 또 다시 처음부터 백 번을 밟는 일도 있었다.

　이렇게 헤아릴 수 없이 많은 밤을 애태우며 어머니가 밤잠도 자지 않고 걱정하는 아버지는 이미 오래 전에 낭인에게 살해되었다. 이런 슬픈 얘기를 꿈속에서 어머니로부터 들었다.

열 번째 밤

　쇼타로가 여인에게 납치된 지 7일째 되던 날 밤, 겐 군이 헐레벌떡 달려왔다. 그는 쇼타로가 불쑥 돌아와서는 고열을 내면서 자리에 누웠다고 전했다.

　쇼타로는 동네에서 가장 잘생긴 남자로 매우 착하고 정직한 젊은이다. 그런데 그에게는 한 가지 별난 취미가 있다. 저녁때만 되면 파나마모자를 쓰고 과일 가게 앞 의자에 앉아서 길거리를 오가는 여인들의 얼굴을 뚫어지게 바라보는 것이었다. 그는 쉴 새 없이 오가는 여인들의 모습에 감탄하며 시선을 고정시키고 있다. 그 이외에는 이렇다 할 특색은 없다.

여인들의 왕래가 뜸할 때면 대신 길거리 과일들을 바라본다. 과일에는 여러 종류의 과일이 있다. 복숭아, 사과, 비파, 바나나 등이 예쁘게 담긴 바구니는 선물용으로 즉시 가져갈 수 있도록 두 줄로 가지런히 놓여 있었다. 쇼타로는 그 바구니를 보면서 자신이 장사를 하게 된다면 꼭 과일 가게를 하리라 마음먹었다. 하지만 그는 언제나 파나마모자를 쓰고 빈둥빈둥 놀기만 했다.

빛깔이 좋네, 나쁘네 하며 여름 과일에 대해 품평을 늘어놓으면서도 쇼타로는 절대로 돈을 내고 과일을 사먹은 적이 없다. 물론 그냥 먹지도 않는다. 그저 과일의 빛깔들만 칭찬할 뿐이다.

어느 날 해질 무렵 한 여인이 불쑥 가게 앞에 나타났다. 생활에 여유가 있는지 차림새가 매우 번듯해 보였다. 쇼타로는 그 옷의 색깔이 마음에 꼭 들었다. 게다가 여인의 빼어난 미모 역시 쇼타로의 마음을 빼앗아 버렸다.

쇼타로는 소중한 파나마모자를 벗고 정중하게 인사를 했다. 여인이 바구니에 담긴 과일 중 가장 큰 것을 가리키며 그것을 달라고 하자, 쇼타로는 잽싸게 바구니를 집어 건네주었다. 쇼타로에게서 과일 바구니를 건네받은 여인은 너무 무겁다고 했다. 하는 일 없이 빈둥대며 가진 건 시간밖에 없던 쇼타로는 사교성도 좋아서 처음 보는 사람과도 쉽게 사귀었다.

"그럼 제가 가시는 곳까지 들어다 드릴게요."

그는 마음에 드는 여인을 위해 기꺼이 과일을 들고 함께 길을 나섰다. 그리고는 돌아오지 않았다.

친척들과 친구들이 앞 다투어 쇼타로의 태평스러운 성격상 이건 예삿일이 아니라고 호들갑을 떨다가 7일째 되는 날 늦은 밤, 그는 홀연히 돌아왔다. 여럿이 달려들어 어디에 갔었느냐고 다그치듯 묻자 쇼타로는 전차를 타고 산에 갔었노라고 대답했다.

어쨌든 꽤 긴 전차임에 틀림없었다. 쇼타로의 말에 따르면 전차에서 내리니 곧장 넓은 초원이 나왔다는 것이다. 그 초원은 매우 넓어서 어디를 둘러보아도 온통 푸른 풀만 무성했다. 여인과 함께 초원을 걸어가니 갑자기 절벽 끝이 나왔다. 그때 여인은 쇼타로를 향해 여기서 뛰어내려 보라며 소리를 질렀다. 아래를 내려다보니 바닥이 보이지 않을 정도로 깊은 끝없는 절벽이었다.

쇼타로는 파나마모자를 벗고 몇 번이나 거듭해서 사양을 했다. 그러자 여인은 뛰어내릴 수가 없다면 돼지가 와서 핥아도 괜찮겠냐고 물었다. 쇼타로는 세상에서 돼지와 천둥소리를 가장 싫어했다. 하지만 그렇다고 목숨과 바꿀 수는 없었기에 뛰어내리는 것을 일단 미루고 상황을 살폈다.

그때 돼지 한 마리가 꿀꿀거리며 달려왔다. 쇼타로는 어쩔 수 없이 가지고 있던 가느다란 나무 지팡이로 돼지의 콧잔등을 때렸다. 돼지는 꿱 소리를 내며 벌렁 나자빠지면서 절벽 밑으로 떨어졌다. 쇼타로가 겨우 한숨을 돌리고 있는 사이, 또 다시 돼지 한 마리가 큰 코를 들이대며 다가왔다. 쇼타로는 하는 수 없이 지팡이를 한 번 더 들어올렸다. 돼지는 다시 꿱 소리를 질러대며 역시 절벽 밑으로 굴러 떨어졌다.

돼지가 또 한 마리 나타났다. 쇼타로가 건너편을 보니, 저 아득한 푸른 초원 끝에서 몇 만 마리인지 헤아릴 수조차 없을 정도로 많은 돼지들이 일직선으로 무리를 지어 절벽 위에 서 있는 자신을 향해 꿀꿀거리며 달려오고 있었다.

쇼타로는 정말 무서웠다. 그렇지만 대처할 수 있는 방법은 돼지를 때리는 것뿐이었다. 쇼타로는 가까이 오는 돼지의 콧잔등을 하나하나 지팡이로 내리쳤다. 그런데 참 이상하게도 지팡이가 코에 닿기만 하면 돼지가 벌렁 자빠지면서 절벽 밑으로 떨어지는 것이었다. 끝도 보이지 않는 절벽으로 돼지들이 거꾸로 뒤집힌 채 줄지어 한없이 떨어졌다. 쇼타로는 자신이 그처럼 많은 돼지를 계곡으로 떨어뜨렸다는 생각에 두려움에 떨었다. 하지만 돼지는 계속해서 몰려왔다. 마치 검은 구름 떼가 밀려오듯 무서운 기세로 푸른 초원을 짓밟으며 꿀꿀거리는 돼지들이 끝없이 몰려 왔다.

쇼타로는 엿새 밤 동안 죽을힘을 다해 돼지 콧잔등을 때려눕혔다. 그러다 결국 기운이 빠져 축 늘어진 사이 돼지에게 급습을 당하고 말았다. 그리고 절벽 위에 쓰러졌다.

겐 군은 쇼타로에 대한 얘기를 여기까지 전하면서 역시 여자를 너무 밝히면 좋지 않다고 말했다. 나도 물론 공감을 했다. 겐 군은 쇼타로의 파나마모자를 갖고 싶다고 했다.

'쇼타로는 결국 살아날 수 없을 거야. 결국 파나마모자는 겐 군의 것이 되겠군.'

시간

작 · 가 · 소 · 개

요코미츠 리이치는 무명 시절이 거의 없이 화려하게 등단해 작품 활동을 했다.

일본 고대 역사를 소재로 한 단편 〈태양〉을 발표하며 문단에 화려하게 등장했고,
이후 〈파리〉 등의 작품으로 기쿠치 간에게 인정을 받았다. 그리고 1924년에는
가와바타 야스나리 등과 〈문예시대〉를 창간하는 등 신감각파의 주요 작가로
대두되면서 문학사에 굵직한 획을 긋기도 했다.

항상 실험적인 정신으로 다양한 주제와 내용의 작품을 탄력적이면서도 화려한
문체로 써 내려간 그는 '소설의 신'이란 지칭까지 얻었다.

그의 주요 작품으로는 〈기계〉, 〈파리〉, 〈문장〉, 〈가족회의〉 등이 있다.

마침내 맘껏 놀란 기온형제 뛰어오를 날들 품었다. 조그마한 집들이 나타나기를 바라면서 볕이 잘 드는 쪽을 골라 걸었다. 저마다 낮은 곳을 쌓인 눈은 녹아 눈에 들어왔다. 언뜻 공사장 같이 보이기도 했다. 리오는 공터 안을 들여다보았다. 공터 한쪽
남편 ○○라는 곳에서 소식을 보냈고 뭐 어�새 가을이 지나고 거울을 보내게 됐다.
리오는 몸이 안좋은 듯 때마다 공허감을 느꼈다. 잠에서 깰 때마다 우울한 것은 물론이고, 힘이 하나도 없어지는 것이 이젠 아예 일상처럼
외증 우울한들 ○○○들을 노래를 하약에서 ○○보게 뿐이었다. 세상에서 혼자만 아직도
음없고 있고 혼자 사라지는 것 같았다.
리오는 그 사내가 감싸는 손끝에서 시름을 거두며 그가 왠지 착한 사람일 것 같다는 생각을 했다. 잠시 후 리오는 사내 곁으로 다가갔다.
리오는 이불처럼 말해진 것을 기다리는 것은 쉬운 일이 아니었다. 무더운 거절에는 더위에 지쳐서 힘들었고, 거울엔 매서운 추위와 함
기약도 없는 사람을 하염없이 기다려야 한다는 사실에 또 쓸쓸해진다. 참는 것에도 함께가 있는 법, 리오도 더 이상 버티기 힘들 정도로
님편의 흐름을 티만 분석 있었고, 차오르는 단 한번도 행복을 느껴본 적이 없다.
다. 그럼에도 ○○도 ○에게 어느 누구와도 전쟁에 관한 얘기는 하지 않게 되었다.
"남편은 아직 시베리아에서 돌아오지 못하고 있어요."
였다. 남편에 댄한 ○○기가 ○○고 말하면 사람들은 리오를 불쌍히 여겨주지 않았다.
시베리아란 땅에 어떤 ○○○○ 얼지 못한다. 그만큼 그녀에게는 시베리아는 ○○도 많이 넓은 사막 같은 곳으로만 상상되었다.
"나도 ○○에 와야요." 고백했어요, 흑룡강 근처 '무르치'라는 데서 2년 간 벌채 작업이 죽도록 하다가 돌아왔는데…… 운명이란 게 우습게도
사내는 ○○에 안착했으며 시베리아에서 ○○○○ 담 많○근데 ○○해도 돌아왔으니가 있다. 그리고 창 아래로 매달린 침판 밑에는 구멍이 송송 뚫린
"아이는 사이예요?"
사내는 ○○없는 ○○○○려는 듯이 말했다.
"○요? 다른은 차도 ○○에, 이 차도 다른 차와는 맛이 틀러요. 원가는 60 0g에 8백 엔 정도에요. 다른 손님들도 맛있다고들 하시더라구
리오는 두 손으로 찻잔을 ○○○○
"지은 어디요?"
"아니에요 아직도 됐요, 도시 맡은 제가 드릴 게요."
"음○는 농차를 ○○○없는 ○○위에 올려앉았.
"여러분 ○안 퇴직에 장사를 ○에 대는 ○○이에요○○. 거 참, 그럼 언제든 이 근처에 오면서 들러요."

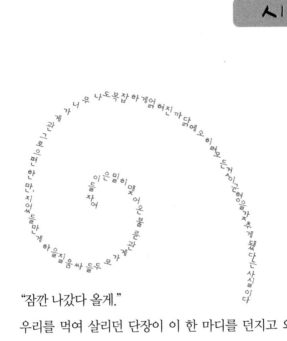

너무나도 복잡하게 얽혀진 까닭에 오히려 모든 것이 균형을 갖추게 됐다는 사실이다

"잠깐 나갔다 올게."

우리를 먹여 살리던 단장이 이 한 마디를 던지고 외출한 지 벌써 일주일. 단장은 나타날 생각을 하지 않는다. 혹시나 하는 마음에 단원 가운데 한 명인 다카기가 단장의 짐 가방을 열어 보았다. 가방 안은 이미 텅 비어 있었다.

단장이 우리를 버리고 혼자 줄행랑을 쳤다!

모두들 난리가 났다. 이제 그동안 밀린 숙박료는 어떻게 치러야 한단 말인가. 걱정은 되는데 딱히 뾰족한 수가 나오지 않는다. 결국 내가 대표로 여관 주인을 만나 사정 얘기를 하기로 했다.

"죄송합니다. 지금 우리 단원들이 자기 고향에 돈을 부쳐달라는 전보들을 쳤으니 곧 소식이 있을 겁니다. 돈이 도착하는 대로 밀린 여관비를 한꺼번에 계산할게요. 정말 죄송하지만 며칠만 더 기다려 주세요."

그러자 우리의 사정이 딱했는지 주인도 쾌히 승낙을 해주었다. 아닌 게 아니라 우리는 각자 고향으로 돈을 보내달라는 전보를 치긴 쳤다. 하지만 그 전보를 받고 돈을 보내준 집은 그리 많지 않았다. 게다가 그나마 돈을 받은 단원들은 자기들이 좋아하는 여자 단원만 몰래 쏙 빼내 둘이서 도망을 가버렸다. 그러다 보니 도망도 못가고 남은 단원이 남자가 여덟 명, 여자가 네명이었다.

모든 여자 단원들이 자신을 좋아한다고 착각하며 늘 잘난 척하는 180센티미터의 장신 다가키. 노름을 세끼 밥보다도 좋아하며 오로지 주사위 종지 속에 들어있는 주사위를 투시할 방법만을 연구하는 키노시. 술을 마시면 항상 미닫이문 종이를 핥아대는 사사. 여자 소지품 수집이 취미인 변태 하치기. 팔씨름과 발씨름 재주가 능한 마츠기. 만날 물건을 질질 흘리고 다니는 구리기. 소문난 구두쇠로 한 번 주머니에 들어간 물건은 절대 돌려주지 않는 야시마 그리고 나. 이렇게 남자 여덟 명과 나미코, 시나코, 기쿠에, 유키코 여자 네 명으로 모두 열두 명이 남았다.

우리 열두 명은 애초부터 돈이 올 것이라고 기대도 하지 않았다. 사실 돈을 부쳐줄 만한 데가 있지도 않아서 처음부터 전보도 치지 않았다.

이런저런 상의를 마친 후 우연히 나미코 옆을 지나칠 때였다. 그녀가 이불 속에서 손을 뻗어 나의 한쪽 발을 붙잡았다. "모두들 도망치기로 한 거지요? 나만 두고 가지 말아요. 제발 나도 함께 데려가 줘요."

며칠이 또 지났다. 이제 남은 열두 명 가운데 어느 누구도 돈이 나올 데가 없다는 것을 여관에서 눈치를 챘는지 우리의 일거수일투족을 감시하기 시작했다. 그리고 감시의 시작과 동시에 우리에게 제공되던 식사까지 끊겼다.

제대로 된 식사를 하지 못하면서 단원들의 얼굴빛은 점점 사색이 되어 갔다. 굶주린 배를 물로 채우기에는 한계가 있는 법, 모두들 기운도 없어지고 의욕까지 잃어갔다. 이러다가는 모두 굶어 죽을 판이었다.

이대로 죽을 수 없다는 생각에 우리는 머리를 맞대고 살길을 찾았다. 그리고 오랜 상의 끝에 나온 결론은 도망치는 게 상책이라는 것이었다. 열두 명이 한꺼번에 도망을 친다면 한두 명이 잡으러 온들 겁날 것이 뭐가 있으랴. 하지만 그렇게 떼 지어 도망치다가 운 나쁘게 한 명이라도 잡히는 날에는 그들에게 무슨 짓을 당하게 될지도 모르니 모두들 하나로 똘똘 뭉쳐서 같이 행동하기로 굳게 다짐을 했다.

도망치기로 결정은 했지만 그렇다고 무턱대고 한꺼번에 우르
르 도망쳤다가는 잡히기 십상이다. 게다가 여관측에서 힘 꽤나
쓰는 시골 장정 몇 명을 임시로 고용해서 우리를 감시하고 있는
터라 섣불리 행동했다가는 죽도 밥도 안 된다. 그래서 우린 유
일하게 여관에서 신경 쓰지 않는 목욕탕 가는 날을 이용하기로
했다. 그리고 경계가 제일 느슨한 비 오는 밤을 택했다. 섣불리
편안한 길을 골라잡아 도망치려 하다가는 붙잡히기 딱 좋으니
험난한 곳을 끼고 있는 바다 같은 길을 택해서 도망치는 게 좋
겠다는 쪽으로 의견을 모으고 모두들 비 오는 밤을 기다리기로
했다.

우리가 한 방에 모여 도망칠 것을 상의하고 있는 사이 바로
옆방에는 무대에 올라 연기를 하다 뇌막염으로 쓰러진 후 지금
껏 일어나지 못하고 있는 나미코가 혼자 누워 있었다. 이런 나
미코를 어떻게 하면 좋겠느냐는 말이 나오자 누구 하나 섣불리
얘기를 꺼내지 못했다. 하지만 굳이 말을 하지 않더라도 그냥
내버려두고 도망치는 수밖에 없지 않느냐고들 생각하는 것 같
았다.

나 역시 나머지 열한 명을 위해 나미코는 남겨 두고 갈 수밖
에 없다고 생각했다. 이런저런 상의를 마친 후 우연히 나미코
옆을 지나칠 때였다. 그녀가 이불 속에서 손을 뻗어 나의 한쪽

발을 붙잡았다.

"모두들 도망치기로 한 거지요? 나만 두고 가지 말아요. 제발 나도 함께 데려가 줘요."

나미코는 나를 붙잡고 울며불며 사정을 했다.

"내가 단원들과 한 번 더 상의해 볼게. 일단 발은 놓아줘. 그래야 가서 얘기를 하지."

나는 겨우 달래서 그녀로부터 벗어날 수 있었다. 나는 바로 다른 단원들에게 상의할 일이 있으니 모여 달라는 말을 전했다. 단원들은 내가 무슨 말을 하려는지 짐작한다는 듯 쓸데없는 짓 하지 말라는 눈짓을 나에게 보내왔다.

나는 그녀가 너무 딱하다는 생각이 들었다. 그래서 모두에게 그녀를 데려가자고 설득했다.

"그래도 그동안 한솥밥을 먹어온 처지인데 어떻게 나미코만 빼놓고 도망갈 수 있겠어? 그건 차마 못할 짓인 거 같아. 같이 데리고 가자."

"나도 전에 나미코에게서 버선 한 켤레를 받은 적이 있어요. 나미코는 너무 착한 아이에요. 그런 애를 혼자 두고 갈 수는 없어요."

그러자 시나코도 소맷부리를 받은 적이 있고, 기쿠에도 빗을 받은 적이 있다는 등 여자들은 너도나도 자기가 신세진 이야기를 하며 무슨 일이 있어도 나미코를 꼭 데려가야 한다고 우겼다. 나는 남자들을 돌아보며 생각을 물었다. 모두들 아무 대답이 없었지만 간혹 내 소매를 넌지시 끌며 데려가선 안 된다는 신호를 보내왔다. 나는 빨리 결론을 내려야 되겠다는 생각에 모두에게 이렇게 말했다.

"몸이 불편한 나미코를 데려가는 게 쉬운 일은 아니지만, 그렇다고 혼자 남겨두고 갈 수는 없잖아? 힘들어도 어쩔 수 없이 그녀를 데려갈 수밖에……."

내 말에 단원들은 어쩔 수 없는 일이라며 고개들을 끄덕이는 것으로 그녀를 데리고 함께 도망가기에 찬성의 뜻을 보였다. 도망치기로 결정은 했지만 들키지 않고 안전하게 도망치기 위해서는 신경 쓸 일이 많다.

우선은 바다를 끼고 낭떠러지로 되어 있는 산마루를 4킬로미터 정도는 걸어가야 된다. 건강한 사람도 가기 힘든 길을 몸도 제대로 가누지 못하는 병자를 업고 가야 한다. 게다가 비오는 날 깜깜한 밤에. 어디 그뿐이랴. 여관 종업원들의 눈을 속이고 목욕탕에 가는 것처럼 허리에 수건을 차고 한 명씩 빠져나갔다가 약속한 장소에 모두 모여야만 한다. 그러려면 이만저만 힘든 일이 아니다.

나는 먼저 나미코에게 어느 정도 걸을 수 있는지 보여 달라고 했다. 그녀는 있는 힘을 다해 자리에서 일어났다. 하지만 몇 발짝 내딛고는 눈앞이 아찔하여 더는 못 걷겠다며 그 자리에 풀썩 주저앉아버렸다. 나는 나미코를 두고 우리만 도망간다는 것이 나미코에게 못할 짓을 하는 것만 같아 모두에게 나미코도 데려가자고 설득을 했었다. 하지만 나미코의 몸이 이 정도로 심각하다면 얘기가 달라진다.

차라리 그녀를 여기에 내버려 두는 게 본인을 위해서도, 또 모두를 위해서도 최선의 선택이라는 생각이 들었다. 나는 조심스럽게 나미코에게 얘기를 꺼냈다.

"설마 여관 주인이 아무리 나쁜 놈이라도 혼자 남은 병자를 죽이기야 하겠어? 내가 곧 돈을 마련하여 부쳐줄 테니 그때까지만 잘 참고 지내면 어떨까?"

"싫어요! 나만 여기 남겨둘 거면 차라리 날 죽이고 가요."

그녀의 이런 반응이 무리는 아니었다. 나 역시 먼저 나서서 그녀를 함께 데리고 가자고 주장했으면서 이제 와서 다시 그녀를 내버려 두고 가자는 말을 할 수는 없는 일이었다. 결국 나미코의 문제는 그냥 덮어둔 채 비 오는 날의 저녁을 기다렸다.

언제 내릴지 모르는 비를 쫄쫄 굶은 채 기다릴 수는 없었다. 우리는 목욕탕에 갈 때 옷가지를 들고 나갔다가 전당포에 맡기고 그 돈으로 빵 같은 것을 사와서 나눠 먹기도 하고, 때로는 아예 옷가지 하나를 팔아서 목욕탕에 갈 돈을 마련하기도 했다. 하지만 계속 그런 식으로 하다가는 나중에 우리가 타야 할 기차 삯까지 모두 탕진할 수도 있는 일이다. 그런 불상사를 막기 위

이들이 이렇게 된 이유에는
여자 한 명이 전부터 두 명 내지는 세 명의
남자들과 헤어지고 싶어도 헤어질 수 없는 관계를
맺고 있어서 어쩔 수 없이 남아있게 된 것도 있
었다. 그 문제로 언젠가는 한바탕 소동이 벌어질
것은 불을 보듯 뻔한 일이었다.

해 우리는 이제 담배 한 대도 피울 수가 없었다. 빵도 하루에 한 번 먹는 둥 마는 둥 하고, 주린 배는 물로 채우며 하루 종일 빈둥거리며 누워 있어야 했다.

그러던 어느 날이었다. 아침부터 가을비가 부슬부슬 내리는가 싶더니 저녁때가 되면서부터는 심한 비바람으로 바뀌었다. 단원들은 오늘밤이야말로 도망치기에 알맞은 날이라 생각을 하고 아침부터 준비를 하며 밤이 되길 기다렸다.

나는 모두들 무사히 역에 도착한다 하더라도 그 후 누가 누구랑 짝을 지어 어떻게 도망칠지 무척 궁금했다. 지금 남은 여자 4명과 남자 8명이 꼭 돈이 없어서 그렇게 됐다고는 말할 수 없다. 이들이 이렇게 된 이유에는 여자 한 명이 전부터 두 명 내지는 세 명의 남자들과 헤어지고 싶어도 헤어질 수 없는 관계를 맺고 있어서 어쩔 수 없이 남아있게 된 것도 있었다. 그 문제로 언젠가는 한바탕 소동이 벌어질 것은 불을 보듯 뻔한 일이었다.

그러나 밤이 깊어지면서 도망가야 될 시간이 임박했는데도 소동이 일어날 것 같은 낌새가 전혀 보이지 않았다. 그저 한 명, 두 명 수건을 들고 밖으로 나갈 뿐이다.

'뭐야? 나도 모르는 사이에 벌써 다들 짝지어서 도망가기로

결정된 건가?'

이렇게 생각하며 나 역시 도망칠 준비를 시작했다. 도망칠 준비라고 해봤자 갈아입을 옷 한두 벌을 보자기에 싸서 미리 담 밖에 대기하고 있는 단원에게 던지면 되는 것이다. 하지만 때가 때인 만큼 제일 늦게까지 여관에 남아 있는 것은 위험하다. 혹시라도 누군가 나서서 "저 친구는 나미코 같은 병자도 데리고 가자 우긴 녀석이니 저들 둘만 내버려두고 우리끼리 도망치는 게 어때?"라고 선동하게 되면 큰일이 아닐 수 없다. 만약에 그런 일이 생기면 모두들 두 손 들고 환영할 사람들이기에 나는 다카기를 맨 나중에 나오게 한 후 수건을 허리에 찼다. 그리고 나미코를 등에 업고서 여관을 빠져나온 후, 모두 모이기로 약속한 대나무 숲을 향해 빗속을 걸어갔다.

대나무 숲에는 그새 대부분의 단원들이 모여 있었다. 그들은 세 개 밖에 없는 종이우산 속에 몇 명씩 머리만 들이댄 채 웅크리고 서서 다른 단원들이 도착하기를 기다리고 있었다. 나머지 단원들까지 무사히 도착하자 키노시다가 모두의 짐을 거둬 전당포로 달려갔다. 당장 필요한 돈이 하나도 없어서 돈을 마련하기 위해서다.

그러나 그렇게 전당포로 달려간 키노시다가 한참이 지나도 돌아오지 않았다.

'키노시다 녀석. 전당포에서 받은 돈을 가지고 혼자 내뺐구

나.'

　다들 입 밖으로 내지는 않았지만 그렇게 생각하며 서로 난감한 표정으로 바라보고 있을 때 키노시다가 10엔을 쥐고 돌아왔다. 살았다는 생각도 잠시, 주린 배를 채워야 기운을 내서 도망을 갈 수 있으니 식사를 하자는 얘기가 나왔다. 그리고 이왕이면 오랜만에 메밀국수를 먹으러 가자는 쪽으로 의견이 모아졌다.

　그러나 그것도 쉬운 일은 아니다. 많은 사람들이 한꺼번에 몰려다니면 들키기 십상이었기 때문이다. 한 명씩 떨어져서 가는 게 어떠냐는 다츠기의 의견에 돈을 각자 나눠 가지기로 했다. 그런데 문제는 10엔짜리 종이 지폐 한 장 밖에 없다는 것이다. 잔돈으로 바꾸자는 얘기가 나왔지만 잔돈으로 바꾸려면 누군가가 종이 지폐를 들고 시내까지 다녀와야 한다. 하지만 그 돈을 들고 나간 사람이 누구이든 간에 다시는 돌아오지 않을 것을 믿어 의심치 않기에 어느 누구도 시킬 수가 없었다.

　이래서야 그런 종이 지폐 같은 것은 있어도 그림의 떡이란 생각에 모두들 맥이 빠졌다. 여관에서 벌써 눈치를 채고 사람들을 사서 우릴 쫓게 하고 있는지도 모를 일이다. 보다 못한 단원들이 투덜대기 시작했다.

　"언제까지 이렇게 꾸물대고만 있을 거야!"

　"여관 깡패들이 아니라 호랑이가 쫓아온대도 난 이제 배가 고파서 한 발짝도 못 가."

그럼 빵이라도 사오는 게 어떻겠냐는 의견이 나오자 모두 이구동성으로 찬성했다. 그러나 정작 누굴 시키느냐는 말이 나왔을 때는 역시 누가 좋겠다고 선뜻 얘기하는 단원이 없었다. 그나마 내가 병자를 업고 있으니 도망칠 수도 숨지도 못할 거라는 생각에 나에게 돈을 갖고 있으라고들 얘기했다. 하지만 내 생각은 그들과 달랐다. 나는 그런 중요한 돈을 맡고 있게 되면 모두 내가 그 돈을 어떻게 할까 싶어 나를 주시하게 될 것은 불을 보듯 뻔한 일이었으므로, 나는 그런 감시를 받게 되는 것이 싫었다.

나는 차라리 병자인 나미코에게 돈을 주어 그녀가 돈을 맡게 하는 것이 나을 거란 생각이 들었다. 그러면 단원들은 돈을 위해서라도 그녀를 안전하게 돌봐 줄 것이리라. 나는 모두가 보는 앞에서 그녀의 품에 10엔짜리 지폐를 밀어 넣었다.

아니나 다를까, 지금까지 악성 열병환자처럼 모두에게 기피당해 온 병자가 순식간에 무슨 귀중한 금고라도 된 듯 보살핌을 받기 시작했다. 단원들은 병자를 중심으로 하는 일종의 법칙을 만들었다. 그 법칙이란 이런 것이다. 남자들이 번갈아 가며 나미코를 업고 가고 그 뒤에서 다른 단원들이 하나, 둘, 셋…… 하고 백까지 세고 나면 다른 남자 단원이 교대하여 나미코를 업고 걸어가는 것. 수를 세는 것은 여자들이 차례로 하기로 했다. 이렇게 법칙이 정해지자 단원들은 마음 편히 대나무 숲을 걷기 시작했다.

우산이라곤 달랑 세 개밖에 없는데다 거센 바람과 함께 비가 앞쪽에서 세차게 몰아치는 바람에 열두 명의 단원들은 한 줄로 줄을 지어 걸어야 했다. 나미코를 한가운데 두고 여자들이 앞에, 남자들이 뒤에 서서 따라갔다.

그렇게 한참을 걷던 중 단원 하나가 메밀국수 먹는 걸 잊어버리고 왔다며 못내 아쉬워했다. 그러자 여기저기서 기다렸다는 듯이 '맞다, 메밀국수, 메밀국수 어떻게 된 거야' 하며 메밀국수 타령을 하느라 그 자리에 멈춰 섰다. 그러나 메밀국수보다도 여기서 만일 여관측이 사람을 사서 보낸 장정들에게 잡히는 날이면 또 다시 물만 마시며 지내게 될 것은 불을 보듯 뻔한 일, 어떻게든 오늘밤 안으로 산마루를 넘어야 한다.

"내일은 또 무슨 좋은 수가 생길지 누가 알아. 이왕 가던 길 빨리 가자."

우린 다시 어둠 속을 걷기 시작했다. 걸음을 재촉하면서도 혹시나 여관에서 보낸 사람들이 바싹 쫓아온 건 아닐까 지레 겁을 먹고 가끔씩 뒤를 돌아다보곤 했다.

"혹시 여관에서 우리가 도망친 것을 알아차리고 추격대를 보냈다 해도, 이 험한 길이 아니라 다른 편한 길로 찾아 나섰을 거야."

구리기는 다른 단원들을 안심시키려는 듯이 말을 했다. 그의 말에 그럴 것이라며 안심들은 했지만, 지금 걷고 있는 이 길은 어느 누구도 가본 적이 없는 길이라 그 앞에 무엇이 우릴 기다리고 있을지 모두들 막막하고 불안했다.

우린 필사적으로 걸었다. 불안한 마음을 좀처럼 떨쳐버릴 수가 없어서인지 다들 말이 없었다. 유일하게 키노시다만이 여유 있는 태도를 보이며 우리를 이런 고통 속에 빠뜨린 단장 놈을 만나면 가만두지 않겠다고 이를 악물었다. 그 말에 단장에 대해 한동안 잊고 있던 울분이 갑자기 폭발하였는지 너도나도 한마디씩 거들었다.

"흥! 그딴 놈 걸리기만 해봐. 바닷속에 던져 넣어 줄 테다!"

"바닷속 정도로는 안 되지. 난 녀석의 머리통을 돌로 쪼개버릴 거야."

심지어 불에 달군 부젓가락으로 놈의 목을 찔러 죽여 버리겠다고 말하는 단원도 있었다. 그때였다. 나미코가 갑자기 소리 내어 울기 시작했다. 그러자 나미코를 업고 가던 하치기가 그 자리에 우뚝 섰다.

"빨리 가지 않고 뭐 하는 거야!"

뒤에서 누군가 소리를 쳤다. 그 소리에 나미코는 하치기의 등에서 더 크게 울어댔다.

"날 여기 버리고 모두 그냥 가요."

처음에는 그녀가 왜 그런 말을 하는지 영문을 몰랐다. 하지만 자세히 보니 그녀의 지병인 내장에서 피가 나오는 증세가 나타나고 있었다. 모두들 빗속에서 한숨만 쉴 뿐 어찌할 바를 몰랐다. 나미코가 앓고 있는 병은 여자들이 흔히 앓는 병이기에 나는 여자 단원들을 돌아보며 말했다.

"나미코의 병은 여자들에게 맡기는 게 좋을 것 같군."

내 말이 떨어지기가 무섭게 여자들은 당장 마른 삼베나 무명천이 필요하다고 했다. 나는 할 수 없이 속내의를 벗어주었다. 우리는 다시 걸었다. 나미코는 내가 속내의를 벗어준 게 미안해서였는지, 아니면 자신의 처지를 비관해서인지 교대하여 자신을 업은 마츠기의 등에서 연신 울어댔다.

이에 마츠기도 가만히 있지 않았다.

"계속 그렇게 시끄럽게 울면 정말로 버리고 갈 거야. 그만 울어!"

그 말에 나미코는 더욱 큰소리로 울어댔다. 나미코가 그렇게 울며불며 소동을 부리는 것과는 별개로, 여관에서 보낸 추격자에 대한 공포를 덜 느끼게 되자 단원들은 다시 배고픔을 느끼기 시작했다.

누군가가 시내에 들어가면 제일 먼저 비프커틀릿을 먹어야 되겠다는 말을 했다. 다른 누군가는 초밥을 먹겠다고 말했다. 이에 초밥보다도 장어가 더 맛있겠다고 말하는 단원도 있었고,

쇠고기를 먹고 싶다고 말하는 단원도 있다. 어느새 단원들은 남의 말은 아예 들으려고도 하지 않으면서 먹을 것에 걸신들린 동물들처럼 먹는 얘기들만 해댔다.

나 역시 배가 고픈 것만은 참을 수가 없었다. 혹시 주위에 밭이라도 없는지 살펴봤지만 대나무 숲을 벗어난 지 꽤 되었는데도 밭 비슷한 것도 보이질 않는다. 오른쪽은 바위뿐인 벼랑이고 왼쪽은 몇 킬로미터는 족히 돼 보이는 깊은 낭떠러지 아래로 출렁이는 물만 보일 뿐이다.

한 사람이 겨우 지나갈 수 있을 정도로 좁다란 길을 걷는 것만도 힘든 일이었기에 더 이상 먹는 얘기에 열중하기도 힘들었다. 먹고 싶은 음식 얘기를 아무리 한들 먹을 수 없다는 것을 깨달았는지 한두 명씩 입을 다물기 시작했다.

나미코를 업고 가는 남자 뒤에서 하나, 둘, 하고 걸음을 세는 여자 목소리만이 파도소리, 바람소리 사이에 섞여 들릴 뿐 기침소리 하나 내는 단원이 없었다. 앞으로 어떻게 될 것인지에 대한 막연한 공포감에 깊은 침묵만이 우리를 둘러싸고 있었다.

또 다시 나미코가 출혈을 하기 시작했다. 남자들이 속내의를 벗어주고, 나미코를 업는 순서를 바꾸고 그런 남자들의 수고에 미안스러워 눈물을 짜며 우는 나미코의 목소리로 시끌시끌해지자 단원들의 입에서 또다시 먹는 얘기가 흘러나왔다.

먹는 얘기만 하면 군침만 나올 뿐이니 그만 집어치우라고 말하는 단원이 있는가 하면, 먹는 얘기를 해야지 그나마 배를 채운 듯한 기분이 든다고 말하는 단원도 있다. 물이라도 마셔야 살지 이거 어디 살겠느냐며 우산에서 떨어지는 빗방울을 핥거나, 솔잎을 쥐어뜯어 먹으면서 걷는 단원들의 모습은 마치 걸신들린 좀비 같은 모습이었다. 나 역시 목이 바싹 말라 비가 세차게 불면 우산 밖으로 얼굴을 내밀어 입을 벌려 비를 받아먹거나 솔잎을 씹으며 걸었다.

공복으로 허기진 몸에 내 몸 하나 가누기도 버거웠지만 내 순서가 돌아오면 나미코를 업고 걸어가야만 했다. 나미코를 업자 몇 발짝 떼기도 전에 숨이 벅차면서 눈앞이 희미해졌다. 팔이 저려왔고 다리에 힘이 풀려 비틀거리기 시작했다. 뒤에서 여자가…… 여든, 여든 하나…… 여든 아홉, 아흔…… 하고 아흔까지 셀 때쯤 되자 등에 업은 나미코를 그 자리에 털썩 내동댕이치고 싶을 만큼 내 몸에는 힘이 하나도 남아 있지 않았다. 그런 나를 보며 나미코는 미안한 마음에 어쩔 줄 몰라 하다가 울음을 터트리기 직전이었다. 그러니 나는 내색도 할 수 없고 꾹 참을 수밖에 없었다.

간신히 교대를 하고 나면 업어야 할 차례는 왜 그리도 빨리 돌아오는 것인지. 혼자 걷는 시간은 정말 순간에 지나지 않았다. 게다가 시간이 지날수록 배는 더 고프고 지쳐서 나미코를 계속해서 등에 업는 일을 사람으로서는 할 짓이 아니란 생각이 들었다.

그런데 설상가상으로 나미코가 갑자기 한가운데 가는 게 싫다며 맨 앞쪽에서 가게 해달라고 우겨대는 것이었다. 맨 앞쪽에서 가면 버려질지 모른다는 걱정을 하지 않아도 되니 나미코로서는 마음이 한결 편해질지 모른다. 하지만 그녀를 업고 가는 사람은 항상 뒷사람들에게 쫓기는 것 같은 압박에 배로 더 지치게 될 것이다.

이런 나미코를 데려가자고 얘기를 한 사람이 바로 나다. 그런데 나 때문에 다른 단원들까지 모두 고생한다 생각하니 나미코를 바닷속에 던져버리거나 우리 둘만 남겨두고 모두들 그냥 가라고 말해야 될 것 같은 생각이 계속 들었다.

나미코는 자기를 업은 남자가 몰아치는 비바람을 맞고 비틀거리며 바위 위에 넘어지려 하자 자기를 버리고 가라며 또 다시 울기 시작했다. 여자들은 비에 젖어 얼굴에 찰싹 달라붙은 머리칼을 쓸어 올리면서 힘겹게 걸었다. 화장품 가방은 물론 돈지갑속까지 물에 흠뻑 젖어 묵직해지자 여자들은 모든 것을 체념하고 남자들보다 오히려 더 털털해졌다.

"기왕 죽을 바에 눈 한번 감고 나면 바로 죽어버렸음 좋겠다."

"여기서 밑으로 뛰어들면 바로 죽을 수 있는데 무슨 걱정이야?"

하치기가 말대꾸를 했다. 그러나 이 농담 한 마디가 안 그래도 녹초가 된 구리기의 신경을 건드렸다.

"남들은 지금 고통스러워하고 있는데 그런 농담이 나와?"

구리기가 하치기에게 강하게 대들었다.

"농담 한 마디 한 걸 가지고 뭘 그리 정색이래."

그리고는 해서는 안 될 말까지 하고 말았다.

"네가 아무리 기쿠에를 좋아한다 해도 다 쓸데없는 짓이야. 기쿠에는 이미 다카기랑 그렇고 그런 사이가 된 걸 내가 다 봤다구."

그 말에 지금까지 묵묵히 있던 사사가 갑자기 안주머니에서 단도를 꺼내 다카기에게 덤벼들었다. 다카기는 사사의 단도를 피해 쏜살같이 절벽으로 도망을 쳤다. 사사도 이에 질세라 끝까지 다카기의 뒤를 쫓아갔다.

이 뜻밖의 소동에 잠시 정신이 멍해진 구리기는 자신이 미워해야 할 적은 하치기가 아니라 다카기와 사사였음을 알아차리고 그 또한 다카기와 사사의 뒤를 쫓아가기 시작했다. 기쿠에는 내 옆에서 어둠 속을 응시하며 자신이 나쁜 년이라고 흐느꼈다. 나는 그녀를 바라보며 다급히 말을 했다.

"빨리 쫓아가서 말려 봐요."

"도저히 그럴 자신이 없어요. 대신 얘기 좀 해주세요."

그녀는 오히려 나에게 사정을 했다. 이 역시 당황스러운 일이

었는데. 갑자기 내 뒤에 있
던 시나코가 기쿠에에게
달려들어 그녀의 멱살을
잡으며 소리를 치는 것이
아닌가. 기쿠에의 남자가 어
떤 남자인지는 아직 알 수 없는 일
이지만 시나코는 자신의 남자를 기쿠에

아시마의 등에 업힌 나미코가
엉엉 울고 있고 바로 옆에서는 하치기와
키노시다가 맞붙어 싸우고 있었다. 사태가 이
쯤 되자 여자들은 자기가 좋아하는 남자를 다른
어떤 여자가 좋아하고 있었는지, 자기가 좋아하는
남자가 자신보다 먼저 좋아한 여자가
누구인지 헷갈려서 모두들 멍하니
아무 말이 없었다.

가 가로챘다고 확신한 듯했다. 게다가 난리를 일으키게 한 장본
인인 하치기마저 화를 내며 시나코에게 달려들어 그녀를 잡아
끌었다.

"네가 좋아하는 놈이 대체 누구야?"

나는 이 모든 상황이 그저 놀랍고 당황스러웠다. 이러다간 싸
움이 얼마나 더 번지게 될지 알 수 없는 일인데다가 지금 이런
데서 이렇게 다투다가 누군가가 크게 부상을 당하여 움직이지
못하게 된다면 큰일이 아닐 수 없다. 더군다나 저 가파른 절벽
위에서 싸움질하고 있는 세 사람 중 사사는 단도를 가지고 있
다. 칼부림이 날지도 모르는 일이다.

나는 가만히 있을 수가 없어 힘없는 몸을 끌고 검은 벼랑 위
를 엉금엉금 기어갔다. 그때 내 눈에 들어온 광경은 저 멀리 길
가에 세 남자가 쓰러져 있는 것이었다. 혹시 서로 칼부림 하다
죽어서 쓰러져 있는 것은 아닐까? 나는 떨리는 마음을 달래며

가까이 다가가 그들의 얼굴을 들여다보았다. 다행히 모두들 눈 망울을 껌벅거리며 내 얼굴을 바라봤다.

"도대체 어떻게 된 거야?"

"이런 데서 여자 때문에 칼부림하며 싸움질하다가 괜히 누군 가가 다치기라도 하면 서로 골치 아프잖아. 다들 그만 두기로 얘기 끝내고 누워 쉬고 있는 거니까 말 시키지 말고 그냥 내버 려 둬."

세 사람 중의 누군가가 나를 향해 피곤하다는 듯이 대꾸를 했 다. 나는 잘 했다며 칭찬을 하고, 다시 나미코가 있는 곳으로 되 돌아 왔다. 그랬더니 이쪽의 싸움은 이제부터 시작인 듯하다. 야시마의 등에 업힌 나미코가 엉엉 울고 있고 바로 옆에서는 하 치기와 키노시다가 맞붙어 싸우고 있었다. 사태가 이쯤 되자 여 자들은 자기가 좋아하는 남자를 다른 어떤 여자가 좋아하고 있 었는지, 자기가 좋아하는 남자가 자신보다 먼저 좋아한 여자가 누구인지 헷갈려서 모두들 멍하니 아무 말이 없었다.

하치기와 키노시다는 전부터 서로 사이가 좋지 않았다. 그렇 지 않아도 여자 문제로 경쟁하던 처지였기에 내가 뜯어말리려 해도 떨어지려 하질 않는다.

누워서 서로 주먹질을 해대는 게 병자인 나미코를 업고 있는 것보다 훨씬 편했는지 두 사람은 서로 발을 휘감은 채 휴식이라 도 취하는 듯 때리고 맞기를 계속해댔다. 피차간에 상처를 입는 것만 아니라면 싸움을 더 하겠다는 심산으로 뒹굴고 있는 동안, 나도 잠시나마 쉴 양으로 그들 머리맡에 앉아 주먹질하는 모습을 바라보고 있었다.

잠시 후 하치기와 키노시다가 지쳤는지 꼼짝 않고 숨만 '헉, 헉' 거리기 시작했다. 나는 이때를 놓치지 않고 두 사람의 중재에 나섰다.

"그렇게 맥없이 주먹만 휘두를 거야? 제대로 한판 붙던가, 아니면 그만 끝내는 게 어때? 저쪽은 여자 때문에 싸우다 죽는 멍청한 짓은 하지 않겠다며 그만둔 지 오래야."

내 말이 맞다 생각을 했는지 하치기와 키노시다도 아무 말 없이 자리에서 느릿느릿 일어났다.

우리는 다시 걷기 시작했다. 그런데 생각해보면 참 아이러니하다. 여자들이 은밀히 맺어온 불륜관계가 모두들 싸움질을 하게 만들었지만, 한편으로 그 관계가 너무나도 복잡하게 얽혀진 까닭에 오히려 모든 것이 균형을 갖추게 됐다는 사실이다. 게다가 지금은 좀처럼 누려보지 못한 평화로움마저 형성해 가고 있다.

그러나 이렇게 어렵게 얻은 내면의 평화로움도 금세 우리를 엄습해온 공복, 즉 배고픔으로 말미암아 다시금 깨지기 시작했다. 모두들 지쳤다. 나 또한 뱃가죽이 등에 달라붙을 것 같은 고통에 내면의 평화가 깨져버린 지 오래다. 입 안에서는 침조차 만들어지지 않고 쓰디쓴 위액만 나왔다. 게다가 고약한 냄새가 나는 선하품마저 나오기 시작했다.

싸움을 하느라고 지친 단원들은 모두 조용히 고개를 숙인 채 비를 흠뻑 맞으며 힘없이 걸어갔다. 계속해서 눈물을 흘리던 나미코만이 오히려 건재해 보였다. 끝도 없이 계속되는 어둠 속의 절벽 위를 지칠 대로 지친 몸뚱이들이 지금부터 어떻게 견뎌내나 생각하니 눈앞이 깜깜하다.

게다가 당장의 배고픔이 시급한 문제다. 앞으로 광명이 비칠지에 대한 고민은 오히려 사치에 가깝다. 한없이 펼쳐진 어둠 속을 걷고 있는 것은 내가 아닌 텅 빈 밥통이 소리 없이 걷고 있는 듯한 착각이 들었다.

정신없이 2킬로미터 정도 걸었을 무렵이다. 벼랑 중턱에 오두막집 같은 것이 한 채 있는 것을 발견했다. 처음에는 눈앞에 보이는 것이 진짜 오두막집인지 아니면 바위를 잘못 본 것인지 제대로 분간조차 하지 못했다.

그러나 가까이 다가가서 보니 오래된 물방앗간이었다. 우리는 잠시 비를 피해 쉬어갈 생각에 물방앗간 안으로 들어갔다. 오랫동안 사람의 체온이라고는 느껴볼 수 없었던 탓인지 여기 저기에 잔뜩 쳐진 거미줄이 우리 얼굴에 엉겨 붙었다. 그래도 비를 피할 수 있는 곰팡내 나는 뜰이 있어서 우리는 잠시 그곳에 머물기로 했다.

"여기 물방앗간이 있는 건 근처에 물이 있다는 얘기잖아? 물이라도 찾아서 마시는 게 어떻겠어?"

하치기의 말에 우리는 물방아 주위를 살피기 시작했다. 하지만 물받이가 썩어있는 것을 보니 주위에 물이 있을 것 같지 않았다. 잠시 후 그때까지 흘린 땀이 밤의 냉기에 싸늘하게 식으면서 우리는 추위에 부들부들 떨기 시작했다. 추위에 공복까지 더해지자 서 있는 것조차 힘들었다.

불이라도 피우기 위해 성냥을 찾았지만 성냥을 가진 사람이 아무도 없었다. 하는 수 없이 우리는 겉옷을 벗어 바닥에 깐 다음 한가운데에 나미코를 앉혔다. 그리고 그 주위에 여자 세 명을 앉게 하고 남자들은 그 밖에서 팔을 벌려 여자들을 둘러싸며 서로의 체온에 의지했다. 하지만 우리를 엄습해온 한기는 서로의 체온에 의지하는 것만으로 수그러들지 않았다. 더욱 심하게 내습해오는 바람에 모두들 말 한마디 제대로 하지 못하고 해파리처럼 몸을 떨었다. 한가운데 있는 나미코는 몸을 떨 기운조차 없는지 웅크린 채 꼼짝을 않는다.

그녀를 둘러싸고 있는 여자들 가운데 누군가가 입을 뗐다.

"만일 내가 죽으면 내 머리칼을 잘라 우리 어머님께 보내줘요."

누군가는 더는 버틸 수가 없었는지 더 간절하게 유언을 했다.

"내가 죽거든 내 손가락을 잘라 고향에 보내줘요."

여자들이 이렇게 유언 비슷한 말들을 끄집어내고 있을 때, 구리기가 갑자기 훌쩍훌쩍 울며 자조 섞인 푸념을 해댔다.

"어렸을 때 마을에 모셔진 신에게 돌을 던진 적이 있는데 지금 그 벌을 받는 모양이야."

"젊어서 여자들을 너무 등쳐먹었더니 그 죄를 받나봐."

다카기도 한 마디를 던졌다. 모두들 동감하기 시작했는지 고개를 끄덕이며 울기 시작했다. 이런 터무니없는 얘기에 나는 터져 나오는 웃음을 참으면서, 한편으로는 추위와 굶주림에 시달리다가 이대로 죽는 것은 아닐까 걱정이 됐다.

나는 일행들을 돌아보았다. 모두 졸고 있었다. 나 역시 졸음이 왔다. 그러나 나는 졸고 있는 이들을 그대로 내버려 둘 수가 없었다. 그대로 있다가는 죽을 게 틀림없기 때문이다. 나는 잠든 이들을 흔들어 깨우며 큰소리로 울부짖었다.

"지금 잠들면 다 죽어. 옆 사람이 졸고 있는 것을 보면 그 자리에서 뺨을 때려서라도 깨워."

나는 명령 아닌 명령을 했다. 그러나 나 역시 한참을 졸았던 모양이다. 깜짝 놀라 눈을 뜨고 주위를 둘러보았을 때는 단원들 모두가 머리 숙여 깊이 잠들어 있었다.

나는 그들의 머리를 흔들거나 때리면서 일어나라고 소리쳤다. 나에게 얻어맞고는 눈을 멀거니 뜬 채 나를 한 번 바라보다가 옆으로 눕듯 쓰러지는 녀석이 있는가 하면, 눈앞에 죽음이

다가왔었다는 것을 깨닫곤 눈을 깜빡거리며 놀라는 녀석도 있었다. 나에게 머리통을 얻어맞고 나서야 자는 놈을 때려도 되는 권리가 자신에게도 주어지게 된 것임을 깨닫고는 자기 앞에서 졸고 있는 녀석의 머리를 때리면서 옆에서 한동안 주먹질이 오갔다.

그러나 서로 간에 이런 주먹질이 오갔음에도 불구하고 졸음은 쉽게 달아나지 않았다. 머리채를 잡아당기고 손자국이 나도록 귀싸대기들을 후려갈기면서까지 서로의 잠을 깨워댔다. 처절하기까지 한 그 모습은 만약 이것을 멈추면 모두들 죽음의 나락으로 떨어질지도 모른다는 믿음에서 오는 오버 액션이었다.

나는 그런 단원들의 모습을 눈도 깜박거리지 않고 지켜보았다. 그리고 잠시 후 나도 모르는 새 끝없는 쾌락 속으로 녹아들어 가면서 꾸벅꾸벅 졸음이 엄습했다.

죽음 앞의 쾌락만큼 깊고 화려하고 영롱한 것도 없을 것이다. 맑은 하늘같은 공기 속에서 뭉게뭉게 나타났다가 홀연히 사라지는 저 색채의 물결, 죽음과 삶 사이에 존재하는 저것은 도대체 무엇일까? 지금껏 아무도 본 적 없는 시간이라는 무서운 괴물의 또 다른 모습은 아닐까?

나는 내가 죽어서 없어져 버리게 되면 동시에 여기 모든 인간들과 전 세계 인간들이 나와 함께 사라져 버린다는 생각에 내심으로 억울하지는 않을 것 같아 즐거움마저 느껴졌다. 그러

사람을 죽지 못하게 노력하는 것, 이런 해로운 행위가 어째서 사람들에겐 유익한 행위가 되는 것일까. 정말 아이러니한 일이 아닐 수 없다. 천만다행으로 현재의 죽음을 피할 수 있게 되었다 하더라도 이 다음에 아무런 불안감 없이 편안하게 죽을 수 있다고는 누구도 보장할 수 없는 것을.

면서도 인간들 모두를 죽여 버리고 싶다는 간절함에 죽음과 장난을 하고 싶은 유혹을 뿌리칠 수가 없었다. 고개를 가로 저으며 '이런 생각을 해서는 안 돼'라고 부정을 하며 애써 잠들어야 되겠다고 생각했음에도 불구하고 어느 사이엔가 나는 앞에서 잠들어 있는 동료 단원들을 두 손으로 아무 데나 마구 때리며 깨우고 있었다.

사람을 죽지 못하게 노력하는 것, 이런 해로운 행위가 어째서 사람들에겐 유익한 행위가 되는 것일까. 정말 아이러니한 일이 아닐 수 없다. 천만다행으로 현재의 죽음을 피할 수 있게 되었다 하더라도 이 다음에 아무런 불안감 없이 편안하게 죽을 수 있다고는 누구도 보장할 수 없는 것을.

나는 일행을 다시 한 번 살게 해야겠다는 또 다른 감정으로 여자들의 머리칼을 잡고 흔들고 남자들을 발길로 차면서 깨웠다. 이것이 진정 사람을 위한 사랑인지 아니면 그저 습성에 지나지 않는지 나는 알 수 없다.

나의 노력으로 모두들 더 이상 잠들 수 없었다. 자면서도 손만 움직이며 옆 사람을 때리는 시늉을 하는가 하면, 발길질을 하는 등 서로 난리들을 피웠다. 그리고 그것도 잠시, 쏟아지는 잠을 피하지 못하고 그 자리에 쓰러지기 시작했다.

처음엔 꽃봉오리처럼 웅크리고 앉아 잠들지 않으려고 애쓰던 단원도 점점 자세가 흐트러지더니 옆에서 졸고 있는 사람의 다리 사이로 머리를 처박고 잠들기도 했다. 그런가하면 그런 난리 속에서도 용케 단 한 대도 맞지 않는 사람이 있었다. 한 대도 얻어맞지 않아 더욱 깊게 잠들어 버려 쥐도 새도 모르게 죽어 버릴지 모른다는 생각이 들자 나는 팔을 휘둘러 그에게 마구 주먹을 날렸다.

'잠'이라는 것은 길길이 날뛰는 사람에게 더 잘 엄습해 오는 모양이다. 사방으로 주먹을 휘두르던 나 역시 나도 모르게 깜박 졸았다. 그러자 나 때문에 방금 전에 잠에서 깬 사람이 이번엔 내 머리를 주먹으로 갈겨 나를 깨웠다.

모두들 잠들었다가 깨기를 반복하는 사이에 오두막집 밖에서도 어떤 변화가 일어나고 있었다. 비가 그침과 동시에 무너진 천장 구멍을 뚫고 달빛이 새어 들어와 거미줄까지 환히 밝혀준 것이다.

우리는 일제히 밖으로 뛰어 나가고 싶었지만 발이 생각처럼 움직이질 않았다. 나는 엎드린 자세로 기어나가 달빛이 비추는 산과 바다를 바라보았다.

그때였다. 내 옆에 있던 사사가 살며시 내 소매를 끌어당기면서 벼랑아래 산 중턱을 가리켰다. 그의 손끝이 머문 곳에는 바위에서 가늘게 흘러내리는 물줄기가 달빛에 빛을 발하며 나지막한 물소리를 내고 있었다.

사사는 벼랑 쪽으로 무릎을 꿇고 기어내려 갔다.

"물이다! 물!"

사사는 마실 물을 발견했는지 격앙된 소리로 외쳤다. 그 소리에 나도 모르게 마음속으로 물이다! 하고 따라 외쳤다.

이제 우리는 산 것이나 다름없다. 발걸음 하나 제대로 떼지도 못하면서 서로 앞 다투어 배를 깔고 벼랑으로 간신히 기어 내려갔다. 거미줄을 잔뜩 붙인 얼굴들이 달빛 속에 드러나면서 차례로 바위 사이에 코를 들이밀었다. 바위 냄새가 풍기는 물은 우리의 목구멍으로부터 뱃속과 발끝까지 스며들며 우리의 생기를 돋아주기에 충분했다.

나도 달을 향해 환성을 지르면서 바위 사이로 입을 갖다 댔다. 그러다가 문득 혼자 두고 온 나미코가 생각났다. 혼자 잠들어 있다가 그새 죽은 건 아닌지 걱정이 됐다.

"나미코에게도 물을 줘야 하는데……."

말을 채 잇지 못하는 나를 보며 다른 단원들도 잊고 있던 사실을 깨우쳤다는 듯 한두 마디 거들었다.

"그래, 환자인 나미코에게 먼저 물을 먹여야지."

문제는 물을 어떻게 옮기느냐다.

"모자에 물을 담아 가면 되지 않을까?"

다카기의 제안에 펠트로 된 중절모에 물을 담아 보았지만 몇 발짝 떼지 않아 물은 모조리 새어버렸다.

이번에는 모자 다섯 개를 합쳐서 물을 담아보았다. 그럭저럭 괜찮아 보였지만 그래도 나미코가 누워 있는 오두막까지 가는 것은 무리일 것 같았다.

"정 그러면 오두막까지 열한 명이 릴레이식으로 모자를 넘기는 것은 어떨까?"

사사의 제안에 우리는 적당한 간격을 두고 나란히 섰다. 나는 맨 마지막 주자로 나미코에게 물을 먹이는 담당이다. 나는 모자가 오기를 기다리면서 그녀가 잠들지 못하게 계속 흔들어 깨웠다. 그녀는 얼굴을 수없이 주먹으로 얻어맞아 벌건 손자국이 나 있었지만 좀처럼 일어나려 하질 않았다.

하는 수 없이 나는 그녀의 머리칼을 쥐고 흔들어댔다. 그러자 그녀가 멍하니 눈을 뜨는가 싶더니 어딘지 모를 한 곳을 지그시 바라보고 있었다. 그때 처음으로 나에게 모자가 왔다. 물은 이미 다 새어나가고 모자에 배어있는 몇 방울이 전부였다. 나는 그 물방울을 나미코의 입안에 가까스로 짜 넣어 주었다.

나미코는 그제야 잠에서 온전히 깨어난 듯 내 무릎에 손을 올려놓곤 오두막집 안을 둘러보았다.

"물이야, 물. 빨리 마시지 않으면 다 새어버릴 거야."

나는 나미코의 몸을 부추기며 다음 모자가 오기를 기다렸다.

모자가 또 왔다. 역시 물은 거의 다 새어버리고 모자에 약간의 스민 물방울이 다였다. 나는 달빛에 붙은 물방울을 짜내듯 모자에 스며있는 물을 쥐어짜서 나미코의 입안에 떨어뜨려 주었다.